藍小說 ⑨⓪⑥

村上春樹作品集

尋羊冒險記

村上春樹著　賴明珠譯

ISBN 957-13-1785-3

尋羊冒險記

尋羊冒險記

第一章　1970／11／25

星期三下午的野餐

朋友偶然從報紙上得知她的死，打電話來告訴我。他在電話上，緩慢地把日報的一段記載唸出來。是一段平凡的報導。就像一個大學剛畢業初出茅廬的小記者，爲了練習而寫出來的文章一樣。

某月某日，在某個街角，某人所駕駛的卡車撞到某人。某人由於業務上過失致死的嫌疑被拘留調查中。

聽起來也有一點像雜誌扉頁上登的短詩一樣。

「葬禮在哪裡舉行呢？」我試著問看看。

「這個嘛，不清楚。」他說。「首先，這女孩子到底有沒有家啊？」

當然她也是有家的。

我在當天打電話給警察，問出她老家的地址和電話號碼，然後打到她老家去問葬禮的日期。正如不知道誰說過的，只要不怕麻煩，大多的事情都可以弄清楚一樣。

她家在下町。我打開東京都的分區地圖，在她家的地點用紅色原子筆做了記號。那看來果真是東京下町平民百姓的住宅區。地下鐵、國電、巴士路線之類的，像失去平衡感的蜘蛛網一樣混雜地重疊在一起，幾條污濁的河川流過，雜亂交錯的道路像哈密瓜的縐紋一樣緊緊黏貼在地面。

葬禮那天，我從早稻田搭上都營電車。在接近終點的車站下車後翻開分區地圖來看，然而地圖所能發揮的作用只不過像地球儀一樣的程度而已。因而跋涉到她家之前，我必須買好幾次香煙，問了好幾次路。

她家是一幢茶色木板圍牆所圍起來的古老木造住宅。穿過門之後，左手就是一個小得起不了任何作用的院子。院子角落丟棄著已經喪失用途的古老陶製火缽，火缽裡積了十五公分深的雨水。院子的土是黑色的，濕濕黏黏的。

她十六歲就離家出走，從此沒回去過。這也是原因之一，葬禮只有自己家人，靜悄悄的。參加的多半是一些上了年紀的親戚，由三十剛出頭的她哥哥或姊夫之類的人主持葬禮。

父親是個五十五歲左右的小個子男人，黑色西裝的手臂上纏著喪章。只是站在門邊幾乎一動也不動。他的姿勢令人聯想到洪水剛退過後的柏油馬路。

我要回家之前默默向他低頭，他也默默向我低頭。

我第一次遇見她，是一九六九年的秋天，我二十歲她十七歲。大學附近有一家很小的咖啡店，我常常和朋友約在那裡見面。店雖然不怎麼樣，但到那裡，可以一面聽重搖滾，一面喝特別難喝的咖啡。

她每次都坐在同一個位子，手肘支在桌子上很入迷地看著書。雖然戴著像齒列矯正器一般的眼鏡，手也骨瘦如柴，但她卻不知道什麼地方有一種令人容易親近的感覺。她的咖啡永遠是冷掉的，煙灰缸永遠塞滿了煙蒂。只有書的名字是不一樣的。有時候是Mickey Spillane的，有時是大江健三郎的，有時是《Allen Ginsberg詩集》。總之，只要是書，什麼都可以。到店裡去的學生，會借書給她，她就把那書像啃玉米一樣，從一頭開始啃起來。因爲那還是個很多人想借書給人的時代，因此我想她大概從來也不缺可看的書。

那也是一個屬於Doors, Stones, Byrds, Deep Purple, Moody blues的時代。空氣中有一種緊張得快要爆炸的感覺，只要稍微用力踢一下，好像大部分的東西都會紛紛垮掉似的。

我們有時候喝點威士忌，做做不怎麼樣的愛，談談沒結論的話，借借書或還還書，每天就這樣度過。於是那不怎麼靈光的一九六○年代，也就一面發出咔答咔答的傾軋聲一面落下幕來。

她的名字我已經忘了。

雖然可以把死亡記載的剪報再抽出來看一遍就能想起來，不過事到如今名字已經不重要。我把她的名字忘了，只不過是這麼回事而已。

遇到過去的朋友時，曾經因爲某種偶然的機會提到她的事情。他們也一樣記不得她的名字。對了，從前不是有一個女孩子跟誰都可以上床的嗎？她叫什麼名字？我完全忘了，我也跟她睡過幾次，不知道現在怎麼樣了？要是在街上偶然碰見的話一定也很奇怪吧。

——從前，在某個地方，有一個跟誰都可以上床的女孩。

那就是她的名字。

☞

當然，如果要嚴格定義的話，她也並不是跟誰都上床的。那之間自然應該也有她自己的基準。

雖然這麼說，不過以一個現實問題來看的話，她是跟「大多」的男人睡過。

我只有一次，純粹出於好奇心，曾經就該基準問過她。

「這個嘛——」她沈思了大約三十秒。「當然不是跟誰都可以的。有時候也會覺得討厭。不過，結果大概因爲我想認識各種人吧。或者說，對我來說這好像是一種世界的成立方式一樣的東西。」

「妳是說一起睡覺這回事？」

「嗯。」

這次輪到我沈思起來。

「這樣子……這樣子，妳就稍微懂了嗎？」

「稍微有一點。」她說。

☜

從六九年冬天到七〇年夏天，我和她幾乎沒碰過面。大學一會兒關閉、一會兒停課，學潮鬧個不停，我也有一些不同的私人麻煩問題讓我頭痛。

七〇年秋天，當我再度造訪那家店時，客人的臉孔已經完全換了一批，認識的面孔變成只有她一個。雖然依然播放著重搖滾的音樂，然而那種緊張得快爆炸的空氣卻消失了。只有她和難喝的咖啡味道還和一年前一樣。我在她對面的椅子上坐下，一面喝著咖啡，一面談從前朋友的事。

他們大多不再唸大學了。一個自殺，一個去向不明。那一類的話題。

「一年裡做些什麼啊？」她問我。

「各種事情。」我說。

「多少變聰明點了嗎？」

「一點點。」

於是，那天夜裡，我第一次和她睡覺。

關於她的出身，我並不很清楚。好像有人跟我提過，又好像是在床上從她自己的嘴裡聽來的。高中一年級時的夏天，她和父親大吵一架於是離家出走（順便連高中也不上了），大概是這麼回事。到底住在什麼地方？靠什麼過日子？誰也不知道。

她一整天坐在搖滾樂咖啡廳的椅子上，不曉得喝多少杯咖啡、抽無數根香煙，一面一頁一頁翻著書，一面等著為她付咖啡和香煙錢的人出現（那對當時的我們來說，是一筆不小的金額），然後大多就跟那個人睡覺。

這就是我對她所知道的一切了。

從那年秋天開始，到第二年春天為止，每週一次，星期二晚上，她會到我在三鷹偏遠角落的公寓來。她吃我做的簡單的晚餐，把煙灰缸塡得滿滿的，把FEN美軍電台的搖滾樂節目用大音量播出，一面聽著一面做愛。星期三早晨醒來，就一面在雜木林散步，一面走到ICU（國際基督教大學）校園，到餐廳去吃中飯。然後下午在露天咖啡座喝一喝淡咖啡，如果天氣好的話，就躺在校園的草地上看天空。

星期三的野餐，她這樣稱呼。

「每次到這裡來，就覺得好像眞的在野餐似的。」

「眞的野餐？」

「嗯，草地這麼大片，好像沒有止境似的，每個人看來都好幸福的樣子……」

她在草地上坐下來，擦了好幾根火柴才把香煙點上。

「太陽上昇，然後落下，人們走來，然後走掉，時間像空氣一樣流過。總覺得好像野餐一樣，你不覺得嗎？」

那時候我二十一歲，再過幾個星期就快二十二了。眼前看來，大學還不一定畢得了業，不過雖然如此，卻也沒有什麼充分的理由要休學。在奇異的糾纏混雜的絕望狀況中，有好幾個月之間，我竟然無法踏出新的一步。好像整個世界都在繼續動，只有我卻依然留在同樣的地方。一九七〇年秋天，映在眼睛裡的東西，一切看來都似乎很悲哀，而且一切都似乎急速地褪色。太陽光、草的氣味、甚至連微小的雨聲，似乎都令我煩躁不安。好幾次夢見夜行列車。總是一樣的夢。香煙的煙味、廁所的氣味和人的吐氣悶在一起的夜行列車。擁擠得連個站腳的地方都沒有，座位上殘留著陳舊的嘔吐痕跡黏在上面。我無法忍受，站了起來，在某個車站下車。那是個連一家燈火都看不見的荒涼土地。連個車站職員也沒看見。沒有鐘，沒有時刻表，一切都沒有──那樣的一個夢。

在那個時期，我好像曾經爲難她過幾次。至於是如何爲難她的，到現在則已經想不起來了。或許我只是在爲難自己也說不定。不過不管怎麼說，她似乎都毫不介意的樣子。或者（說得極端一點的話）她其實還滿樂在其中的。不知道爲什麼。結果，我想她對我所要求的只不過是一點點柔情而已。這麼一想，現在都覺得不可思議。好像手碰到了眼睛所看不見的浮在空中的牆壁一樣，令人覺得悲哀。

☜

一九七〇年十一月二十五日那個奇妙的下午，我現在還記得一清二楚。被強烈的雨打落的銀杏葉子，舖滿夾在雜木林之間的小徑，像乾旱的河川似的染成黃色。我和她雙手插在大衣口袋裡，就那樣在道路上一直來回繞著走。除了踩在落葉上的兩個人的靴子聲音和尖銳的鳥叫聲之外，沒有其他任何聲音。

「你到底有什麼心事？」她突然問我。

「沒什麼了不起的事。」我說。

她稍微向前走，然後在路邊坐下，抽起香煙。我也在她旁邊並肩坐下。

「總是做惡夢嗎？」

「經常做惡夢。不過大多只是自動販賣機找的零錢出不來之類的夢。」

她笑笑把手掌放在我的膝蓋上，然後收回去。

「你一定不太想說對嗎？」

「一定沒辦法說得很清楚。」

她把抽一半的香煙丟在地上，用運動鞋仔細踩熄。「眞的很想說的事情，就是沒辦法說得清楚。你不覺得嗎？」

「不曉得。」我說。

啪答啪答一陣聲響，兩隻鳥從地上飛起來，像被沒有一片雲的天空吸進去似的消失了。我們暫時沈默地注視著鳥消失的方向。然後，她用枯乾的小樹枝，在地上畫了幾個看不出是什麼的圖形。

「跟你一起睡覺，常常會覺得很悲哀。」

「我覺得很抱歉。」我說。

「這不怪你。而且也不是因爲你抱著我的時候，卻在想著別的女孩的事。這種事我無所謂。我……」她說到這裡突然把嘴巴閉上，慢慢在地上畫了三根平行線。「搞不清楚。」

「我並沒有故意要把心關閉起來。」我稍微停了一下再說。「只是到底發生了什麼，連自己都還無法好好掌握而已。我對各種事情，都盡可能公平對待。不想做不必要的誇張，除非必要也不想變成太現實。不過這需要花一些時間。」

「多少時間？」

我搖搖頭。「不清楚。也許一年就夠了，也許要花十年也不一定。」

她把小樹枝丟在地上，站了起來，拍掉大衣上沾的枯草。「嘿！你不覺得十年好像永遠一樣嗎？」

「是啊。」我說。

我們穿過樹林，走到ＩＣＵ的校園，像平常一樣，坐在露天咖啡座啃熱狗。下午兩點，咖啡座的電視上一直反覆無數次地播映著三島由紀夫的影像。音量器故障了，因此幾乎聽不見聲音，不過不管怎麼樣，那對我們來說都沒什麼分別。我們吃完熱狗，又喝了一杯咖啡。有一個學生站在一張椅子上，轉動著電視的音量鈕，調了一陣子，終於還是放棄，從椅子上下來，然後走開。不知消失到那裡去了。

「我想要妳。」我說。

「好啊。」她說著微微一笑。

我們手插在大衣口袋裡，慢慢走回公寓。

我忽然醒過來時，她正無聲地默默哭泣著。毛毯下細瘦的肩膀微微抖顫。我把暖爐的火點著，看看鐘。是凌晨兩點。天空正中央懸著一輪雪白的月亮。

我等她停止哭，然後燒一壺開水，用茶包泡了紅茶，兩個人就喝那紅茶。沒有糖、沒有檸檬、沒有奶精，只有純紅茶而已。然後我點了兩根煙，一根遞給她。她把煙吸進去再吐出來，這樣一連三次之後，又一連串地咳起來。

「嘿，你有沒有想過要殺我？」她問。

「妳？」

「嗯。」

「怎麼會問這樣的問題？」

她香煙還含在嘴裡，就用手指揉著眼皮。

「只是有點想問。」

「沒有。」我說。

「眞的？」
「眞的。」
「爲什麼我非殺妳不可呢？」
「說得也是。」她一副嫌麻煩似的點點頭。「只是，我忽然想到，被一個人殺掉也不錯而已。在我正睡得很熟的時候。」
「我不是那種會殺人的人。」
「是嗎？」
「大概吧。」
她笑著把香煙塞進煙灰缸，喝了一口剩下的紅茶，然後點起新的香煙。
「我要活到二十五歲。」她說。「然後死去。」

☜

一九七八年七月，她在二十六歲時死去。

第二章 1978／7月

1 步行十六步

電梯門關閉起來，確定背後確實傳來咻一聲壓縮機的聲音之後，閉上眼睛。然後收集意識的片斷，從公寓的走廊往房間門口走十六步。眼睛一直閉著，正確的十六步，既不多也不少。托威士忌的福，腦袋好像已經磨平的螺絲一樣模糊不清，滿嘴都是煙草的焦油味。

雖然如此，不管怎麼爛醉，眼睛閉著都可以像尺量的一樣，筆直地走十六步。這要歸功於長年以來沒什麼特殊意義的自我訓練所賜。每次喝醉酒，背脊一挺，臉一抬，用勁把清晨的空氣和混凝土走廊的氣味深深吸進肺裡去。然後閉上眼睛，在威士忌的霧中筆直向前走十六步。

對這十六步的世界，我給了一個稱呼，叫做「最規規矩矩的醉漢」。事情很簡單。酒醉這回事，只要當做一件事實來接受就行了。

既沒有「可是」、「然而」、「雖然如此」，也沒有任何「只是」、「還是」。只不過是單純的我喝醉了而已。

就這樣我變成一個最規規矩矩的醉漢。變成早晨最早起的呆頭鳥，變成最後通過鐵橋的有蓋貨車。

5．6．7……

在第八步時停下腳步張開眼睛，深呼吸。耳朵有點輕微耳鳴。好像從生了銹的鐵絲網之間穿過去的海風似的耳鳴。這麼說來，有好一段時間沒看海了。

七月二十四日，上午六時三十分。對看海來說，是個理想的季節，理想的時刻。沙灘還沒有被任何人污染過。沙灘與海浪交接的邊緣，海鳥的足跡，像被風吹落的針葉一般零散錯落。

海，啊！

我再度開始走。海的事情可以忘記了。那已經老早就消失在古老的從前了。

第十六步時停下站定，張開眼睛，我已經和平常一樣正確地站在門的把手前方。從信箱裡取出兩天份的報紙和兩封信，夾在腋下。然後從迷魂陣般的口袋裏掏出鑰匙包，就這樣拿著不動，暫時把額頭貼在冷冰冰的鐵門上。覺得耳朵後方好像有一聲輕微的咔鏘聲。身體像棉花似的吸滿了酒精。比較正常的只有意識而已。

門打開1/3左右，身體從這兒滑進去，關上門。玄關靜悄悄的。比必要的靜還要靜。

然後我發現腳邊的紅色平底鞋。一雙看慣了的平底鞋。那被沾滿泥土的網球鞋和便宜的海灘涼鞋夾在中間，看來像是過了季節的聖誕禮物一樣。在那上面浮著一層像灰塵一樣的沈默。

她在廚房的桌上伏著。額頭趴在兩隻手腕上，烏溜溜的直頭髮把那側面遮住了。頭髮之間可以看出沒曬到太陽的白皙頸子。印象中似乎沒看過的印花布洋裝肩口微微露出一點細細的胸罩肩帶。

我脫下上衣，拿掉黑色領帶，和剝下手錶之間，她一動也沒動，看著她的背時，我想起從前的事。和她相遇之前的事。

「嗨！」我試著開口招呼，然而那聽來簡直不像是自己的聲音，好像是從老遠的地方特地送來的聲音似的。正如預料的沒有回答。

她看來又好像是睡著了，又好像是在哭，也好像是死掉了一樣。

我坐在桌子的另一頭，用手指壓壓眼睛。鮮明的太陽光橫切過桌面。我在陽光裡，她在淡淡的陰影下。影子沒有顏色。桌上放著一盆已經枯萎的天竺葵盆栽。窗外有人正在往道路上潑水。柏油路面發出潑水的聲音，柏油路面發出潑水的氣味。

「要不要喝咖啡？」

還是沒回答。

我確定沒回答之後站了起來，到廚房磨了兩人份咖啡的豆子，打開收音機。豆子磨好以後，才發現自己其實眞的想喝的是冰咖啡。我總是事後才想起很多事情。

收音機不斷播放出非常適合早晨的無害的一曲又一曲的流行歌曲。聽著那樣的歌，覺得這十年來世界好像一點也沒有改變似的。只有歌手和歌曲的名字不同了而已。而我也只是多了十歲而已。

確定開水已經沸騰之後，把瓦斯關掉，停了三十秒鐘讓開水稍微靜止，然後把開水注入咖啡粉上。粉末盡可能吸進熱開水，然後緩緩地開始膨脹，溫暖的香氣在房間裡擴散開來。外面已經有幾隻蟬開始在叫了。

「妳從昨天晚上就在這裡嗎？」我手上還拿著開水壺這麼問道。

桌上她的頭髮只有輕微往縱向滑動一下。

「一直在等我嗎？」

她沒回答這問題。

由於開水的熱氣和強烈的日照，屋子裡開始悶熱起來。我把流理台上的窗戶關起來，把冷氣開關打開，然後在桌上排列兩個咖啡杯。

「喝吧。」我說。我的聲音終於一點一點恢復成像我的聲音了。

「……」

「喝一點比較好。」

足足有三十秒之後，她才慢慢地以均衡的動作從桌上抬起臉來，就那樣順勢呆呆盯著枯萎的天竺葵。細細的頭髮有幾根黏在臉頰上。微微的濕氣，在她周圍飄浮形成一圈光暈。

「你不用介意，」她說。「我本來沒有打算要哭的。」

我把面紙盒子推過去，她就用那個無聲地擦擦鼻子、用手指把黏在臉頰的頭髮嫌煩地撥開。

「其實我本來想在你回來以前出去的。因爲不想跟你碰面。」

「不過改變心意了對嗎？」

「才不是。只是什麼地方都不想去了而已。——不過我要走了，你不用擔心。」

「總之先喝咖啡吧。」

我一面聽著收音機的交通路況報導，一面啜著咖啡，用剪刀剪開兩封信的信封。一封是家具店來的通知，寫說在某期間內買家具，全部八折優待。另外一封是完全不願意想起來的人寫的，根本不想看的信。我把兩封信疊在一起揉成一團，丟進腳邊的紙屑筒裡，咬起剩下的奶油蘇打餅乾。

她好像在驅寒取暖似的用雙手包著咖啡杯，嘴巴輕觸著杯緣，就那樣一直不動地盯著我瞧。

「冰箱裡有沙拉。」

「沙拉？」我抬起頭看她。

「番茄和扁豆。只有這個沒別的了。小黃瓜壞了我丟掉了。」

「噢。」

我從冰箱拿出裝了沙拉的藍色琉球玻璃深盤，把瓶底只剩5釐米左右的沙拉醬全部倒光澆在沙拉上。番茄和扁豆像影子一樣冷冰冰的。而且沒味道。餅乾和咖啡也沒味道。可能是早晨光線的關係。早晨的光線會把一切的一切都分解掉。咖啡喝到一半我就放棄了，從口袋掏出縐巴巴的香煙，用完全不記得曾經見過的紙火柴擦火點煙。香煙的尖端發出乾燥的巴吱巴吱的聲音。然後紫色的煙，在早晨的光線中描著幾何式的圖樣。

「去參加喪禮了。儀式結束後又一個人到新宿去喝到現在。」

貓不知從什麼地方跑出來，打了一個很長的呵欠之後，輕輕跳上她的膝頭坐下。她摸了好幾次貓的耳根。

「你不需要說明什麼。」她說，「反正已經跟我無關了。」

「我沒說明什麼。只是在說話而已。」

她輕輕聳聳肩，把胸罩的肩帶塞進洋裝裡。她臉上已經完全沒有所謂表情這東西存在了。那令我想起就像我在什麼時候，在照片上看過的沈到海底的街道一樣。

「只是以前稍微認識的人而已。妳不認識的。」

「哦？」

貓在她的膝頭盡量伸展著手腳，然後呼地吐了一口氣。

我一直閉著嘴巴盯著香煙的火星。

「怎麼死的？」

「交通事故啊。骨頭折斷了十三根呢。」

「女孩子？」

「嗯。」

七點的定時新聞報導和交通路況報導已經結束，收音機再度開始播放輕搖滾音樂。咖啡杯放回碟子上，她看著我的臉。

「那，我死的時候，你也會像這樣喝酒嗎？」

「喝酒和葬禮沒關係。有關係的頂多是最初的一杯或兩杯。」

外面新的一天正在開始。新的炎熱的一天。從流理台上方的窗戶看得見一羣高層大樓，比平常更令人目眩地閃亮著。

「要不要喝什麼冷的？」

她搖搖頭。

我從冰箱拿出冰得涼涼的可樂罐頭，不倒在玻璃杯就直接一口氣喝起來。

「是一個跟誰都可以上床的女孩子。」我說。簡直像說弔辭一樣。故人是一位和誰都可以上床的女孩子。

「爲什麼對我說這些呢？」她說。

爲什麼我也不淸楚。

「總而言之，是一個跟誰都可以上床的女孩對嗎？」

「對呀。」

「不過『跟你』卻不一樣噢？」

她的聲音有什麼特別的音調。我把臉從沙拉盤抬起來，透過枯萎的盆景看她的臉。

「妳這樣想嗎？」

「有一點。」她小聲說。「你這個人就是這種類型。」

「這種類型？」

「你在某方面，就是有這樣的地方啊。就跟沙鐘一樣。沙漏完了一定會有人來把它倒過來。」

「是這樣的嗎？」

她的嘴唇稍微鬆開一下，然後又恢復原狀。

「我來拿剩下的行李。冬天的大衣和帽子之類的。我都裝進紙箱裡了，有空的時候，痲煩你幫我送去托運公司好嗎？」

「我可以幫妳送到家。」

她靜靜搖著頭。「不用了。不希望你來。你知道吧？」

確實正如她所說的。我多說了不該說的。

「住址知道嗎？」

「知道。」

「要辦的事情只有這樣。抱歉我待太久。」

「文件就這樣可以嗎？」

「嗯，都辦完了。」

「眞簡單啊。我還以爲還有其他什麼呢。」

「不知道的人都這麼想。不過眞的很簡單。只要一切都結束之後。」她這樣說完，又摸了一次貓的頭。「如果第二次離婚的話，好像已經變專家了。」

貓閉著眼睛，只伸伸背脊，悄悄把頭放在她手腕上。我把咖啡杯和沙拉盤放進流理台，用申請書代替掃把，將餅乾屑集中在一個地方。太陽的光線，使我眼睛深處刺刺地痛。

「詳細情形我都全部寫在你桌上的便條紙上了。各種文件放的地方，垃圾收集的日子，這一類的。如果有不清楚的地方再打電話吧。」

「謝謝。」

「你想要孩子嗎？」

「不。」我說。「我才不要什麼小孩。」

「其實我一直很迷惑。不過事情變成這樣，幸虧沒有，或許有了孩子就不會變成這樣，你說呢？」

「有小孩還是照樣離婚的夫妻多的是啊。」

「說得也是。」她說著玩弄了我的打火機一會兒。「其實我現在還是愛你的。不過，問題一定也不在這裡。這一點我自己也很清楚。」

2 她的消失‧相片的消失‧內衣的消失

她回去之後，我又喝了一罐可樂，沖了一個熱水澡，刮了鬍子。肥皂、洗髮精、刮鬍膏，一切都快用完了。洗完澡出來，梳梳頭髮，擦一點乳液，清潔一下耳朵。然後走到廚房，重新把剩下的咖啡熱一熱。桌子對面那邊已經沒有人坐著了。我一直盯著沒有人坐的椅子看，於是覺得自己好像一個小孩子，單獨被遺棄在一條可能出現在立體圖畫書裡的不可思議的陌生街道似的。不過當然我已經不是一個小孩。我什麼也不想地啜著咖啡，花很長的時間喝完之後，發了一會兒呆，然後點上香煙。

足足有二十四小時沒睡覺，奇怪的是一點也不睏。雖然全身恍恍惚惚，只有頭腦卻像熟練的水生動物一樣，在複雜的水路裡團團轉著，漫無目的地轉著。

就在望著無人的椅子時，想起了從前讀過的美國小說。妻子離家出走之後，丈夫把她的襯裙掛在餐廳對面的椅子上一直掛幾個月。想了一會兒之後，我開始覺得那也是個不錯的創意。雖然不覺得有什麼作用，不過至少比一盆枯萎的天竺葵盆景感覺要來得好多了。貓也或許因爲有她的東西而會比較沈得住氣吧。

我順序拉開寢室裡她的抽屜，每一個都空了。留下的只有蟲子咬過的舊圍巾一條、衣架三個、防蟲劑幾包而已。她把所有的東西，乾乾淨淨地都帶走了。以前狹小的浴室裡堆得滿滿的小化粧品、髮捲、牙刷、吹風機、莫名其妙的藥、生理用品、從靴子、涼鞋到拖鞋，各種鞋子，帽子的盒子，一個抽屜的首飾、皮包、肩袋、皮箱、車票皮夾，總是整理得很整齊的內衣、襪子、信件，凡是有她味道的東西，都沒留下來。甚至令人覺得是不是連她的指紋也擦乾淨了。書架和唱片架有1/3左右消失了。那是她自己買的，或我送她的書和唱片。

翻開相本一看，她的相片一張不留的全拿走了。我和她合拍的照片，她只把她的部分整齊地剪下帶走，留下我一個人。我自己一個人的照片和風景照、動物照還原樣不動。收在那三本相本裡的是完美地修整過的過去。我總是一個人孤零零的。在那之間，有山、有河、有鹿、有貓的照片。簡直就像生下來時，就一個人了，一直也都是一個人孤零零的，而且覺得以後也還會是一個人繼續下去。我合起相本，抽了兩根煙。

雖然心裡想爲什麼不留下一件襯裙什麼的也好啊，然而那當然是她的問題。不是我應該嚕嗦的。是她決定，什麼也不留的。我除了順從之外沒有別的法子。或許正如她所希望的，只好認爲她從一開始就不曾存在過。而且在她所不存在的地方，她的襯裙自然也不存在。

我把煙灰缸泡水，把冷氣和收音機關掉，再回想一次她的襯裙，然後放棄念頭上床睡覺。

自從我答應離婚，她搬出公寓以後，已經過了一個月。這一個月幾乎沒有任何意義。恍恍惚惚的，好像沒有實體，不冰不涼的果凍一樣的一個月。簡直不覺得有任何改變，而實際上，確實也沒有任何改變。

我早晨七點鐘起床，泡咖啡，烤土司，出門去工作，在外面吃晚餐，喝兩杯或三杯酒，回到家躺在床上看一小時左右的書，把電燈熄掉睡覺。星期六和星期日不工作，卻從早上開始跑好幾家電影院消磨時間。然後和平常一樣，一個人吃晚餐、喝酒、讀書、然後睡覺。就這個樣子，正如同有些人把月曆的數字一個一個塗黑畫掉一樣，我活著過了一個月。

她的消失，我覺得在某種意義上好像是沒辦法的事。已經發生的事情就是已經發生了。我們這四年不管相處得多麼好，那已經不重要了。就像相片被拿走了的相本一樣。

和這相同的，她和我的朋友長期間定期睡覺，有一天乾脆就搬到他那裡去了，即使這樣也不是什麼了不起的大問題。這種事十分可能發生，而且事實上常常發生，就算她已經變成那樣，我也無論如何不認爲是發生了什麼特別的事情。終究那是她自己的問題。

「終究，那是妳自己的問題呀。」我說。

那是她提出想要離婚的六月的星期天下午，我把罐頭啤酒拉環套在手指上把玩著。

「你是說離不離都可以？」她問。非常緩慢的說法。

「並不是都可以。」我說。「我只說那是妳自己的問題而已。」

「說眞的，其實不想離開你。」停了一會兒之後她說。

「那就不要離呀。」我說。

「可是，和你在一起也不能怎麼樣。」

她從此沒再說什麼，不過我好像了解她想說什麼。我再過幾個月就三十了。她快二十六。而和前面應該即將來臨的事情之大比起來，我們過去所構築起來的東西實在微不足道。或者可以說等於零。我們簡直像要吃垮儲蓄似的度過那四年來的。

那幾乎全是我的責任。我大概跟誰都不應該結婚的，至少她是不該跟我結婚的。她剛開始以爲自己是不適合社會的人，而我則是社會的適合者。而且我們都分別各自比較巧妙地扮演著自己的角色。然而就在兩個人想到今後能不能一直繼續巧妙地扮演下去時，就有什麼不對勁了。雖然只是極小的某種什麼，然而已經回不去了。我們正處於一個和緩的，拉長的死胡同，那就是我們的終點。

對她來說，我已經是失去的人。例如她即使還多少有點愛我，那也是另一個問題了。我們太習慣於彼此的角色了。我已經沒有任何東西可以給她了。她本能地瞭解這一點，而我也憑經驗瞭解。不管那一邊都沒救了。

於是她和她的幾件襯裙，便從我眼前永遠地消失了。有些東西被遺忘，有些東西消失，有些東西死去。而其中幾乎沒有悲劇性的要素。

七月二十四日、上午八時二十五分。

我確認過數字鐘的四個數字之後，閉上眼睛，然後睡著。

第三章　1978/9月

1　鯨魚的陰莖・擁有三個職業的女人

和女孩子睡覺好像是一件非常重大的事，相反的有時候也覺得沒什麼大不了的。換句話說，有做爲自我療傷行爲的做愛，也有消磨時間的做愛。

也有始終是所謂自我療傷行爲式的做愛，也有始終是所謂消磨時間式的做愛。有些例子是以自我療傷行爲式的開始，後來以消磨時間式的結束，也有相反的情形。不管怎麼說，我們的性生活，根本上是和鯨魚的性生活不同。

我們不是鯨魚——這對於我的性生活來說，是一項重大的命題。

小時候，從家裡騎腳踏車大約三十分鐘左右的地方，有一個水族館。水族館永遠被冰冷的水族館式的沈默所支配，只是偶爾可以聽見一陣噼啦噼啦的水花濺起的聲音，不知道從什麼地方發出的。感覺好像在黑暗的走廊角落，有一隻人魚正屏息躲在那裡似的。

鮪魚羣正在巨大的游泳池裡團團打轉，蝶鮫正穿過狹窄的水路逆流而上，食人魚對肉塊張開銳利的牙齒，電鰻魚小氣的電燈炮很久很久才閃亮一下。

水族館裡有無數的魚。他們各有不同的名字、不同的鱗和不同的鰓。爲什麼地球上非要有這麼多種的魚存在不可呢？我眞是一點也不明白。

當然水族館裡是沒有鯨魚的。鯨魚太大了，即使把整個水族館拆掉改成一個大水槽，也沒辦法養鯨魚。代替的是在水族館裡放置鯨魚的陰莖。換句話說是一個代用品。因此，我透過善感的少年期，所繼續看到的不是眞正的鯨魚，而是鯨魚的陰莖。在冷冷的水族館的通路上散步膩了，我就坐在靜悄悄的天花板很高的展示室的沙發上，在鯨魚的陰莖前面，呆呆度過幾個小時。

那有時候看起來好像曬乾的小型椰子樹，有時候看起來像長大的玉蜀黍一樣。如果沒有立著一塊牌子寫著「鯨魚的生殖器・雄」的話，很可能沒有一個人會發現那是鯨魚的陰莖。那看起來與其說是南冰洋的產物，不如說更具有中亞沙漠所挖掘出來的遺物似的東西的趣味。那和我的陰莖不同，和我過去曾經看過的任何陰莖都不同。而且那裡散發著一種被切除的陰莖所特有的某種難以說明的哀愁。

我第一次和女孩子性交之後所想到的，也是那巨大的鯨魚的陰莖。一想到他是經歷了什麼樣的命運，經過什麼樣的歷程，來到水族館的空蕩蕩的展示室的，我的心就感到疼痛。覺得那已經完全沒救了。然而我才十七歲而已，一切都絕望顯然還太年輕。於是我自從那次以後就開始這樣想。

就是：我們不是鯨魚。

我在床上一面用手指摸弄著新女朋友的頭髮，一面一直想著鯨魚的事。

我所想到的水族館，總是在秋天的末尾。水槽的玻璃冷得像冰一樣，我穿著厚厚的毛衣。從展示室的大玻璃窗所看到的海，是深鉛色的，無數的白浪，則令人想到女孩子們穿的洋裝的白蕾絲衣領。

「你在想什麼？」她問。

「想從前的事。」我說。

☞

她二十一歲，擁有一副苗條的漂亮身材和形狀完美得幾乎像有魔力似的一對耳朵。她在一家小出版社工讀當校對，又是個專門展示耳朵的廣告模特兒，也是屬於一家只有熟人所組成的高級小型俱樂部的應召女郎。我不知道這三者之中，那一個才是她的正業。她也不知道。

不過如果從那一種是本來的樣子的觀點來看，似乎以專門展示耳朵的模特兒，是她最自然的樣子。我這樣認爲，她也這樣想。雖然這麼說但耳朵專門的廣告模特兒，所能活躍的領域卻極爲有限，以模特兒的地位和待遇而言也非常的低。大多數的廣告公司、攝影師、化粧師和雜誌記者，都只把她當做「耳朵的主人」來看待。除了耳朵以外的她的肉體和精神則完全被切除捨棄、抹煞。

「不過其實不是這樣。」她說。「耳朵就是我，我就是耳朵啊。」

做爲校對者的她和應召女郎的她時，則絕對連一瞬間也不容許別人看到她的耳朵。

「爲什麼嗎？因爲那不是眞正的我啊。」她說明道。

她所屬的應召女郎俱樂部的事務所（表面上是演員俱樂部的名目）在赤坂，經營者大家稱她爲X夫人，是一位白頭髮的英國女人。她已經在日本生活了三十年，能說流暢的日本語，也幾乎能讀所有的漢字。

X夫人在離應召女郎事務所不到五百公尺的地方，開了一家女性專門的英語會話教室，她在那裡挑出條件好的女孩子，挖角到應召女郎事務所去。反過來又讓幾個應召女郎到英語會話教室去上課。當然她們的學費是可以有幾成折扣優待的。

X夫人稱呼這些應召女郎爲「Dear」。她那「Dear」聲中，充滿了春天午後般柔和的音調。

「好好穿上漂亮的蕾絲內衣喲，Dear。不可以穿褲襪噢。」或者「妳要在紅茶裡加奶精噢，Dear。」像這樣。顧客都讓她掌握得非常好，大多數是四十多或五十多歲富裕的生意人。有2/3是外國人，其餘是日本人。

X夫人討厭政治家、老人、變態者和窮人。

我的新女朋友在一打多的應召女郎美女羣中，是最不重視外表，看起來裝扮最平凡的。實際上，當她把耳朵隱藏起來時，眞的給人的印象只是很平凡。X夫人爲什麼會看上她，把她挖角過去，我眞不明白。或許因爲她的平凡之中有某種特殊的光輝被她看中了，或者只是單純出於認爲有一個平凡女子也不錯的想法。不管怎麼說X夫人的意圖是達成目的了，她也有幾個穩當的固定顧客。她穿著平凡的服裝，做平凡的化粧，穿平凡的內衣，散發著平凡的香皀氣味，到希爾頓、奧克拉、或王子飯店，每星期跟一、兩個男人睡覺，獲得足夠吃一個月的收入。

除此之外，剩餘的夜晚有一半她是免費和我睡覺。另一半她是如何度過的我就不知道了。

在出版社打工當校對的她，生活更平凡。她每週有三天到神田一幢小建築物的三樓一家公司上班，從早上九點到傍晚五點，做做初稿的校對，泡泡茶，下樓梯（因爲沒有電梯）去買個橡皮擦之類的。她是唯一年輕的單身女郎，不過誰也沒有打她的主意。她簡直就像一隻變色蜥蜴一樣，能夠依場所和狀況的不同，而放出或收斂她的光輝。

☞

我遇見她(或者說她的耳朵)，是在和妻剛分手之後——八月初。我接下一個電腦軟體公司的廣告文案工作，在那裡第一次和她的耳朵相照面。

廣告公司的藝術總監在桌上攤開企劃書和幾張放大的黑白照片，要我在一星期之內準備三種附在這照片上的標題文案，三張照片都是巨大的耳朵照片。

耳朵？

「為什麼是耳朵？」我試著問他。

「誰知道。反正是耳朵。你只要在一星期裡思考有關耳朵的事就行了。」

因此，我一星期之間，光盯著耳朵的照片過日子。我在書桌前面用透明膠帶把那三張巨大的耳朵照片貼起來，一面抽抽香煙、喝喝咖啡、吃吃三明治、剪剪指甲，一面眺望那照片。

一星期之內總算把工作交出去了，但後來那耳朵的照片還一直貼在牆上。一方面因為要撕掉嫌麻煩，一方面也因為看耳朵的照片這件事已經變成我日常的習慣了。不過我之所以沒有把那照片撕下來丟進抽屜深處的眞正理由，是因為那耳朵在各方面都在魅惑我。那完全是一副像夢一樣形狀的耳朵。大概可以說是百分之百的耳朵吧。放大後的人體的一部分（當然包括性器在內）居然對我具有如此強大的吸引力，這還是第一次體驗到。令我想到這對我好像是一種命運式的巨大漩渦。

有些曲線超越了所有的想像力大膽地一口氣橫切過畫面，有些曲線以充滿祕密的細心形成一羣小陰影，有些曲線像古代的壁畫一樣，描繪出無數的傳統。耳垂之光滑超越了所有的曲線，那隆起的肉的厚度，凌駕於一切生命之上。

幾天後我打了一通電話給拍那照片的攝影師請他告訴我，這耳朵的主人名字和電話號碼。

「又怎麼啦？」攝影師問。

「我很有興趣，因為這耳朵非常漂亮。」

「這倒是眞的，耳朵確實不錯。」攝影師含糊地說。「不過本人並不怎麼出色。如果你想跟年輕女孩子約會，我可以介紹上次拍泳裝的模特兒給你。」

「謝了。」說完我就掛電話。

☞

兩點、六點、十點，我試著打電話給她。沒人來接電話。她似乎也在過著她忙碌的人生。

好不容易逮到她，是在第二天早晨的十點。我簡單地自我介紹，然後試著問她說，有關前幾天廣告工作的事，想跟她談一談，不知道能不能一起吃個晚飯。

「可是我聽說工作已經結束了啊。」她說。

「工作是結束了。」我說。她雖然好像有點慌張，不過並沒有再提出其他問題。我們決定第二天傍晚在青山道路的喫茶店見面。

我打電話到我過去曾經去過的所有餐廳中最高級的法國餐廳預約席位。拿出新的襯衫來，花了時間挑選領帶，穿上只穿過兩次的西裝外套。

她正如攝影師忠告過的一樣，確實不怎麼漂亮，服裝和相貌都很平凡，看起來好像二流女子大學合唱團的團員一樣。不過當然，對我來說，這些事都不重要。我所失望的是，她把筆直的頭髮放下來，讓耳朵完全隱藏在頭髮裡面。

「妳把耳朵藏起來了噢?」我若無其事地說。

「嗯。」她也若無其事地說。

因爲比預定時間早到了一點,因此我們是晚餐時間的第一組客人。照明亮度降低了,侍者滿場繞著用長棒火柴擦亮點上紅色的蠟燭,侍者領班以鯡魚般的眼神仔細檢點著餐巾、餐具和盤子的排列方式。以人字形組合起來的橡木地板磨得光潔燦亮,侍者的鞋底發出咯吱咯吱清爽的聲音。侍者的鞋子看來比我穿著的鞋子要昂貴得多。花瓶裡的花是新插的,白色牆壁上掛著一看就知道是原版的摩登藝術作品。

我看了葡萄酒菜單後,選了一種盡可能清淡的白葡萄酒,前菜點了鴨肉餡餅、蒸鯛魚和鵝肝醬。她仔細研究過菜單之後,點了海龜湯、青菜沙拉和鰈魚慕斯,我點了海膽湯、香菜烤小牛肉和番茄沙拉。我半個月的餐費這下似乎要泡湯了。

「滿漂亮的餐廳啊。」她說。「常來嗎?」

「只是工作上的關係偶爾來而已。說起來一個人的時候,與其在餐廳吃不如到酒吧一面喝酒一面湊合著吃比較適合我。那樣比較輕鬆。因爲不必考慮多餘的事情。」

「在酒吧平常都吃些什麼?」

「各種東西都有。不過多半是煎蛋捲和三明治。」

「煎蛋捲和三明治?」她說。「在酒吧每天吃煎蛋捲和三明治啊?」

「不是每天。我三天有一次自己做菜。」

「那麼三天有兩天在酒吧吃煎蛋捲和三明治囉?」

「對。」我說。

「爲什麼是煎蛋捲和三明治呢？」

「因爲好的酒吧供應好吃的煎蛋捲和三明治啊。」

「哦？」她說。「眞是怪人。」

「並不怪呀。」我說。

因爲不知道要怎麼開口提那件事，因此我暫時默默地注視著桌上煙灰缸的煙蒂。

「工作的事情對嗎？」她試探地轉變話題。

「不，正如昨天所說的，工作已經完全結束了。也沒問題。所以沒什麼事。」

她從皮包的口袋裡拿出細薄荷煙，用餐廳的火柴點火，以「那麼？」的表情看我。

我正要說出來時，侍者領班那充滿信心的皮鞋聲又響著走近我們這桌來。他像在展示獨生子的照片一樣一面微笑，一面向我展示葡萄酒的標籤。我點頭之後，隨著一聲清脆好聽的聲音把瓶栓拔開了，在玻璃杯中爲我們各注入一口酒。發出一股濃縮餐費的味道。

侍者領班退下之後，隨即換了兩位侍者上來，在桌上排放了三個大盤和兩個小碟。侍者下去之後，我們又恢復兩個人單獨相對。

「無論如何很想看看妳的耳朵。」我坦白地說。

她什麼也沒說，只把鴨餅和鵝肝移到餐盤上，喝了一口葡萄酒。

「是不是太爲難妳了？」

她只稍稍微笑一下。「好吃的法國大餐並不為難哪。」

「那麼談耳朵的事就為難了?」

「也不是。看從什麼角度談。」

「就從妳喜歡的角度談吧。」

她一面把叉子送進嘴裡一面搖頭。「你就坦白說吧。因為那是最好的角度。」

我們暫時沈默不語地喝葡萄酒，繼續吃東西。

「我轉了一個彎。」我說。「於是在我前面的某個人正在轉過下一個彎。那『某個人』的影子已經看不見。只看見白色的下襬閃了一下而已。可是只有那下襬的白色一直烙在眼睛深處都不消失。這種感覺妳能瞭解嗎?」

「我想我瞭解。」

「我對妳的耳朵所感受到的，就是這樣的東西。」

我們再度繼續默默地用餐。我在她的玻璃杯裡倒一點葡萄酒，也在自己的玻璃杯裡倒一點葡萄酒。

「這種情景並沒有出現在腦子裡，而是有這種『感覺』對嗎?」她問。

「對了。」

「以前有沒有過這樣的感覺?」

我考慮了一下然後搖搖頭。「沒有。」

「不過，那也就是說，因為我的耳朵引起的?」

「我不能很肯定地說就是這樣。因為無從擁有確實的信心。從來沒聽說過耳朵的形狀會對什麼人總是引起某種特定感情的啊。」

「我知道有人每次看見法拉佛西梅傑斯的鼻子就會打噴嚏喲。打噴嚏這回事好像某種精神方面的要素很大噢。一旦原因和結果一結合起來就變成很難分離了。」

「關於法拉佛西梅傑斯鼻子的事我倒不清楚。」我說著喝一口葡萄酒。然後就忘了原來準備要說什麼了。

「和那個又有些不同對嗎?」她說。

「對。和那個是有些不同。」我說。「我所感受到的感情極其模糊，不過卻很實在。」我兩隻手先分開一公尺左右，然後縮小到五公分。

「沒辦法好好說明。」

「基於模糊的動機，所凝聚成的現象。」

「正如妳所說的。」我說。「妳頭腦比我好七倍。」

「我接受過通信教育。」

「通信教育?」

「對，心理學的通信教育。」

我們把最後剩下的鴨餅兩個人分掉。我又忘了自己到底原來想說什麼了。

「你對於我的耳朵和你那種感情之間的相互關係還無法明確掌握對嗎?」

「就是這樣。」我說。「總之，不知道是妳的耳朵直接向我訴說什麼，還是別的什麼東西透過妳的耳朵爲媒介向我訴說，這點我實在無法掌握。」

她兩手維持放在桌上的姿勢，輕微動了一下肩膀。「你所感覺到的感情是好的一類，還是討厭的一類？」

「都不是。而兩者都有。我真的不知道。」

她兩手夾住葡萄酒杯，看了我的臉一會兒。「你好像應該再多學一點感情表現的方法比較好噢。」

「描寫能力也缺乏噢。」我說。

她微笑起來。「不過沒關係。你所說的事我大概已經懂了。」

「那麼我應該怎麼辦呢？」

她一直沈默不語。看起來好像在思考什麼其他的事似的。桌上排著五個已經空了的盤子。五個盤子看來就好像是滅亡的行星羣似的。

「嗨！」漫長的沈默之後，她開口道：「我覺得我們不妨做個朋友。當然這要你願意。」

「當然願意呀。」我說。

「而且，是很親很親的朋友噢。」她說。

我點頭。

就這樣，我們變成很親很親的朋友。從最初見面開始還不到三十分鐘。

☞

「做爲親密的朋友，我有問題想問妳。」我說。

「可以呀。」

「首先第一個問題妳爲什麼不露出耳朵。其次一個問題過去妳的耳朵是否曾經對除了我以外的什麼人產生過『特殊的能力』？」

她什麼也沒說，只是一直注視著放在桌上的雙手。

「有許多原因。」她靜靜的說。

「很多？」

「嗯。不過如果簡單說的話，應該說是我對不露出耳朵的自己比較習慣吧。」

「換句話說露出耳朵時的妳，和不露出耳朵時的妳，不一樣對嗎？」

「對。」

兩個侍者把我們的盤子收下去，送上湯來。

「能不能談談露出耳朵時的妳？」

「那是很久以前的事了，沒辦法說得很貼切。說眞的，我從十二歲以來一次也沒露過耳朵。」

「可是做模特兒工作時不是要露耳朵嗎？」

「對。」她說。「不過那不是眞正的耳朵。」

「不是眞正的耳朵？」

「那是封閉起來的耳朵。」

我喝了兩口湯之後抬頭看看她的臉。

「能不能再稍微詳細地告訴我關於封閉的耳朵的情形？」
「封閉的耳朵是死的耳朵。我自己把耳朵殺死。換句話說，是有意地切斷通路……不知道你能瞭解嗎？」
我不太瞭解。
「你提出問題試試看。」她說。
「妳說殺死耳朵，是指讓耳朵聽不見嗎？」
「不。耳朵還是聽得見。不過耳朵都是死的。你應該也做得到。」
她把湯匙放在餐桌上，然後把背伸得筆直，再把兩肩往上抬高大約五公分，顎骨盡量往前伸，維持這樣的姿勢大約十秒鐘之後，肩膀忽然放下。
「像這樣子，耳朵就死了，你也來試試看吧。」
我試著跟她一樣慢慢重複做了三次，然而並沒有什麼東西死去的感覺。只是葡萄酒的醉意在體內循環得稍微快些而已。
「我的耳朵好像沒辦法順利死掉啊。」我很失望地說。
她搖搖頭。「沒關係。因為如果沒有必要死，那麼沒辦法死也沒什麼妨礙呀。」
「我再問一點問題可以嗎？」
「可以呀。」
「綜合妳所說的事情看來，我自然就這樣想。也就是說妳在十二歲以前，耳朵都是露出來的，然後有一天妳把耳朵藏起來，從此以後一直到現在，耳朵一次也沒露出來過。如果無論如何一定要露耳朵時，妳就故意把耳朵和意識之間的通路關閉起來，是這樣嗎？」

她微微一笑。「就是這樣。」

「在十二歲的時候，妳的耳朵發生了什麼事嗎？」

「你別著急。」她說著右手越過餐桌，輕輕觸摸我的左手的手指。「拜託。」

我把殘餘的葡萄酒分別注入兩個玻璃杯，慢慢拿起自己的杯子。

「我想先了解你的事情。」

「我的什麼事情？」

「全部啊。例如你是怎麼長大的、多大年紀、在做什麼之類的。」

「很平凡哪。因爲非常平凡，所以妳聽了一定會打瞌睡的。」

「我喜歡平凡的事情啊。」

「我的是屬於誰都不可能喜歡的那種平凡。」

「沒關係，你就談個十分鐘吧。」

「生日是一九四八年十二月二十四日，聖誕夜喲。所謂聖誕夜並不是理想的生日。因爲生日禮物和聖誕禮物都合併在一起，大家都用便宜的東西打發掉了。星座是山羊座，血型A型，這種組合比較適合當銀行職員或區公所職員。據說和射手座、天秤座、水瓶座的人性向不合。妳不覺得這樣的人生會很無聊嗎？」

「我覺得很有趣呀。」

「在平凡的城市長大，從平凡的學校畢業。小時候是個話很少的孩子，成長之後則變成一個無聊的孩子。

遇見一個平凡的女孩，談了一個平凡的初戀。十八歲那年上大學到東京來。大學畢業之後，和一個朋友兩個人開了一家小小的翻譯社，總算靠這個可以糊口過日子。三年前開始也做一點PR雜誌和廣告有關的工作，這方面也還算順利成長。和一位在公司上班的女孩認識，四年前結了婚，兩個月前離婚了。理由一言難盡。養了一隻年老的雄貓。一天抽四十根香煙。怎麼也戒不掉。擁有三套西裝和六條領帶，還有褪流行的唱片五百張。Ellery Queen 的小說裡的犯人我全部記得。普魯斯特的《追憶逝水年華》我也有全套，不過只讀了一半。夏天喝啤酒，冬天喝威士忌。」

「還有三天裡面有兩天在酒吧吃煎蛋捲和三明治對嗎？」

「對。」我說。

「滿有趣的人生嘛。」

「過去一直過的是無聊的人生，今後也是一樣。不過我對這倒也沒什麼不滿意的，總之這是沒辦法的事啊。」

我看看手錶。是九分二十秒。

「不過你現在所說的事，並不是你的全部對嗎？」

我暫時看了看放在餐桌上自己的兩隻手。「當然不是全部。因為不管多無聊的人生，也沒辦法在十分鐘之內說完。」

「我可不可以說說我的感想？」

「請。」

「我每次跟生人第一次見面，都會請對方談十分鐘。然後從對方所談的內容的正好相反的觀點來掌握對方。

你覺得我這樣做是錯誤的嗎？」

「不。」說著我搖搖頭。「我想或許妳的做法是正確的。」

「這方法如果試著套在你身上，我想就變成這樣了。」她一面把刀子劃進鰈魚慕斯裡一面說。

「換句話說，你的人生並不無聊，而是你在追求無聊的人生。不對嗎？」

「或許正如妳所說的。或許我的人生並不無聊，只是我在追求無聊的人生。不過結果都一樣。不管怎麼樣我得到的已經是這樣的人生。大家都在逃避無聊，然而我卻自己想要進去，簡直就像尖峰時段往逆方向走一樣。所以我的人生變成無聊我並不抱怨。只不過是妻子逃走的程度而已。」

「跟太太是因爲這個而分手的嗎？」

「剛才我已經說過，一言難盡。不過就像尼采也說過的一樣，所謂面對無聊，連眾神都要舉旗投降的。」

我們慢慢吃著。她中途又多要了一份沾醬，而我把多餘的麵包也吃了。一直到吃完主菜爲止，我們都個別想著不同的事。盤子收下去，吃過藍莓碎冰，端來艾斯布蕾咖啡時，我點起一根煙。煙草的煙只有少許在空中徘徊之後，就被吸進無聲的換氣設備裡去。有幾張餐桌來了客人。天花板上的喇叭播放著莫札特的交響樂。

「我想多聽一點有關妳的耳朵的事。」我說。

「你想知道，我的耳朵是不是擁有什麼特殊的能力對嗎？」

我點點頭。

「這一點我希望由你自己來確認。」她說。「就算我告訴你，也只能以非常有限的形式說，這對你我覺得沒有任何幫助。」

我再點了一次頭。

「我可以爲你露耳朵。」她喝完咖啡後說。「不過，這樣做我也不知道對你是不是眞的有幫助。說不定你會後悔呢。」

「爲什麼？」

「我是說你的無聊也許並不如你所想像的那麼堅固。」

「沒辦法啊。」我說。

她伸出手越過餐桌，重疊在我手上。「其次還有一點，暫時——從現在開始的幾個月——不要離開我。可以嗎？」

「好啊。」

她從皮包裡拿出黑色髮帶含在嘴裡，兩隻手像抱住頭髮般繞到後面，繞了一圈之後，很快地綁起來。

「怎麼樣？」

我倒吸了一口氣，呆呆望著她。口腔乾乾渴渴的，身體的任何部位都出不了聲音。白色灰泥牆壁一瞬間看來好像波浪起伏似的。店裡的說話聲、餐具的碰擦聲好像變成淡淡的模糊的雲的形狀似的，然後又恢復原狀。聽得見波浪的聲音、感覺得到令人懷念的黃昏夕暮的氣味。不過，這一切的一切只不過是在短短的百分之一秒裡，我所感覺到的許多東西的一小部分而已。

「不得了。」我像擠出聲音似的說。「好像不是同一個人一樣。」

「你說的對。」她說。

2 關於耳朵的開放

「正如你所說的。」她說。

她美到超現實的程度。那種美，是屬於我過去既沒看見過，也從來沒想像過的那種美。一切就像宇宙一般地膨脹，而且同時一切都凝固於厚厚的冰河裡。一切都傲慢地被誇張，而同時一切又被削除。那是超越我所知道的一切觀念之外的。她和她的耳朵化爲一體，就像古老的一道光線一樣滑過時光的斜面而落下。

「妳眞是不得了。」好不容易吸了一口氣之後我說。

「我知道。」她說。「這是耳朵開放的狀態。」

幾個客人轉過頭來，失神似地望著我們這一桌。來爲我們續杯咖啡的服務生，沒辦法好好倒咖啡，任何人都沒說一句話。只有音樂帶的輪圈繼續自動地慢慢轉著。

她從皮包裡拿出薄荷煙含在嘴上，我連忙用打火機爲她點火。

「我想跟你睡覺。」她說。

於是我們就睡了。

3 續・關於耳朵的開放

其實對她來說，眞正偉大的時代還沒有來臨。接下來只有兩天或三天，她斷續地讓耳朵露出來，然後她又再度把那光輝燦爛的奇蹟式造型物隱藏到頭髮後面，恢復成一個平凡的女子。那簡直就像，三月初裡爲了試一下氣溫而暫時脫下大衣又穿回去一樣的感覺。

「還不到露耳朵的時候。」她說。

「自己的力量還不能完全掌握自己。」

「我可沒什麼關係。」我說。因爲耳朵藏起來的她也相當不錯。

☜

雖然她偶爾會露出耳朵讓我看，不過那幾乎都是和做愛有關的場合。和露出耳朵的她做愛這件事裡，含有某種奇妙的趣味。下雨的時候能確實聞到雨的氣味。鳥啼唱的時候也能正確地聽到鳥在啼唱。沒辦法說清楚，不過總之就是這麼回事。

「跟別的男人睡覺時耳朵不露出來嗎？」有一次我試著問她。

「當然。」她說。「大家也許連我有耳朵這回事都不知道吧。」

「耳朵不露出來時的做愛是怎麼一回事？」

「非常義務式的。簡直就像在啃報紙一樣沒有任何感覺。不過也好。因爲所謂盡義務，也不是一件壞事。」

「可是，耳朵露出來的時候不是更棒嗎？」

「是啊。」

「那爲什麼不露呢。」我說。「何必一定要讓自己難過，跟自己過不去呢？」

她一本正經地凝視我的臉，然後嘆一口氣。「你眞是什麼也不懂。」

我覺得我確實對很多事情都完全沒弄懂。

首先第一點，她對我另眼看待的理由在那裡我就不懂。因爲跟別人比起來，我無論如何都不覺得自己有什麼特別優越或特別不一樣的地方。

我這樣說她就笑了。

「事情非常簡單哪。」她說。「因爲你特地來追求我。那是最大的理由。」

「如果有別人也追求妳呢？」

「可是至少現在你在追求我啊。而且，其實你比你自己所想像的還要棒呢。」

「那爲什麼我會那樣想呢？」我試著問她。

「那是因爲你只以自己的一半在活。」她斷然肯定地回答。

「另外一半你還保留著，不知道放在什麼地方，碰都沒碰它。」

「哦？」我說。

「在這層意義上，我們也不能說不像。我把耳朵關閉起來，而你只以一半在過活。你不覺得嗎？」
「不過就算是這樣，我剩下的一半，也沒有妳的耳朵那麼光輝燦爛哪。」
「或許。」她微笑起來。「你眞的什麼也不懂。」
她依然微笑著，把頭髮往上撩，脫開襯衫的釦子。

☞

夏天快接近終了的九月一個下午，我把工作擱下來休息，在床上一面捏弄著她的頭髮，一面一直想著鯨魚陰莖的事。海是深鉛色的，粗暴的風敲打著玻璃窗。天花板很高，展示室中除了我就沒有其他人的影子。鯨魚的陰莖永遠從鯨魚切除，完全喪失做為鯨魚陰莖的意義。
然後我又再試著回想一次妻子的襯裙。然而我卻連她是否曾經擁有過襯裙都想不起來。只有一個模糊的印象，襯裙披在廚房椅子上的不具體的風景，一直黏在我頭腦的角落。這到底意味著什麼，我也想不起來。覺得簡直好像長久之間，過著一個不知是誰的別人的人生似的。
「妳穿不穿長襯裙？」我沒什麼特別用意地試著問女朋友。
她把頭從我肩上抬起來，眼神矇矓地望著我。
「不穿。」
「噢。」我說。

「不過，如果你覺得那樣會更順利的話……」

「不，不是這樣。」我急忙說。「我說的不是這意思。」

「不過，你眞的不用客氣。我因爲工作上的關係對這種事很習慣，一點也不覺得害羞。」

「什麼都不需要。」我說。「眞的有妳和妳的耳朶就非常夠了。除了這個什麼都不需要。」

她一副很無趣似地搖搖頭，把臉伏在我肩膀上。然後過了大約十五秒之後，再度抬起臉來。

「嘿！再過十分鐘左右，會有一通非常重要的電話打來喲。」

「電話？」我看看床邊的黑色電話機。

「對，電話鈴會響。」

「妳知道？」

「知道。」

她保持頭枕在我赤裸胸部的姿勢，抽起薄荷煙。不久之後煙灰掉落在我肚臍旁邊，她只嘟起嘴把那吹到床外。我用手指把她的耳朶夾住，非常美妙的感觸。頭腦恍恍惚惚的，各種無形的印象浮上來又消失。

「是關於羊的事。」她說。「很多的羊跟一頭羊。」

「羊？」

「嗯。」說著她把抽到一半左右的香煙遞給我。我抽了一口之後，塞進煙灰缸弄熄。「然後冒險就開始了。」

☜

過一會兒枕邊的電話響起。我望了她一眼，然而她已經在我胸脯上沈沈睡著了。我讓電話響了四次之後拿起聽筒。

「你現在馬上過來好嗎？」我的搭檔說。聲音口氣非常緊張。「非常重要的事。」

「重要到什麼程度？」

「你來了就知道。」他說。

「反正是羊的事吧？」我試探地說。實在不應該說的。聽筒像冰河似地冷卻下來。

「你怎麼會知道？」搭檔說。

總而言之，就這樣開始了有關羊的冒險。

第四章　尋羊冒險記 I

1 奇怪的男人・序

一個人會變成習慣性地喝大量的酒，有各種理由。雖然理由有各式各樣，結果卻大體相同。

一九七三年我的共同經營者是個快樂的醉仙。一九七六年他變成一個有些難纏的醉漢，然後到了一九七八年夏天，他那不怎麼巧的手已經搭上通往初期酒精中毒之門的把手了。就像許多習慣性飲酒者一樣，沒喝酒時的他，就算不能稱得上敏銳，至少還被大家認爲是個正常而令人有好感的人。他自己也覺得自己是這樣的人，所以喝酒。因爲好像酒精進入體內之後，對自己是個正常而令人有好感的想法，比較能夠巧妙同化似的。

當然剛開始這一切都很順，然而隨著時間的消逝、酒量的增加，於是產生了微妙的誤差，而微妙的誤差終於變成更深的槽溝。他的正常性和好感往前走得太快，連他自己都追不上了。這是經常有的例子。只是大多數人並不認爲自己是屬於經常有的例子。如果不是敏銳的人就更是如此了。他爲了重新找回失去的東西，而開始徘徊於更深的酒精迷霧中。而且狀況更加惡化一層。

不過至少目前他在天黑之前還是正常的。因爲我已經有很多年盡量在天黑之後不和他碰面，因此至少與我有關的他是正常的。雖然如此我還是很清楚他在天黑之後並不正常，他自己也知道。對這件事我們雖然隻字不提，卻也知道彼此心裡有數。我們雖然依舊相處得很好，卻已經不再是和以前一樣的朋友了。

就算稱不上百分之百互相理解（我想百分之七十都很可疑），但至少他是我大學時代唯一的朋友，這樣的人變得不正常，而又近在身邊看在眼前，對我來說是一件滿難過的事。不過，所謂上了年紀，就是這麼回事。

我到辦公室時，他已經在喝著一杯威士忌。如果止於一杯的話，他還是正常的，只是在喝著則與平常沒有兩樣。也許不久就會變成喝兩杯。那麼一來我很可能會離開公司，另外找別的工作。

我一面站在冷氣出風口前面讓汗吹乾，一面喝著女孩子端來給我的冰涼麥茶。他什麼也沒說，我也什麼都沒說。午後的強烈陽光，像幻想的飛沫似的灑落在油毛氈地磚上。眼底下公園的綠意寬闊地延伸出去，看得見許多躺在草地上悠閒地曬太陽的人細小的模樣。搭檔繼續用原子筆尖端刺著左手的掌心。

「聽說你離婚了？」他開口說。

「那是兩個月前的事了。」我眼睛依然望著窗外說。脫下太陽眼鏡，眼睛就痛。

「爲什麼離婚？」

「這是私事。」

「我知道啊。」他很有耐心地說。「不是私事的離婚還沒聽說過呢。」

我默不作聲。彼此不過問私人問題是長年以來我們之間的默契。

「我並不想多管閒事。」他說明理由。「只不過她也是我的朋友，所以我滿震驚的。何況你們感情不是一直很好嗎？」

「感情一直很好啊。而且也不是吵架分手的。」

搭檔一臉困惑地沈默下來，仍然把原子筆尖繼續往手掌心刺。他穿著深藍色新襯衫打黑領帶，頭髮梳得整整齊齊。古龍水和乳液的氣味全有了。我穿一件史奴比抱著衝浪板圖案的T恤，洗得快變雪白的舊 Levis 牛仔褲和滿是泥巴的網球鞋。誰看了都會認爲他比較正常。

「我們跟她三個人一起工作時的事情，你還記得嗎？」

「記得很清楚啊。」我說。

「那時候很快樂。」搭檔說。

我離開冷氣前面，走到房子中央在一個瑞典製天藍色軟綿綿的沙發上坐下，從待客用的香煙盒裡取出一根有濾嘴的 Pall Mall，用沈重的桌上打火機點了火。

「然後呢？」

「結果，我發現我們好像擴張得太大了。」

「你是指廣告和雜誌之類的吧？」

搭檔點點頭。我一想到他說出這話之前，一定已經煩惱很久了，就覺得有點過意不去。我確認了一下桌上打火機的重量，然後旋轉控制鈕調節火焰的長度。

「你想說的事我了解。」我說著把打火機放回桌上。「不過請你好好回想一下。這些工作本來就不是我去拿回來的，也不是我說要做的。是你拿回來的，是你說我們來做做看的。對嗎？」

「一方面也因爲推不掉，一方面那時候也很空閒……」

「而且可以賺錢。」

「是賺錢哪，托這福辦公室才搬了家，人也增加了。車子也換了，房子也買了，兩個孩子也上了花錢的私立學校。以三十歲來說，我想應該算屬於有錢的。」

「是你賺的，沒什麼可恥的。」

「我可沒覺得羞恥啊。」搭檔說。然後把丟在桌上的原子筆拿起來，輕輕刺了幾次手掌心正中央。「可是，一想到從前，就覺得好像假的一樣。兩個人背著貸款，到處去找翻譯的工作，在車站前面派海報那時候的事。」

「現在只要你想派，還是可以兩個人一起去派報啊。」

搭檔把臉抬起來看著我。「喂！我可不是開玩笑的哦。」

「我也不是啊。」我說。

我們沈默了一會兒。

「很多事情都變了。」搭檔說。「生活的步調和想法。首先我們到底賺多少？連我們自己都不淸楚。會計師一來，就幫我們做各種莫名其妙的文件，什麼要扣減的什麼要折舊的，什麼稅金對策，老是搞這些。」

「到處還不都是一樣在搞。」

「這我知道。我也知道非這樣做不行，實際上也在這麼做。不過從前那樣是比較快樂。」

「隨著成長茁壯，牢獄的陰影，也在我們周遭滋長。」我嘴裡唸著古詩的詞句。

「那是什麼？」

「沒什麼。」我說。「然後呢？」

「現在覺得好像在被壓榨似的。」

「壓榨？」我吃驚地抬起頭來。我們之間大約有兩公尺的距離，由於有椅子高度的關係，他的頭比我高出二十公分左右。他的頭後面掛著石版畫。一張沒看過的新的石版畫，長了翅膀的魚的畫。魚看起來對於自己背上長了翅膀似乎不十分滿意。也許不太懂得該怎麼使用吧。「壓榨？」我再一次，這次是試著對自己發問。

「是壓榨啊。」

「到底被誰壓榨了？」

「各方面都有一點。」

我在天藍色的沙發上蹺腿坐下，眼睛的高度正好讓我一直注視著他的手，和他手上原子筆的動作。

「總之，你不覺得我們變了嗎？」搭檔說。

「還是一樣啊。誰也沒變，什麼也沒變。」

「你眞的這麼想？」

「是這麼想。壓榨根本不存在。那東西是童話。我相信你也不會認爲救世軍的喇叭眞的能夠救得了這個世界吧？你想太多了。」

「算了，我一定是想太多了。」搭檔說。「上星期你，也就是我們，寫的植物牛油廣告文案，說眞的是很不錯的文案喏。評語也很好。不過這幾年你眞的吃過什麼植物牛油嗎？」

「沒有啊。我討厭植物牛油。」

「我也沒有。結果就是這麼回事。至少我們從前做的是自己眞的有自信的工作，而且會引以爲榮。但現在卻沒有。只不過到處濫用一些不具體的語言而已。」

「植物牛油對健康很好啊。既是植物性脂肪，膽固醇也少，不容易得成人病，最近味道也不差。既便宜，又可以放很久。」

「那你自己怎麼不吃吃看。」

我沈進沙發裡，慢慢伸展手腳。

「沒什麼兩樣啊。不管我們吃植物牛油也好，不吃也好，結果都一樣。樸實的翻譯工作，和巧詐的植物牛油廣告文案根本上還不是一樣。確實我們是在濫用一些不具體的語言。然而什麼地方有什麼具體的語言呢？我告訴你，這個世界上根本沒有什麼誠實的工作。就像任何地方都沒有誠實的呼吸或誠實的小便一樣。」

「你以前是比較純眞的。」

「或許吧。」說著我把香煙在煙灰缸揉熄，「一定在某個地方有個純眞的城市，在那裡純眞的肉店老闆正在切著純眞的里脊肉火腿。如果你覺得從中午開始就喝威士忌是比較純眞的話，那麼你就儘管痛快地喝吧。」

只有原子筆在桌上敲出喀啦喀啦的聲音，長時間支配著整個房間。

「抱歉。」我向他道歉。「我不是有意這樣說的。」

「沒關係。」搭檔說。「也許眞的是這樣。」

空調的自動調節器發出奇異的聲響。那是個靜得可怕的下午。

「要有自信哪。」我說。「我們不是光靠自己的力量做到現在嗎?既沒欠人家也沒被欠什麼。跟那些有靠山有頭銜就神氣活現的傢伙們不一樣啊。」

「過去我們曾經是朋友呢。」搭檔說。

「現在還是朋友啊。」我說。「我們一直都是同心協力撐過來的。」

「眞不希望看到你離婚。」

「我知道。」我說。「不過我們差不多該開始談羊的事情了吧?」

他點點頭，把原子筆放回筆盤，用手指揉揉眼皮。

「那個人是今天早上十一點來的。」搭檔說。

2 奇怪的男人

那個男人來的時候，是早上十一點。像我們這種小規模的公司，早上十一點有兩種情況。要不是非常忙碌，就是非常空閒。並沒有屬於中間的情況。因此我們上午十一點，不是什麼都不思考地匆匆忙忙工作著，就是什麼都不思考地繼續呆呆做著白日夢。中間性的工作（如果假定有這樣的東西的話），只要留到下午就行了。

那個男人來的時候，是屬於後者的上午十一點。而且那是一個紀念碑式的空閒的上午十一點。九月的前半段是連續瘋狂忙碌的日子，結束之後，工作便忽然斷絕了。包括我在內的三個人，度了一個延後一個月的夏季休假，即使如此，留下來的伙伴們也只有削削鉛筆程度的工作而已。我的搭檔拿支票到銀行去換錢，一個同事到附近一家音響廠商的展示間去聽一大堆新譜唱片消磨時間，只有一個女孩子留在公司一面接聽電話，一面翻閱女性雜誌上的「秋季髮型」報導。

男人無聲地打開辦公室的門，又無聲地關上。不過這男人並不是故意要裝作安靜無聲的。一切都是習慣性的自然的。由於太習慣、太自然了，因此她連男人進來這回事，都沒有感覺。當她注意到的時候，男人已經站在桌子前面，正俯視著她。

「我想見你們負責人。」男人說。好像用手套拂拭著桌上灰塵的說法。

到底發生了什麼事？她一點都弄不清楚。她抬起頭來看那男人。如果以來談工作上的事情來說，那男人的眼光未免過於尖銳，如果以稅捐處的人來說穿著又太講究了，如果是警察的話又太知性了，除此之外的職業她已經想不到其他的。男人像一則洗練的不祥新聞般，突然出現在她眼前，擋在她面前。

「現在不在。」她急忙把雜誌合起來說。「他說再三十分鐘左右會回來的。」

「我等他。」男人毫不猶豫地說。感覺好像早在他意料之中似的。

她不知道要不要問對方姓名，終於沒問便領他到會客室去。男人在天藍色沙發坐下，蹺起腿，望著正面牆上的電子鐘就那樣安靜坐著。沒有任何多餘的動作。後來她送麥茶來的時候，他依然保持同樣的姿勢，一動也沒動。

「就在你現在坐著的同一個地方。」搭檔說。「坐在那裡，整整三十分鐘，以同樣的姿勢盯著時鐘。」

我看看自己坐著的沙發的凹陷處，然後抬頭看看牆上的電子鐘，然後再一次看看搭檔。

以九月的後半來說，外面熱得有點反常，雖然如此男人卻穿得非常整齊。從做工良好的西裝袖口正確地露出白襯衫的袖子。微妙色調的條紋領帶被小心翼翼地調整到只有些許左右不對稱的程度，黑色馬皮鞋子閃閃發亮。

年齡大約三十五到四十之間，身高一百七十五公分以上，而且身上連一公克的贅肉都沒有。纖細的手沒有一點皺紋，修長的十隻手指，只有經過長年歲月的訓練、統御，才可能有的，令人聯想到內心深處繼續抱持著原始記憶的羣生動物。指甲是費了時間和精神仔細修過的幾近完美狀態，指尖描繪出十個精確的橢圓。雖然眞的很美，然而卻也有幾分奇怪的手。那手令人感覺到，在極端限定的方面具有高度的專門性，不過那到底是哪方面卻沒有人知道。

男人的臉就沒有他的手說得那麼多。容貌雖然端正，卻沒有表情，是平板的。鼻子、眼睛都像是用刀子修過似的呈直線型，嘴則又細又乾。男人整體上雖然曬得有點黑，不過那一眼就看得出來，並不是在哪個海邊或網球場半開玩笑曬成的。而是我們所不知道的那種太陽，在我們所不知道的場所的上空閃亮著，所製造出來的那種曬黑法。

時間流逝得驚人的緩慢。那是令人想到高聳入雲的巨大機械裝置中的一個螺絲那種冰冷而硬質的三十分鐘。搭檔從銀行回來時，覺得屋裡的空氣好像變得非常沈重。說得極端一點就好像屋裡所有的一切都被鐵釘固定在地板上了似的，那種感覺。

「當然，只是感覺上如此而已喲。」搭檔說。

「那當然。」我說。

獨自一個人留下來接電話的女孩，已經因爲過分緊張而累得精疲力盡。搭檔還不知道是怎麼回事就走進會客室去，說出自己就是經營者報完姓名之後，男人的姿勢才開始解凍，從胸前的口袋取出細長的香煙點著，好像很煩惱似地把煙往空中吐出來。周圍的空氣因而稍微放鬆和緩一點點。

「因爲沒什麼時間，所以我長話短說。」男人安靜地說。於是從皮夾裡抽出挺得像會割手似的名片出來，放在桌上。名片是由一種類似塑膠的特殊紙印的，白得近乎不自然，上面用黑黑小小的活字印上名字。既沒有頭銜也沒有住址和電話號碼。只有四個字的姓名而已。好像光看著就會令人眼睛痛起來似的名片。搭檔翻過背面看看，確定那完全是白紙之後，再看了一次正面，然後看男人的臉。

「我想您大概知道這位先生的名字吧？」男人說。

「知道。」

男人的下顎尖端只移動了若干毫釐輕輕點一下頭。只有視線卻絲毫沒有移動。「請燒掉。」

「燒掉？」搭檔吃驚地注視對方的眼睛。

「那張名片，現在就請立刻燒掉。」男人斬釘截鐵地說。

搭檔急忙拿起桌上擺飾的打火機，從名片的一角點起火來。手還拿著名片的一端，一直燒到一半左右才放進大水晶煙灰缸裡，兩個人面對面一起望著那火燒盡化成白灰爲止。名片完全化成灰之後，屋裡被一種令人聯想到大屠殺之後的沈重靜默所覆蓋。

「我是接受這位先生的全權委託到這裡來的。」過了一會兒，男人開口道。「換句話說，我現在要向您提的事情，希望您明白這全部都是這位先生的意志，也是他的希望。」

「希望……」搭檔說。

「所謂希望是指對某種限定目標所採取的基本姿勢，以最美好的語言所表現的東西。當然，」男人說。「也有別種表現方法，您明白嗎？」

搭檔試著把男人的台詞在腦子裡轉換成現實的日本語。「明白。」

「雖然這麼說，不過這既不是概念性的話題，也不是政治方面的事，而是business上的事。」從男人「business」這個字發音之標準，可以推測他可能是出生在國外的日本人。

「您是生意人，我也是生意人。從現實上來說，我們之間，除了生意之外，也沒有其他該說的。非現實的事就交給其他的人吧。您說是嗎？」

「是的。」搭檔回答。

「把那些非現實的因素，轉換成比較詭辯的形態，以便植入現實的大地則是我們的任務。人們往往容易走向非現實性。爲什麼呢？」男人說著用右手手指玩弄著左手中指上綠色的寶石。「因爲那樣看起來比較簡單。而且有時候往往令人產生非現實似乎壓倒現實的印象。然而在非現實的世界生意是不存在的。換句話說，我們是傾向困難的人種。因此如果，」說到這裡男人把話切斷，再度玩弄他的戒指。「我現在提出的事情，對您來說是有些困難的作業，或需要做個決斷的話，那也要請您原諒。」

搭檔還不太能夠理解，只是默默點頭。

「那麼我把這邊的希望提出來。第一，貴社所製作的P人壽公司的PR雜誌，請立刻中止發行。」

「可是……」

「第二，」男人把搭檔的話制止。「我想跟負責這一頁的人直接面談。」

男人從西裝裡面的口袋拿出一個白色信封，從裡面取出一張摺成四分之一的紙片交給搭檔。搭檔拿在手上打開來看。那確實是我們工作室製作的人壽保險公司印刷品畫面的複本。北海道平凡的風景照片——雲、山、羊和草原。還有不知道從那裡借來用的不怎麼吸引人的牧歌式的詩，如此而已。

「這兩點是我們的希望。關於第一點希望，與其說是希望，不如說已經成爲確定的事實。如果要正確地說的話，也就是已經依照我們的希望做了決定。如果您還有什麼不明白的地方，等一下請打電話問廣告課長。」

「原來如此。」搭檔說。

「不過以你們這種規模的公司來說，由於這次事件所造成的損失是非常大的，這倒可以很容易想像得到。幸虧我們——就像您所知道的——在這個業界具有不小的力量。因此只要能夠達成我們第二個希望，那位負責人提供得出能夠滿足我們的資訊，那麼我們已經準備充分彌補你們的損失。甚至超過你們的損失。」

沈默支配了整個屋子。

「如果希望不能達成的話。」男人說。「那麼你們也完了。從今以後，這個世界上將沒有一個地方你們進得去的。」

於是再度沈默。

「有沒有什麼問題？」

「換句話說，這張相片有問題？」搭檔戰戰兢兢地問。

「是的。」男人說。然後在手掌上非常注意地選擇用語。「就像您說的。不過除此之外的事情就無可奉告了。因爲我沒被授權。」

「我們會打電話聯絡負責人。我想三點可以到這裡。」搭檔說。

「很好。」說著男人眼睛看看手錶。「那麼四點我們派車來。還有這一點很重要，關於這件事不能對任何人講。可以吧？」

於是兩個人便公事化地告別了。

3 有關「先生」的事

「就是這麼回事。」搭檔說。

「我完全搞不懂。」我嘴上含著一根沒點火的煙說。「首先這名片上的人物到底是誰？我不知道。其次這位人物爲什麼對羊的照片覺得感冒，我也不懂。最後這個人物爲什麼可以禁止我們的印刷品發行，我不懂。」

「名片上的人物是右翼的大人物。雖然名字和臉都幾乎不對外曝光，因此一般人很少知道，不過這個業界卻無人不知。不知道的恐怕只有像你這樣的人吧。」

「我對世事是孤陋寡聞。」我替自己找理由。

「說是右翼，並不單指所謂的右翼。或許應該說包括右翼在內吧。」

「這我就更不懂了。」

「說眞的，他到底在想什麼，誰也不知道。他既沒出什麼著作集，也沒在人前演講，採訪、攝影一概不許。甚至連是活著還是死了都不清楚。五年前有一本月刊雜誌記者正要把他所牽涉的不法融資事件獨家披露出來，可是立刻就被封殺了。」

「你倒是相當清楚嘛。」

「因爲我跟那位記者間接認識。」

我用打火機把含著的香煙點著。「那位記者現在在做什麼？」

「被調到營業部，從早到晚整理傳票。因爲大衆傳播界相當小，這種事情相當具有殺雞警猴的作用。就像非洲原始住民部落的入口，懸掛裝飾骸骨一樣的意思。」

「原來如此。」我說。

「不過有關戰前他的簡歷，某種程度上我倒是約略知道一些。一九一三年出生在北海道，小學畢業之後來到東京，輾轉換了幾個職業，成爲右翼的一份子。記得曾經進過一次監獄。從監獄出來之後跑到滿州去。和關東軍的參謀階層關係不錯，成立了一個謀略方面的組織。至於那組織的內容我就不太清楚。他從那時候開始，忽然變成一個謎一樣的人物。傳說和麻藥方面有關，很可能是那樣。於是在中國大陸到處橫行之後，就在蘇聯參戰前兩個星期，搭驅逐艦回到本土。帶著數不清的大量貴金屬一起回來。」

「怎麼說呢，時機絕妙嘛。」

「事實上這個人物對於掌握時機的本事是一流的。知道什麼時候該攻，什麼時候該守。其次他的眼光也好。

占領美軍曾把他以A級戰犯逮捕起來，卻在調查途中中止調查變成不起訴。理由因爲疾病，不過這其中頗曖昧的。或許跟美軍之間有什麼交易吧。因爲麥克阿瑟想打中國大陸的主意。」

搭檔從筆盒再度抽出原子筆，在手指間團團轉著。

「於是，他從巢鴨出來之後，把不知道藏在什麼地方的財寶分成兩份，用其中的一半收買下整個保守黨的派閥，另一半則收買了廣告業界。那時候所謂的廣告業，才不過只考慮到派派海報之類的時代呢。」

「可以說具有先見之明吧。不過難道沒有人對他的隱匿資產提出抗議嗎？」

「算了吧。人家可是買下了一個保守黨的派閥啊。」

「那倒是。」我說。

「總之，他把那錢投入了政黨和廣告，而那結構一直延續到現在。他不露面是因爲沒必要露面。只要掌握住廣告業界和政黨政權的中樞，就沒什麼辦不到的了。所謂控制廣告是怎麼回事你懂嗎？」

「不懂。」

「所謂控制廣告，就是指幾乎控制了所有的出版和電波媒體的意思。沒有廣告的地方也就沒有出版和電視、電台。就像沒有水的水族館一樣啊。你眼睛所接觸到的資訊，百分之九十五是已經被金錢收買並篩選過的。」

「我還是不懂，」我說。「到那個人物掌握了資訊產業爲止，我倒很瞭解，可是爲什麼他連人壽保險公司的PR雜誌都有能力控制呢？那不是沒透過大廣告公司而直接訂契約的嗎？」

搭檔乾咳一聲之後，把完全變涼的剩餘麥茶喝完。「股票啊。那傢伙的資金來源是股票。操作股票、吸購、併吞，這麼回事。他的資訊機構，專門搜集這方面的資訊，而他則做取捨選擇。這其中的一切只有極少部分流出到大衆傳播方面，其他的先生都爲他自己保留著。當然並不是直接介入，不過像恐嚇之類的事他也做。如果恐嚇無效，他就把資訊轉給政治家供他們挑撥點火之用。」

「任何公司都至少有某方面的弱點哪。」

「任何公司都不希望在股東大會上被放炮吧。所以他說的話多半會聽。換句話說先生可以說是坐鎮於政治家、資訊產業和股票這三位一體之上。我想這麼說你就懂了。對他來說，要鏟除一本ＰＲ雜誌，讓我們變成失業者，簡直比剝水煮蛋還要簡單呢！」

「嗯。」我哼了一下。「可是這麼一個大人物，爲什麼會對北海道的一張風景照片那麼在意呢？」

「確實是個好問題。」搭檔似乎並不怎麼感動似的說。「我才正想問你同樣的問題呢。」

我們沈默下來。

「還有你怎麼知道是有關羊的事情呢？」搭檔說。「爲什麼？在我所不知道的地方，到底發生了什麼事？」

「幕後有個無名英雄在轉動著紡紗輪子啊。」

「你能不能用比較容易瞭解的話說明呢？」

「第六感哪。」

「唉呀。」搭檔嘆了一口氣。「先暫且不提這個，現在有兩個最新消息。我打過電話給剛才提到的月刊雜誌記者。第一個消息是，聽說先生好像腦中風還是什麼的，倒下來不可能再起來。不過這並沒有經過正式確認。另外一個消息是有關到這兒來的男人。他是先生的第一祕書，實際上組織的營運都交給他，也就是所謂第二號人物。他是美國出生的第二代日僑，史丹福大學畢業，十二年前開始在先生下面工作。雖然是個來路不明的男人，不過好像頭腦好得不得了。我所知道的就只有這些了。」

「謝謝。」我向他道謝。

「那裡。」搭檔也沒看我的臉說。

他只要是沒喝酒喝過頭的時候，怎麼想都比我來得正常。比我更親切，純樸，對事情的想法也比我更確實。不過他遲早總是要喝醉。想到這裡就令人難過。比我正常的人，多半都比我更早變得不行。

搭檔走出屋子之後，我從抽屜找出他的威士忌，一個人喝起來。

4 數羊

我們也有可能在一塊偶然的大地之上漫無目的地遊蕩。正如某種植物帶有翅膀的種子被迷亂的春風吹送到一個不知名的地方一樣。

不過同時我們也可以說偶然性根本就不存在。已經發生的事情是明確地已經發生了，而尚未發生的事情則明確地沒有發生。換句話說，我們是被夾在背後的「全部」和眼前的「零」之間的瞬間性存在，在這裡既沒有偶然，也沒有可能性。

不過，實際上這兩種見解之間，並沒有什麼太大的差別。這就像（正如大多的對立見解也是這樣的）被以兩種不同名字稱呼的同一種菜一樣的東西。

這是一種比喻。

我從一方的觀點(a)來看ＰＲ雜誌上彩色頁所刊登的羊照片時，是一種偶然，而從另一方的觀點(b)來看時卻不是偶然。

(a) 當我正在尋找有沒有適合放在ＰＲ雜誌彩色頁的照片時，我的抽屜裡，「偶然」有一張羊的照片。於是我就用了那張照片。和平世界的和平偶然。

(b) 羊的照片在抽屜裡，一直繼續在等我。即使我不用在那本雜誌的彩色頁，總有一天也會把它用在別的用途上。

這麼一想，這個公式或許可以適用在我過去經歷的整個人生過程的所有會面也不一定。如果好好訓練的話，說不定我就可以用右手操縱(a)式的人生，而以左手操縱(b)式的人生。不過，算了，這都無所謂。就像甜甜圈的洞一樣。要把甜甜圈的洞當做空白來掌握，或者當做存在來掌握，畢竟都是形而上的問題。甜甜圈的味道並不會因此而有絲毫的變化。

搭檔有事出去之後，屋子裡忽然變得空蕩蕩的。只有電子鐘的秒針繼續無聲地旋轉著。距離車子要來接我的四點還很早，卻又沒有任何事情是不做不行的。隔壁的工作室也靜悄悄的。

我坐在天藍色沙發上喝著威士忌，飄飄然像蒲公英的種子一樣，一面吹著舒服的冷氣，一面望著電子鐘。只要望著電子鐘，至少世界還在繼續動著。就算並不是什麼了不得的世界，總之是在繼續動著。而只要體認到世界是在繼續動的，我便存在。就算並不是什麼了不起的存在，至少我總是存在的。我覺得人只能透過電子鐘的秒針，才能確認自己的存在，似乎有點奇怪。世上應該還有其他確認方法才對。然而不管怎麼想，卻想不起任何適當的東西。

我放棄再想，又喝了一口威士忌。灼熱的感觸越過喉嚨，通過食道內壁，迅速下到胃底。窗外碧藍的夏日天空和白雲一望無際。那雖然是一片漂亮的天空，看來卻有點像用舊了的中古品似的。即將送出去拍賣之前，用藥用酒精擦亮了讓表面好看的中古天空。我爲這樣的天空，爲從前曾經是新品的夏日天空，又喝了一口威士忌。還不錯的蘇格蘭威士忌。而天空只要看慣了也沒那麼壞。巨無霸噴射機從窗戶左邊往右邊慢慢橫切而過。那看來就像一隻被閃閃發亮的硬殼所覆蓋的蟲子一樣。喝完第二杯威士忌時，我被一個問題所襲擊「我到底爲什麼在這裡？」

我到底在想什麼？

是羊。

我從沙發上站起來，拿起放在搭檔桌上的彩色頁照片的影本，再回到沙發上。然後一面舔著殘留有威士忌味道的冰塊，一面凝神注視著照片二十秒左右。我非常耐性地試著思考那張照片到底意味著什麼？

照片上照出羊羣和草原。草原盡頭連接著白樺樹林。北海道特有的巨大的白樺。不是在附近牙醫師家玄關旁湊合著生長的那種微不足道的小白樺。是那種四頭熊可以同時磨爪子的粗壯白樺。從葉子繁茂的程度來看，季節好像是春天。背後的山頂上還殘留著白雪。山腰的谷間也有幾處殘留積雪。大概是四月或五月的時候吧。積雪正在溶化，地面濕答答的季節。天空是藍色的（大概是藍色的吧。從黑白影印的照片無法清楚地確信是不是藍色。或許是鮭魚肉的粉紅色也說不定），白色的雲在山上薄薄地拉出一條長尾巴。不管怎麼想羊羣所意味的就是羊羣，白樺林所意味的就是白樺林，白雲所意味的就是白雲。如此而已。除此之外什麼也沒有。

我把那張照片丟在桌上，抽了一根煙，打了個呵欠。然後再一次拿起照片，這次開始試著數羊的數目。然而草原實在太遼闊了，羊好像野餐的午餐時候一樣，感覺零零散散的，因此越往遠處走，越弄不清楚那到底是羊，或只是一個白點而已，然後再過去就變成弄不清楚那只是一個白點呢，還是眼睛的錯覺，最後變成弄不清楚到底是眼睛的錯覺，或者只是一片虛無。沒辦法，我只能暫且把可以確信是羊的東西，用原子筆尖試著數一數。三十二就是那數字。三十二頭羊。沒有任何變化的風景照片。構圖並不特別怎麼樣，也沒有什麼特殊的意義。

可是其中確實有什麼。有麻煩的氣味。那在我第一次看見它時，就感覺到過的，這三個月以來一直繼續感覺著的事情。

我這次乾脆在沙發上躺下來，把照片拿高到臉上看，試著重新再數一次羊的數目。三十三頭。

三十三頭？

我閉上眼睛，搖搖頭。讓腦子裡變成一片空白。好！沒關係，我想。就算要發生什麼事情，現在什麼也還沒發生。而就算有什麼事已經發生了，那麼那已經是發生了。

我仍然躺在沙發上，再一次試著向羊的數目挑戰。然後就那樣落入午後的兩杯威士忌式的深沈睡眠之中。在沈睡之前，我曾瞬間想到新女朋友耳朵的事。

5 汽車和司機(1)

來接我的車子在預先告知的四點來了。好像報時鐘一樣正確。女孩子把我從深沈的睡眠之穴裡拉出來。我到洗手間沖了一下臉。然而睡意並沒有消退。搭電梯下到樓下爲止，打了三次呵欠。好像在向誰告訴什麼似的呵欠，只是在告訴的和被告訴的都是我。

那部巨大的車子像潛水艇一樣浮在大樓門前的路上。好像一個謙虛的小家庭都足夠在那車蓋底下過日子一般巨大的車子。窗玻璃是暗藍色，從外面看不到裡面。車體眞的是非常漂亮的黑漆，從緩衝板到車輪蓋都沒有一點灰塵。

車子旁邊一位身穿清潔白襯衫，打橘紅色領帶的中年司機以筆挺的姿勢站立著。眞正正點的司機。當我走近時他什麼也沒說地打開車門，看清我已經確實在座位上坐定之後再把門關上。然後自己也坐進駕駛席，關上車門。這一切的一切只發出新撲克牌一張一張翻時那樣程度的聲音而已。跟我那輛朋友轉讓給我的十五年的VW金龜車比起來，簡直就像戴上耳栓子，坐在湖底下一樣安靜。

車子裡的裝潢也很不簡單。就像大部分有關車子的裝飾品那樣絕對稱不上品味好，不過雖然如此還是很不簡單則是事實。寬闊的後座正中央鑲嵌著一個設計帥氣的按鍵式電話，旁邊並排齊備有一套銀製的打火機、煙灰缸和香煙盒。司機背後設有摺疊式桌子和小櫃子，可以寫點東西或用簡單的餐點。空調的送風安靜而自然，地板全面舖的地毯是軟綿綿的。

當我回過神來時，車子已經在移動了，感覺上簡直就像坐在一隻大金盆裡在水銀的湖面滑行一樣。我試著想像這輛車到底用了多少錢，可是光想是沒用的。因爲一切都超越我想像力的範圍之外。

「您要不要聽什麼音樂？」司機說。

「盡量放聽了想睡覺的好了。」我說。

「好的。」

司機在座位下摸索一番選出卡式錄音帶，按下儀表板音響的按鈕。從不知道巧妙地隱藏在什麼地方的喇叭，安靜地流出無伴奏大提琴的奏鳴曲。好得沒話說的曲子，好得沒話說的聲音。

「每次都用這部車接送客人嗎？」我試著問。

「是的。」司機小心翼翼地回答。

「最近一直是這樣。」

「哦？」我說。

「這原來是先生專用的車子。」停了一會兒之後司機說。司機比外表看來親切得多。「不過自從今年春天身體不舒服以來，已經不再外出，可是讓車子閒著也可惜。而且我想您也知道的，車子這東西要不定期動一動，性能是會降低的。」

「原來如此。」我說。那麼先生身體不舒服這回事，並不是什麼機密事項囉。我從香煙盒抽出一根香煙來看。沒有品牌名字，自製的無濾嘴香煙，拿近鼻子前一聞，有一股接近俄羅斯煙草的氣味。我猶豫了一下，是抽呢？還是放進口袋裡備用呢？終於改變想法放了回去。打火機和香煙盒中央刻著精緻圖案的花紋。是羊的圖紋。

因爲我想不管想什麼都沒用，所以我搖搖頭閉上眼睛。自從第一次看見那耳朵的照片那個下午以來，很多事情似乎都開始變成不是我的手能夠控制得了的了。

「到目的地大概需要多少時間？」我試著問。

「三十分鐘到四十分鐘，這也要看道路擁擠的情況如何而定。」

「那麼可不可以請把冷氣關小一點。我想繼續睡一下午覺。」

「好的。」

司機調節過空調之後，又按了儀表板上的某個按鍵。厚厚的玻璃咻咻地昇上來，隔絕了司機席和後座客席。後座除了巴哈的音樂之外，可以說幾乎完全被沈默所包圍。不過我那時候已經對大多的事情不再感到驚訝了。我把臉頰埋進後座開始睡覺。

夢中出現了乳牛。算是滿清爽的，不過自然也吃過苦的那種類型的乳牛。我們在寬闊的橋上交錯而過。是個令人舒服的春天下午。乳牛一隻手上拿著舊電風扇，對我說要不要便宜買下來呀。我說：沒錢。眞的沒有。那麼交換鉗子也可以，乳牛說。倒是不錯的主意。我和乳牛一起回家，拚命尋找鉗子。可是卻沒找到鉗子。

「奇怪了。」我說。「眞的昨天還在呀。」

我爲了找上面的架子，正把椅子搬出來時，司機拍我的肩膀把我叫醒。

「到了。」司機簡潔地說。

門開了，接近黃昏的夏天的太陽正照著我的臉。幾千隻的蟬好像在捲時鐘的發條似地鳴叫著。有一股泥土的氣息。

我下了車，把背挺直，深呼吸一下。並祈禱夢不是那種象徵性的東西。

6 何謂絲蚯蚓的宇宙？

有一種象徵性的夢，那種夢象徵一種現實。或者有一種象徵性的現實。有一種夢象徵那樣的現實。象徵也就是絲蚯蚓宇宙的名譽市長。在絲蚯蚓宇宙裡，乳牛要求鉗子並不奇怪。乳牛總有一天會得到鉗子吧。這是與我沒關係的問題。

可是如果乳牛想利用我而得到鉗子，那麼狀況就完全不同了。我簡直就是被放進一個想法不同的宇宙裡面了。被放進想法不同的宇宙，最傷腦筋的事是話變長了。我問乳牛：「爲什麼你想要鉗子呢？」乳牛回答：「因爲肚子餓得緊哪。」我問道：「爲什麼肚子餓了就需要鉗子呢？」乳牛回答：「因爲和桃樹的樹枝有關係呀。」我問：「爲什麼是桃樹呢？」乳牛回答：「因爲我不是放棄電風扇了嗎？」眞是沒完沒了。而且就在這沒完沒了的狀況下，我開始恨乳牛。乳牛開始恨我。那就是絲蚯蚓宇宙。大家要想逃出那樣的宇宙，就必須重新做一次別種的象徵性的夢。

一九七八年九月的一個下午，那輛巨大的四輪車帶我進入的，正是那樣的絲蚯蚓宇宙的核心。總而言之，祈禱被否決了。

我環視周圍一周之後，不禁嘆了一口氣。確實是有嘆氣的價值。

車子停在一個小高丘的中心。背後好像是車子上來的碎石子路一直延伸進去，彷彿故意弄得彎彎曲曲似的，一直通往遠處看得見的一個門。道路兩側絲杉和水銀燈像鉛筆插似的等間隔地排列著。如果慢慢走的話，走到門口大概要花十五分鐘。每一棵絲杉的樹幹上，都有數不清的蟬附在上面，好像世界正開始向末日滾落似的拚命鳴叫。

絲杉行道樹的外側是修剪整齊的草地，沿著山丘的斜面，一些滿天星或紫陽花或其他不知名的植物無止盡地零星生長著，一羣白頭翁在草地上像心浮氣躁的流沙般從右邊往左邊移動。

山丘的兩脇有狹窄的石階，從右邊下去是有石燈籠和水池的日本式庭園，從左邊下去則是高爾夫球場，高爾夫球場旁有一座色調像蘭酒葡萄乾冰淇淋一樣的休憩涼亭，對面有一尊希臘神話風的石頭雕像。石雕對面有個巨大的車庫，另一位司機正用水管沖洗著另一輛車子。雖然不清楚車子的種類，不過不是中古VW金龜車則可以確定。

我交抱著手臂，再一次環視庭園一周。沒話說的庭園，卻令人有點頭痛。

「信箱設在那裡呢？」爲了愼重起見，我試著詢問。因爲我想到每天早晚總要有人到門口去拿報紙。

「信箱設在後門。」司機說。這是當然的。當然應該有後門。

檢視完庭園之後，我轉向正面，抬頭望著聳立在那兒的建築物。

這怎麼說呢？是一幢極其孤獨的建築物。假定這裡有一個概念。而且這裡當然也有個小小的例外。然而隨著時間的經過，那例外卻像個斑點一般擴大開來，而終於變成另外一個概念。然後其中又產生了一個小小的例外——用一句話來說的話，就是這種感覺的建築物，看起來也像是一個不明白前方目標卻盲目進化的古代生物一樣。

最初可能是一幢明治風的西洋建築。天花板高聳的古典玄關，和包圍著它的奶油色二層建築。窗戶是高高的舊式雙層懸窗。油漆是重漆過多次的。屋頂當然是銅板屋瓦的，排水管是羅馬式上水道般牢固的東西。這建築物並不差。確實令人感覺到一種古老時代優良氣質似的東西。

可是在那母屋右方，卻不知哪個輕浮的建築師又爲了配合它而加建了同傾向、同色系的分幢。雖然用意不錯，然而那兩幢卻完全不搭配。正如在銀製平盤上裝了冰棒和花菜在一起一樣的感覺。就那樣幾十年的時光無爲地流過，在那旁邊又加造了一個像是石塔一樣的東西。而塔頂上則設有裝飾用的避雷針。這便是錯誤的開端，或許應該讓雷電燒掉才對的。

從塔那邊伸出一座附有莊重屋頂的穿廊，一直線地與別館相連。這所謂的別館也是一幢奇怪的東西，不過至少它令人感覺到一貫的主題。可以稱爲「思想的相反性」的東西。其中飄散著一種類似一頭驢子左右各放有同量的飼料桶，卻無法決定該從那一邊開始吃，終於就那樣逐漸餓死之類的悲哀。

母屋的左手邊，和那成爲對照，有一幢日本式的平房建築長長地伸出。有圍牆、有照顧得很好的松樹，高尙的走廊像保齡球道似地筆直延續著。

總而言之，光這些建築物，就像連續三片外加預告片的電影一樣，座落在山丘上，那風景倒是滿有點可看性的。如果那是爲了吹醒什麼人的酒醉或睡意，而花了漫長年月有計劃地設計成的話，那企圖倒可以說完全成功了。不過當然，沒這個道理。在各式各樣的時代所產生的各式各樣的二流才能，與莫大金錢結合起來的時候，就完成這樣的風景了。

我一定是花了很長的時間，眺望庭園和屋宇。當我回過神來的時候，司機就站在我身旁，看著手錶。像是相當熟練的動作。相信被他載來的每一個客人，都和我一樣站定在相同的場所，以相同的驚呆樣子眺望著四周的風景。

「您要看的話，請慢慢看。」他說。「因爲還有大約八分鐘寬裕的時間。」

「好大啊。」我說。除此之外我想不到其他恰當的表現。

「有三千二百五十坪。」司機說。

「如果有一座活火山倒是挺相稱的啊。」我試著說了一個笑話，可是不用說笑話是行不通的。在這裡誰也不說笑話。

就這樣八分鐘過去了。

☜

我被帶進一間緊鄰玄關右邊的八疊榻榻米左右的西式房間。天花板離奇的高，牆壁和天花板之間的分界處，有一道雕刻的緣界。室內設有相當年代的莊重沙發和桌子，牆上掛著應該稱爲寫實主義極致的靜物畫。蘋果、花瓶和刀子。也許用花瓶切割蘋果，然後用刀子削皮。蘋菓的種子和芯只要放進花瓶裡就好了。窗上掛著厚布窗簾和蕾絲窗簾，兩層都用整齊的絲繩捲起並固定在兩邊。從窗簾之間，可以看見庭園中比較美好的部分。地上鋪著枹木地板，閃著色調優雅的光澤。佔了地板一半的地毯，雖然色調老舊，但毛根倒眞是十分緊密。

不錯的房子，眞是不錯。

穿著和服的中年女傭走進屋裡，在桌上放了一個玻璃杯的葡萄果汁，什麼也沒說就出去了。門在她身後咔嚓關上。然後一切又恢復安靜。

桌上放著和車子裡見過一樣的銀製打火機、香煙盒和煙灰缸。而且那每一件上面都刻有和剛才見過一樣的羊的圖紋。我從口袋拿出自己的附有濾嘴的香煙，用銀打火機點火，朝高高的天花板吐出煙。然後喝了葡萄汁。

十分鐘後門再度打開，一個穿黑色西裝的高個子男人走進來。男人既沒說「歡迎」，也沒說「讓您久等了」。我也什麼都沒說。男人默默在我對面坐下，略微歪著頭，好像要品鑑我的臉似的，看了一會兒。確實和搭檔說的一樣，男人沒有所謂的表情。

時間過去一陣子。

第五章　老鼠的來信和那後日譚

1

老鼠第一封來信

郵戳一九七七年十二月二十一日

你好嗎？

好像好久沒和你見面了。到底幾年了？

幾年呢？

年月的感覺正逐漸變遲鈍。就像有平扁的黑鳥在頭上啪噠啪噠飛著一樣，我數不清超過三以上的數目。抱歉，還是讓你來數好了。

我一聲不響地離開，沒對大家說什麼，或許也給你添了一點麻煩。或者連對你都沒說一聲就走掉，讓你覺得不愉快，我本來好幾次想向你解釋，但總是做不到。我寫了好多信又一一撕掉。不過這若要説是當然的事，連對自己都無法説明清楚的事，沒有理由能對別人説明清楚的。

大概吧。

我從以前開始就不擅長寫信。往往順序顛三倒四，或反倒錯用一些正好相反的詞句之類的，因此寫信反而把自己弄得很混亂。其次我缺乏幽默感，因此往往寫著寫著，自己就對自己厭煩起來。

本來，就算擅長寫信的人也應該沒有必要寫信。爲什麼呢？因爲在自己的文脈裡就足夠活下去了啊。不過這當然只是我個人的意見而已。或許在文脈中生活這回事是不可能的。

現在非常寒冷，手都凍得僵僵的，簡直好像不是我的手似的。我的腦漿也好像不是我的腦漿。現在，正在下雪，好像別人的腦漿一樣的雪。而且像別人的腦漿一樣一直越積越厚。(沒什麼意義的文章)

除了寒冷之外，我倒活得很好。你呢？不能告訴你我的住址，不過請別介意。並不是想對你隱瞞什麼。這點請務必要瞭解。換句話説，這對我是個非常微妙的問題。我覺得如果我告訴你住址的話，從那一刻開始，我的體內好像就會有什麼變化似的。雖然我無法説清楚。

我覺得我沒辦法説清楚的事情，你每次總是能夠非常瞭解。可是你越是能夠非常瞭解，我好像就越發變成更無法説清楚了似的。一定是天生在某方面就有缺陷吧。

當然每個人都有缺陷。

可是我最大的缺陷是我的缺陷隨著年月的增長而越變越大。換句話說好像在身體裡面養著雞似的。雞生下蛋，蛋又變雞，那雞又再生蛋，人能夠就這樣，一直抱著這缺陷活下去嗎？當然活得下去。結果，這就是問題。

總之我還是不寫我的住址。這樣一定比較好。對我、對你都一樣。

或許我們應該生在十九世紀的俄羅斯。我是某某公爵、你是某某伯爵，兩個人打打獵，或決鬥，或談戀愛爭風吃醋，擁有形而上的煩惱，在黑海邊一面看晚霞一面喝啤酒。然後晚年因爲「某某之亂」連坐，兩個人被流放到西伯利亞，在那裡死去。這樣是不是很棒？如果我生在十九世紀，我想一定可以寫出更精采的小說。就算沒有杜斯妥也夫斯基那麼行，至少也能勉強當個二流小說家吧。你會怎麼樣呢？你一定只是一個某某伯爵而已。只是做個某某伯爵也不壞。有點十九世紀式的。

不過算了。回到二十世紀吧。

來談談城鎮吧。

不是我們生長的城鎮，而是其他各種城鎮。

世界上眞是充滿了各種城鎮。各個城鎮都有各種莫名其妙的東西，那些東西深深吸引我。就因爲這樣，我這幾年之間，走過了相當多的城鎮。

信步所至，走下一個車站，就有一個小小的圓環，有街道的地圖，有商店街。每個地方都一樣。連狗的長相都一樣。暫且不管別的，先整個城繞一圈之後，走進房地產仲介公司，請他們爲我介紹便宜的公寓。當然我是個外地來的，所謂小城是具有排他性的，因此不能立刻得到他們的信賴。不過正如你所知道的，我只要沒有特別原因通常都很好相處的，只要過十五分鐘之後，就可以跟大多數的人相處融洽，於是住的地方決定了，有關城鎮的資料也取得了。

其次是找工作。這也從跟各種人相處融洽開始。要是你的話也許會不耐煩（雖然我也會不耐煩），反正住不到四個月，跟誰相處融洽，也不會怎麼樣。首先找到城裡年輕人聚集的咖啡廳或酒吧（每個城鎮都有這樣的地方。就好比一個城的肚臍一樣），在那裡變成他們的伙伴，認識朋友，請他們代爲介紹工作。當然名字和來歷都是隨便捏造的。於是就這樣，我現在已經擁有多得、超過你想像之外的名字和經歷。有時候，往往連自己本來是什麼樣子都忘了。

說到工作也眞有各種工作。雖然大部分都是無聊的工作，不過工作本身還是快樂的。最多的是在加油站做。其次是在酒吧調酒。書店店員也做過，也在電台做過。馬路工人也幹過。化粧品推銷員也做過。當推銷員的我，風評還相當不錯呢，其次跟各種女孩子睡覺。以不同的名字，不同的身分和女孩子睡覺，也相當不錯。

總之，就是這樣的反覆。

就這樣到了二十九歲。再過九個月就三十歲了。

這樣的生活是不是很適合自己呢？我還不太清楚。放浪的性格是不是一種普遍的存在，我也不清楚。也許正如有誰寫過的一樣，漫長的放浪生活所必要的是三種性向中的一種。也就是宗教性的性向，藝術性的性向，或精神性的性向。如果沒有其中之一，就不會有漫長放浪的存在了。不過我並不認爲自己適合這三種中的任何一種。（如果勉強要說是哪一項的話……不，算了）

或許我是打開了錯誤之門，而又找不到退路吧。不過不管怎麼樣，既然打開了，只好好好幹下去。因爲總不能老是靠掛帳繼續買東西呀。

就是這麼回事。

正如一開頭説過的（説過了嗎？）一想到你，我就有點危險。也許因爲你會讓我想起我比較正常時代的事情吧。

（追伸）

隨信附上我所寫的小説。對我來説已經是沒有意義的東西了，所以請隨便處分它。

這封信以限時寄出，希望能在十二月二十四日寄到，如果眞的到得了就好了。

總之祝你生日快樂。

還有，

聖誕快樂。

老鼠的信是在年關逼近的十二月二十九日變得縐巴巴的被塞進我公寓信箱裡的。貼了兩張轉寄的貼紙。因爲住址寫的是以前的老住址。不管怎麼樣因爲無法通知他所以沒辦法。

我把寫滿四張淺綠色信紙的密密麻麻的信重複讀了三遍，然後拿起信封仔細察看有一半模糊不清的郵戳。

那是我從來沒聽過的地方的郵戳。我從書架上抽出地圖冊子來找那地方。從老鼠的文章推測應該是本州北端附近，正如預想的那地方在青森縣。從青森搭火車大約一個多小時的小地方。根據時刻表，那裡一天有五班列車到達。早上兩班，中午一班，傍晚兩班。十二月的青森，我也去過幾次。那裡冷得不得了。連紅綠燈都可能凍僵的地方。

然後我把那封信拿給妻看。「可憐的人」她說了一句。「可憐的人們」也許她想說的是這樣。當然事到如今已經無所謂了。

至於用稿紙寫了兩百頁的小說，我連題目都沒看，就放進書桌的抽屜裡去了。原因我不知道，只是並不想看，對我來說，只要信就足夠了。

於是我在暖爐前的椅子上坐下，抽了三根煙。

☜

老鼠第二封來信是在第二年的五月。

2 老鼠第二封來信

郵戳一九七八年五月?日

上一封信，我想我大概有點說得太多了。不過到底說了些什麼，卻完全忘記了。

我又換了地方了。這次住的地方，和以前住過的地方完全不同。這次是個非常安靜的地方。對我來說也許有點太安靜了。

不過這裡在某種意義上來說，對我是一個終結點。我覺得我好像是應該來到這裡，所以終於來了似的。另一方面又覺得好像是逆著所有的流向而來到這裡的似的。對我來說，我無法對它下判斷。

這篇文章很糟。太過於模糊不清，恐怕你會搞不懂到底是怎麼回事。或許你會覺得我對自己的命運，過於附加太多的意義了。當然讓你這樣想，責任都在我。

不過我希望你瞭解一個事實，那就是我越想對你說明我現在所處狀況的核心，我的文章就越發變得像這樣凌亂不堪。不過我自己卻是正常的，從來沒有這樣正常過。

來談談具體的事情。

這一帶就像剛才也提過的，非常的安靜。因爲沒別的事可做，所以每天讀書（這裡有花十年也讀不完的那麼多書），聽FM收音機的音樂節目，或聽唱片（這裡也有許許多多的唱片）。一次聽那麼多音樂，說眞的已經十年沒這麼做了。滾石和 Beach Boys 居然還繼續活躍在樂壇，眞教人吃驚。時間這東西無論如何總是串連著的。因爲我們總是習慣性地依著自己的尺寸去切割時間，所以容易產生錯覺，而其實時間這東西確實是連續的。

這裡沒有所謂自己的尺寸。也沒有那些依照自己的尺寸而去讚美別人的尺寸或批判別人的尺寸的傢伙。時間就像透明的河川一樣，依舊地流著。人在這裡，有時會覺得好像連自己的原形質都解放了似的。換句話說，我即使偶然看見一部汽車，但要認識那是一部汽車還得花個幾秒鐘時間。不用說雖然有某種本質上的認識，但那卻和經驗上的認識無法巧妙交叉。像這樣的事情，最近一點一點地逐漸變多起來。大概是長久之間一個人獨自生活的關係吧。

從這裡到最近的鎭上開車要一個半小時。不，算不上是一個鎭。是個曾經是非常非常小的鎭的殘骸。你一定無法想像吧。不過，總之是個鎭。可以買到衣服、食品和石油。如果想看的話，人的臉也看得到。

冬季裡，道路冰凍起來。汽車幾乎都不能走動。道路四周是潮濕的地帶，因此地表本身就像冰棒一樣凍結起來。然後上面再下雪，最後甚至分不出什麼地方是道路。彷彿世界末日一般的風景。

我三月初來到這裡。吉普車的車輪上捲著鐵鍊，來到那樣的風景之中，簡直像流放到西伯利亞的犯人一樣。現在是五月，雪也已經完全溶化了。四月裡一直可以聽到山間雪崩的聲音。你有沒有聽過雪崩的聲音？雪崩停止之後，眞正完全的沈默才降臨。連自己到底在什麼地方都變得不知道的那種百分之百的沈默。非常的安靜。

因爲一直封閉在山中的關係，我已經連續三個月沒和女孩子睡過覺。這雖然也不錯，不過一直這樣下去，好像會連做人的興趣都喪失，這也不是我所希望的。所以如果再稍微暖和一點的話，倒想出去走動走動，找個女孩子。不是我自誇，不過對我來說找個女孩子並不是什麼困難的問題。除非我連這個意思都沒有——不過我好像老是活在「連那個意思都沒有」的世界似的——否則向異性求愛這點小事我倒是很可以發揮的。因此比較容易把女孩子弄到手。問題可以說在於我自己對這樣的能力無法適應。換句話說進行到某個階段之後，會弄不清楚到哪裡是我自己，從哪裡開始是求愛。就像不知道哪裡開始是勞倫斯奧莉薇亞，哪裡開始是奧塞羅一樣。因此途中沒辦法收回來，只好什麼都豁出去。於是便帶給很多人麻煩。我過去這一生說起來就是這樣的事情的不斷反覆。

幸虧（眞的是幸虧），對於現在的我，已經沒有任何應該豁出去的了。這種感覺非常棒。如果說還有什麼應該豁出去的東西的話，那麼就只有我自己了。把自己豁出去這種想法倒還不錯。不，這種文章有點過於樂觀了。以想法來說一點也不樂觀，但化爲文章之後卻變樂觀了。

眞傷腦筋。

我到底在說什麼？

是女孩子的事吧。

每一個女孩都有漂亮的抽屜，裡面卻塞滿了許多沒什麼意義的破爛東西。我非常喜歡這樣。我喜歡把這些破爛東西一樣一樣地掏出來，把灰塵擦掉，並找出每一樣東西的意義來，向異性求愛的本質，我想簡單說就是這麼回事。不過如果要問那又會怎麼樣呢？不會怎麼樣。接下來我只能放棄做自己罷了。

所以我現在，只純粹考慮性的事情，把興趣純粹凝聚於性這一點上，也沒必要思考是不是樂觀或悲觀。

就像在黑海邊上喝啤酒一樣。

我試著重讀一遍寫到這裡爲止的文章。雖然也有幾分沒道理的地方，不過對我來說，我想是寫得很坦白，尤其是無聊的地方最好。

而且這怎麼想都不像是寫給你的信。這也許是寄給郵筒的信吧。不過請不要因此而責備我。從這裡要跋涉到郵筒還得開吉普車開一個半小時呢。

從這裡開始眞的是寫給你的信了。

我有兩件事想拜託你。兩件都不屬於急事的種類。所以你只要想做的時候才幫我處理就行了。如果你能幫這個忙我會很感激。這如果是在三個月前的話，我也許就不可能拜託你任何事，可是現在，我變成能夠拜託你了。光是這一點就是一種進步。

第一件要拜託你的事情，說來有一點感傷。換句話說是有關「過去」的事。我五年前離開家鄉的時候，心亂極了，又匆忙，因此忘了向幾個人說再見。具體地說，包括你、傑，和你所不認識的一個女孩子。我覺得好像還有機會能夠和你見一次面，好好說再見，可是另外兩個人也許就沒機會了。所以如果你有回去的話，希望能幫我向他們告別。

當然我非常知道這是一件相當爲自己方便的拜託。我想本來我應該自己寫信才對的。不過說眞的，我實在希望你能返鄉一趟，親自和那兩個人見面。這樣的話，我覺得會比我寫信更能夠傳達我的心情。她的住址和電話號碼我會另外寫給你。如果搬家或結婚了，那就算了。不必說再見就可以回來，不過如果現在還住在同一個地址，希望你能去和她見個面，幫我轉達問候的意思。

其次幫我問候傑。也幫我喝我這份啤酒。

這是第一件事。

第二件要拜託你的則是有點奇怪的事。

隨信寄上一張照片。是羊的照片。這照片隨便你刊在什麼地方，總之希望刊在能夠讓人家看得見的地方。雖然這也是一件很無理的拜託，不過除了你以外實在沒有別人可託了。我可以把我所有的向異性求愛的本事讓給你都可以，只希望你能幫我完成這心願。理由我不能說。不過這照片對我來說非常重要。以後，總有一天，我想我可以說明。

隨函附上一張支票，請用來支付各種花費。你完全不用擔心錢的事。在這裡只傷腦筋錢有什麼用途，而且現在我能夠做的也只不過這樣而已。

務必請別忘了幫我喝我的份的啤酒。

☜

轉寄的標籤漿糊去掉之後，郵戳竟然變得無法辨認了。信封裡附了十萬圓的銀行支票和寫著女人姓名地址的紙片和羊的黑白照片。

我走出家裡時，把那封信從信箱裡拿出來，在公司的辦公桌上讀完。和上次一樣是淺綠色的信紙，開出支票的是札幌的銀行。那麼老鼠應該是到北海道去了。

關於雪崩的記述雖然還有點不太清楚，不過正如老鼠自己所說的一樣，整體來說感覺上似乎是一封非常坦誠的信。而且誰也不會寄十萬圓的支票來開玩笑。我拉開書桌的抽屜，把整封信連信封一起全部丟進去。

那年春天，由於和妻的關係正在惡化中也有關係，對我來說是個不怎麼開心的春天。她已經四天沒回家了。冰箱裡牛奶正發出令人厭惡的氣味。貓總是餓著肚子。浴室裡她的牙刷像化石一樣乾巴巴的。朦朧的春光照在那樣的屋子裡。只有陽光永遠是免費的。

被拉長的死胡同——大概正如她所說的一樣。

3 歌唱完了

我六月回到家鄉。

我隨便捏造了一個理由請了三天假，一個人搭上星期二早上的新幹線。穿上白色短袖運動襯衫和膝蓋快變形的綠色棉長褲，白色網球鞋，沒帶行李，早晨起床連鬍子都忘了刮。好久沒穿的網球鞋的鞋跟，竟然歪斜得簡直令人難以相信。我一定是在自己不知不覺之間，習慣了很不自然的走路方式吧。

不帶行李而搭長距離電車心情非常爽。感覺簡直就像正在迷迷糊糊地散步著時，被時空的歪斜捲進去的雷擊機一樣。那裡什麼也沒有。既沒有牙醫的診療預約，也沒有一直擱在書桌抽屜裡繼續等候被解決的問題。也沒有複雜得毫無頭緒的人際關係。也沒有強求信賴感的些許好意。我把這一切都丟進暫時性的無底深淵裡去。我所擁有的，只不過是一雙橡膠底形狀已歪斜的舊網球鞋而已。那就像是黏附在另一個時空的模糊記憶一樣，緊緊黏在我的兩隻腳上。不過這也不是什麼大問題。這些東西只要幾杯罐頭啤酒和乾巴巴的火腿三明治就可以幫我趕跑。

已經四年沒有返鄉了。四年前回去，是爲了辦理一些和結婚有關的手續而回去的。不過那是一次——我認爲該辦的手續，而別人卻不這麼認爲，因此——成爲無意義的旅行。總而言之是想法的不同。對某些人來說，是已經結束的事，對某些人來說卻還沒結束。只不過是這樣而已。光是這樣的事情，到了鐵路的那一頭之後，卻好像有了很大的差異。

從此以後，我就沒有「故鄉」了。對我來說已經沒有任何地方應該回去。一想到這裡，我就打心底覺得輕鬆起來。已經沒有什麼人想要見我了。已經沒有什麼人需要我了，已經沒有什麼人希望被我需要了。

喝了兩罐啤酒之後睡了大約三十分鐘。醒過來時，剛開始的那種輕鬆的解放感已經完全消失無蹤。隨著列車的前進，天空逐漸被朦朧的梅雨季節的灰色所覆蓋。在那下面則是和平常一個樣子的無聊風景遼闊地延伸出去。不管速度多麼快，都沒辦法從那無聊之中逃出來。相反的速度越快，我們的腳步越朝向那無聊的正中央踩進去。所謂無聊這東西就是這麼回事。

坐在旁邊的二十五歲左右的上班族，身體幾乎沒動一下地沈溺在經濟新聞中。穿著沒有一絲縐紋的深藍色夏季西裝和黑皮鞋。剛從洗衣店送洗回來的白襯衫。我一面眺望著列車天花板，一面吐著香煙。然後爲了打發時間而把披頭四出的唱片曲名，從頭開始一一回想。在第七十三曲停下來，就那樣不再往前進了。保羅麥卡尼不知道能記得多少曲？

我望了一會兒窗外之後，又重新把眼光轉向天花板。

我現在二十九歲，而再過六個月我的二十歲代就即將閉幕了。什麼也沒有，眞的什麼也沒有的十年。我所得到的東西全都是沒價値的，我所完成的事情全都是無意義的。我從其中得到的只有無聊而已。

剛開始有什麼嗎？現在已經忘了。可是那裡確實有過什麼，曾經動搖我的心，並透過我的心動搖別人的心的什麼。結果一切都喪失了。由於應該喪失而喪失。除此以外，除了把一切都放棄之外，我又能怎麼樣呢？

至少我還活著。就算好的印弟安人只有死掉的印弟安人也好，我還是不得不活下去。

爲了什麼呢？

爲了把傳說對石壁傳述下去嗎？

眞是的！

☜

「爲什麼要住旅館呢？」

我在紙火柴背面寫下旅館的電話號碼交給他，傑滿臉不可思議的表情說。「這裡有自己的家，住在家裡不就好了嗎？」

「已經不是自己的家了。」我說。

傑於是不再多說什麼。

我在眼前排列三種點心，把啤酒喝了一半之後，拿出老鼠的信交給傑。傑用毛巾擦擦手，把兩封信一口氣瀏覽一遍，然後又重新逐字的慢慢讀一遍。

「嗯。」他似乎頗感動似的說。

「他總算還好好活著噢。」

「還活著啊。」我說著喝一口啤酒。「對了！我想刮鬍子，能不能借我刮鬍刀和刮鬍膏。」

「好啊。」傑說著從櫃檯下拿出攜帶用的盥洗用具來。「你可以用洗手間，不過沒熱水喲。」

「冷水就行了。」我說。「只要地上沒躺著喝醉的女孩就很好了。那樣很難刮鬍子啊。」

傑氏酒吧完全變了。

從前的傑氏酒吧，是在國道旁一座老舊建築物地下室的潮濕小店。夏天夜晚空調的風幾乎要變成細細的霧氣一樣。喝太久的時候，連襯衫都會濕掉的。

傑的本名是又長又難發音的中國名字。所謂傑是他在戰後的美軍基地工作時，美國大兵們給他取的名字。然後不知不覺之間，本名卻逐漸被遺忘了。

根據我從傑以前提過的話裡得知，他是在一九五四年辭掉基地的工作，在那附近開起小酒吧的，那是第一代的傑氏酒吧。酒吧生意相當興旺。客人大半是空軍的將領階層，氣氛也不錯。店安定下來之後，傑就結婚了，五年後對方卻死了。關於死因傑什麼也沒說。

一九六三年，當越戰變得很激烈的時候，傑把那家店賣了，跑到我們這偏遠的「家鄉」來，然後開了第二代的傑氏酒吧。

這就是我對傑所知道的全部了，他養貓，一天抽一包香煙，酒一滴也不沾。

我在和老鼠認識之前，就已經常常一個人到傑氏酒吧去。我總是小口小口地喝點啤酒，抽抽香煙，往音樂選曲箱裡丟零錢點唱片聽。那時候的傑氏酒吧多半很空，我和傑隔著吧檯談了很多事情。到底談些什麼卻完全想不起來了。十七歲沈默的高中生和死了老婆的中國人之間，到底有什麼樣的話題呢？

我十八歲離開家鄉之後，老鼠繼續接下去一直在那裡喝啤酒。一九七三年老鼠離開家鄉之後，就沒有人再接下去了。然後半年之後，因爲道路拓寬，酒店也就遷移了。而繞著第二代傑氏酒吧轉的我們的傳說於是結束。

第三代酒吧在離以前的建築物五百公尺遠的河邊。雖然不算太大，不過卻是有電梯的新式四層樓建築的三樓。搭電梯上傑氏酒吧，感覺實在奇怪。從吧檯椅子上可以眺望城市的夜景感覺也怪怪的。

新的傑氏酒吧西邊和南邊有大窗子，從那裡可以看到羣山，和過去曾經是海的地方。海在幾年前已經完全被填埋起來，然後蓋起像墓碑一樣密密麻麻的高層大廈，我站在窗邊眺望了一會兒夜景，然後回到吧檯。

「要是從前的話，這裡可以看到海啊。」我說。

「是啊。」傑說。

「我常常在那邊游泳呢。」

「哦！」說著傑含起香煙，用看來滿沈重的打火機點火。「我很瞭解那種心情。把山推倒，蓋起房子，又把那土運到海裡把海填平，又在那裡蓋起房子。居然還有人覺得那是一件了不起的事情呢。」

我默默喝著啤酒。從天花板流出Boz Scaggs的最新暢銷曲。音樂選曲箱已經不知去向，店裡的客人幾乎都是大學生情侶，他們穿著清清爽爽的服裝，一口一口規規矩矩地喝著對冰水威士忌或雞尾酒。既沒有喝得快要爛醉的女孩子，也沒有週末緊張刺激的喧嘩聲。他們一定回到家裡之後，都換上睡衣，規規矩矩地刷牙然後才上床睡覺吧。不過這也很好。淸淸爽爽的實在非常棒。不管這個世界也好，一個酒吧也好，每件事情並沒有什麼本來應該有的樣子。

在這之間，傑一直追隨著我的視線。

「怎麼呢？店裡變了你覺得不自在嗎？」

「沒這回事。」我說。「只是混沌改變了它的形態而已呀。長頸鹿和熊交換帽子，熊和斑馬交換圍巾。」

「你還是老樣子。」傑說著笑了。

「時代變了啊。」我說。「時代變了，各種事情也變了。不過這樣也好。大家互相交換，沒得抱怨的。」

傑什麼也沒說。

我喝新的啤酒，傑抽新的煙。

「日子過得怎麼樣啊？」傑問。

「不壞呀。」我簡單回答。

「跟太太處得怎麼樣？」

「不曉得，因爲這是人跟人哪。有時候覺得好像可以處得很好，有時候又不。所謂夫妻，不就是這樣嗎？」

「很難說。」傑說，用不太方便的小指尖摳摳鼻子。「結婚生活到底是怎麼回事我已經忘了。因爲實在已經過去太久了。」

「你的貓還好吧？」

「四年前死了。你結婚後不久的事。腸胃搞壞了……不過其實是壽命已經到了。畢竟已經活了十二年了。

在一起比老婆還長久。能活十二年已經很不簡單了吧？」
「是啊。」
「山上有個動物的墓園，我把牠埋在那兒。可以眺望高層大樓。這地方已經變得不管到那兒都只能看見高層大樓了。不過這其實對貓來說都無所謂的。」
「很寂寞吧？」
「嗯，是寂寞啊。什麼人死掉，都沒有這麼寂寞過，這種事情是不是很奇怪？」
我搖搖頭。
傑正在爲別的客人費心調製雞尾酒和凱撒沙拉時，我就玩著原來放在吧檯上的北歐製拼圖玩具。三隻蝴蝶在紫雲英的田裡飛著的圖形，組合在一個玻璃盆子裡。我試了十分鐘左右就放棄了。
「沒生孩子嗎？」傑走回來後問我。「這年紀差不多也可以生了吧？」
「不想。」
「眞的？」
「因爲要是生下像我這樣的小孩，我想一定不知道怎麼辦才好。」
傑覺得很奇怪地笑了，在我的玻璃杯裡倒啤酒。「你總是往前想得太多了。」
「不，不是這個問題。換句話說，生出一個生命眞的是對的嗎？我不太清楚。孩子們長大之後，一代一代接下去。於是又怎麼樣？是不是又要砍倒幾座山，埋掉更多海。發明更快的車子。壓死更多貓呢。難道不是這樣嗎？」

「這是事情的黑暗面哪。其實好事也在發生，好人也有啊。」

「你如果能各舉出三個例子，那麼我就相信你好了。」我說。

傑想了一想，然後笑起來。「不過這要由你們的孩子那一代來判斷，而不是你。你們這一代……」

「已經完了對嗎？」

「在某種意義上。」傑說。

「歌唱完了。只是曲調還在響著。」

「你總是說得很妙。」

「會作怪呀。」我說。

傑氏酒吧客人開始多起來時，我向傑道晚安，走出店裏。九點了。用冷水刮過鬍子之後還有點刺刺的疼。因爲刮完用伏特加蘭酒代替乳液也有關係吧。要是讓傑來說的話並沒什麼兩樣，只不過滿臉都是伏特加的氣味。

夜出奇的溫暖，天空依然烏雲密佈。潮濕的南風緩緩地吹著。就像以往一樣。海的氣味和雨的預感混合在一起。周遭充滿了懶洋洋的熟悉感。河邊的草叢發出蟲子的鳴叫聲。好像立刻就要下起雨來似的。到底下了還是沒下教人弄不清楚，只是全身已經淋濕的那種細雨。

朦朧的水銀燈的白色光裏，看得見河裏的流水。只有一個拳頭那麼淺的流水。水還和以前一樣澄清。從山上直接流下來的水，因此沒理由髒。河床是由山上沖運下來的小石頭和粗粗的砂地，有些地方流砂堆積形成瀑布。瀑布下面則有深陷的水窪，那裏面有小魚在游著。

水少的季節，流水完全被砂地吸乾，只剩下一條白色砂道還留有些微潮潮的濕氣。我在散步的時候，曾經順便跟著那砂道往上游走，去尋找河流被河床吸進去的源頭起點。在那裏河流的最後一條細流忽然好像發現了什麼似的停止下來，然後下一個瞬間已經消失了。地底的黑暗悄悄地吞沒了他們。

河邊的道路，是我喜歡的路。我跟著水流走著。而且一面走著，一面感覺著河川的呼吸。他們是活著的，其實是他們創造了這個城。花了幾萬年的歲月，他們把山崩潰，把土運搬、把海填平，在那裏繁生草木。從一開始這個城就屬於他們，而很可能將來一直都會是這樣。

托梅雨的福，流水沒有被河床吸乾，而一直延續到海。沿著河種植的樹木，發出嫩葉的氣味。那綠色好像極融洽地滲進周遭的空氣裏似的。草地上有幾對情侶肩並肩地依偎著，老人則在蹓狗，高中生停下機車來抽著香煙，就如往常一樣的初夏夜晚。

我在路上的酒店買了兩罐啤酒裝在紙袋裏，用手提著走到海邊。河流像三角洲一樣，或像一半被埋沒的運河那樣地注入海裏。那是被切成寬度大約五十公尺的舊日海岸線的遺跡。沙灘還是昔日的沙灘。有微小的波浪，沖成圓形的木片被海浪打上來。一股海的氣味。混凝土的防波堤上還留有用釘子或遊戲噴漆塗鴨的文字。這就是只留下五十公尺的令人懷念的海岸線。不過這是被高度有十公尺之高的混凝土水泥牆牢牢夾進去的。而那牆又把那狹小的海夾著，筆直伸出幾公里外的遠方。而那邊則建起了一排排高樓大廈的住宅羣。海只剩下五十公尺而已，其他完全被抹殺了。

我離開了河，沿著從前的海岸道路往東走。不可思議的是從前的防波堤居然還留著。失去了海的防波堤，變成一種奇妙的存在。我在從前經常把車子停在那裏眺望海的地方停下站定。坐在防波堤上喝啤酒。代替海的是海埔新生地和高樓公寓一望無際地橫在眼前。平板單調的公寓羣看來好像本來要製造空中都市，而中途放棄被丟在那裏的不幸橋桁似的，又像在苦苦等待父親歸來的未成熟的孩子們似的。

每幢大樓之間，好像要縫合那空隙似的鋪滿了柏油道路，有些地方則錯落分佈著巨大的停車場和巴士站。有超級市場、有加油站、有寬闊的公園，有氣派的集會場。一切的一切都那麼新，而且不自然。從山上運來的土發出海埔新生地特有的森森寒寒的顏色。尚未區畫整理過的部份，則被風吹來的雜草密密覆蓋著。雜草以令人吃驚的快速在這新的大地之上生根。他們把沿著柏油路人工移植而來的樹木和草坪當傻瓜一樣，到處恣意地蔓生。

令人悲哀的風景。

可是我到底能說什麼呢？這裏已經根據新的規則展開新的遊戲了。誰也無法阻止這一切。

我喝了兩罐啤酒之後，把兩個空罐頭一一往曾經是海的海埔新生地上猛丟出去。空罐頭被風吹動的雜草之海吸了進去，然後我開始抽煙。

抽完煙時，看見一個拿著手電筒的男人慢慢向這邊走過來。男人大約四十歲左右，穿著灰色襯衫、灰色西裝褲，戴著灰色帽子。一定是這區域公共設施的警衛人員吧。

「你剛才丟了什麼嗎？」男人站在我身邊說。

「丟了啊。」我說。

「丟了什麼？」

「圓圓的，金屬做的，有蓋子的東西呀。」我說。

警衛有點驚慌失措的樣子。「爲什麼丟呢？」

「沒什麼理由啊。十二年前開始就一直在丟。也曾經半打一次一起丟過，誰都沒有抱怨過。」

「從前是從前。」警衛說。「現在這裏是市有地。在市有地上無故亂丟垃圾是禁止的。」

我沈默了一會兒。身體裏面一瞬間忽然有什麼在震動，然後停止。

「問題是，」我說。「你所說的好像比較有道理啊。」

「法律是這樣訂的。」男人說。

我嘆了一口氣。從口袋掏出香煙。

「那怎麼辦？」

「總不能叫你去揀回來吧。周圍太暗，而且快要下雨了。所以請你下次不要再丟。」

「不會再丟了。」我說。「晚安。」

「晚安。」說著警衛就走了。

我在防波堤上躺下來望著天空。正如警衛所說的，細雨正開始下著，我又抽了一根煙，回想剛才和警衛的對話。十年前我似乎更強悍一些。不，也許只是這樣覺得而已。不管怎樣都無所謂了。

沿著河邊的道路走回去，找到計程車時，雨已經變成霧一樣了。我說到飯店。

「來旅行嗎？」中年司機說。

「嗯。」

「第一次來嗎?」

「第二次。」我說。

4 她一面喝著 Salty Dog 一面談海浪的聲音

「有人託我帶信來。」我說。

「給我的?」她說。

電話聽起來好遠,而且又跳線,所以必須加大嗓門講,因此彼此的話裏一些微妙的語意都失去了。就好像站在高崗上強風吹著,一面把大衣領襟翻起來一面談話的情形一樣。

「本來是寄給我的,可是總覺得其實是要寄給妳的。」

「你這樣覺得嗎?」

「是啊。」我說。說出之後,又覺得自己正在做一件非常傻的事似的。

她沈默了一會兒。在那時候跳線卻停了。

「妳和老鼠之間到底有什麼事我不知道。不過他拜託我跟妳見一面,所以我打了這通電話。而且這封信我想還是請妳看看比較好。」

「你爲了這個特地從東京來到這裏嗎?」

「是的。」

她乾咳一聲，然後說對不起。「因爲是朋友？」

「我想是的。」

「爲什麼不直接寫信給我呢？」

確實她說的比較合理。

「不知道。」我坦白說。

「我也不懂。很多事情不是已經結束了嗎？難道還沒結束嗎？」

這我也不知道。我說：不知道。我躺在旅館的床上，拿著聽筒望著天花板，感覺像躺在海底，正在數著魚的影子一樣。無法想像要數到多少才能數完。

「那個人不知去向已經是五年前的事了，我那時候是二十七歲。」雖然聲音非常鎭定，聽起來却好像井底發出來的聲音似的。「可是經過五年之後，很多事情都會完全改變的。」

「是。」我說。

「即使什麼也沒改變，也不能那樣想啊。不願意那樣想。一這樣想的話，什麼地方也去不了噢。所以我讓自己覺得一切都已經改變了。」

「我好像可以理解。」我說。

我們就那樣彼此稍微沈默了一會兒。先開口的是她。

「你最後一次跟他見面是什麼時候？」

「五年前的春天，他消失之前不久。」

「他跟你說了什麼嗎？也就是離開家鄉的理由……」

「沒有。」我說。

「沒說話就不見了噢？」

「是的。」

「那時候，你覺得怎樣？」

「你是說對於他沒說什麼就不見了的事嗎？」

「對。」

我從床上坐起來，靠在牆上。「這個嘛。我想他一定半年左右就膩了又回來吧。因爲我以前覺得他不是那種可以持久的類型。」

「可是沒回來。」

「是啊。」

她在電話那頭猶豫了一會兒。耳邊她安靜的呼吸聲一直繼續著。

「你現在住那裏？」她問。

「——飯店。」

「明天五點我會到飯店的咖啡廳去，八樓對嗎。這樣好嗎？」

「知道了。」我說。「我穿白色運動襯衫，綠色棉長褲。短頭髮……」

「沒關係我想我認得出。」她鎮定地打斷我的話。然後掛斷電話。

我把聽筒放下之後，試著想想她說的認得出到底指的是什麼。不懂。我搞不懂的事情眞多。我想所謂年紀大了會變聰明的說法一定不可靠。個性或許多少會變，但凡庸這回事則永遠不會改變。某個俄羅斯作家這樣寫過。俄羅斯人常常會說一些非常聰明的話。也許是在冬天裏思考的關係吧。

我沖個澡，把雨淋濕的頭也洗了，毛巾纏在腰上就那樣看電視演的有關古老潛水艇的美國電影。艦長和副艦長互相仇視，而潛水艇又是老朽品，加上有人又有密室恐懼症，這樣悲慘的情節，最後結局却是一切順利。如果能像這樣一切都圓滿順利的話，那麼戰爭也不壞，是這樣的一部電影。以後可能會有電影，演核子戰爭人類都死光了，結果却一切圓滿順利。

我把電視開關關掉，鑽進床裏，十秒鐘就睡著了。

☞

細雨到第二天五點還繼續下著。連著四、五天乾爽的初夏晴天，人們正以爲這下子梅雨大概過去了時，忽然又下的雨。從八樓窗戶眺望出去，地面到處是黑黑濕濕的。高架後的高速道路由西往東塞車一連幾公里。一直眺望著時，那一切都好像逐漸要溶化到雨中去了似的。事實上，街上的一切是正在溶化中。山的綠色一面在溶化著，一面無聲地流進山腰裏去。然而只要眼睛閉上幾秒鐘再張開時，街道又恢復成原來的樣子。六輛吊車朝向灰暗的雨空聳立著，車列時而像想起來似的偶爾往東移一下，雨傘羣橫越過人行步道，山的綠意盡情滿足地吸進六月的雨。

寬大的咖啡廳正中央低下一級的地方，擺著一架漆成海軍藍色的演奏鋼琴。穿著華麗粉紅色洋裝的女孩，正在進行著被急速和弦和切音所淹沒的典型飯店咖啡廳式的演奏。雖然彈得不錯，可是曲子的最後一個音被吸進空中之後，却什麼也沒留下。

五點過了她還沒出現，因此我沒事幹正一面喝著第二杯咖啡，一面恍惚地望著彈鋼琴的女孩。她大約二十歲左右，長到披肩而且相當厚的頭髮，像抹在蛋糕上的鮮奶油一樣整齊地梳過，隨著節奏的起伏頭髮也舒適地往左右搖著，曲子結束之後，頭髮又回到正中央。然後下一個曲子再開始。

她的樣子讓我想起從前認識的一個女孩。我小學三年級時，還在學鋼琴的時候。我和她因爲年齡和技術都屬於相同等級，所以曾經一起合彈過幾次。她的名字和臉蛋我已經完全忘記。我所記得有關她的事，說起來只有纖細白晰的手指和美麗的頭髮和膨膨的洋裝而已。除此之外什麼也想不起來了。

一想到這裏，就覺得很奇怪。好像我把她的手指、頭髮和洋裝摘下來保留著，而其他的東西現在則還繼續活在什麼地方似的。不過當然沒這回事。世界正和我無關地繼續運轉著。人們正和我無關地穿過馬路，削著鉛筆、從西邊往東邊以一分鐘五十公尺的速度移動著，熟練的歸零音樂正充滿咖啡廳裏。

世界——這名詞總是令我想起象和烏龜拚命用背支撐著的巨大圓板。象無法理解烏龜的任務，烏龜無法理解象的任務。於是他們也都無法理解所謂世界這東西。

「我來晚了對不起。」我背後有女人的聲音。「工作拖長了，實在沒辦法脫身。」

「沒關係。反正今天一整天都沒事。」

她把雨傘架的鑰匙放在桌上，不看菜單就點了橘子汁。

她的年齡第一眼還看不出來。如果在電話裏沒聽她提過年齡的話，我想一定永遠也不知道吧。

不過她既然說是三十三歲那麼她就是三十三歲，這麼想的話看起來確實像三十三歲。如果假定她說是二十七歲的話，她看起來一定也就是二十七歲了。

她對服裝的喜好很乾脆，讓人覺得很舒服。她穿著寬鬆的白色棉長褲，橘色和黃色格子襯衫的袖子摺到手肘上，皮包從肩膀垂掛下來。每一件都不是新的，但都整理得很好。身上戒指、項鍊、手鐲、耳環之類的一概沒戴。短短的前髮自然地往兩邊順。

眼睛旁邊的小皺紋看起來與其說是年齡的關係不如說是生下來就有的更貼切。只有從打開兩個釦子的襯衫衣領看得見的纖細白皙的脖子和放在桌上的手背，才微妙地暗示著她的年齡。人是從微小的，眞的微小的地方開始老的。而且就像擦不掉的汚點一樣，逐漸一點一點地覆蓋全身。

「妳說的工作，是什麼樣的工作？」我試著問。

「設計事務所啊。已經做很久了。」

話接不下去了。我慢慢拿出香煙來，慢慢點上火。女孩子關上鋼琴蓋站了起來。不知道退下到什麼地方休息去了。倒有一點點羨慕她。

「你跟他認識多久？」她問。

「已經十一年了。妳呢？」

「兩個月零十天。」她即席回答。「從第一次遇見他開始，到他消失爲止。兩個月又十天。因爲記日記所以還記得。」

橘子汁送來了，我那變空的咖啡杯被收了下去。

「從他消失以後，我等了三個月。十二月、一月、二月。那是最冷的時候。那年冬天是不是很冷？」

「不記得了。」我說。她談起五年前冬天的寒冷，聽起來就好像是昨天的天氣似的。

「你曾經這樣等過女孩子嗎？」

「沒有。」我說。

「集中在某一個限定的時間內等待之後，過了就怎麼樣都可以了。不管是五年也好、十年也好，一個月也好，都一樣了。」

我點點頭。

她把橘子汁喝了一半。

「第一次結婚的時候就是這樣。我總是站在等的一邊，然後等累了，結果不管怎麼樣都好了。二十一歲結婚，二十二歲離婚，然後來到這地方。」

「跟我太太一樣。」

「什麼一樣？」

「二十一歲結婚，二十二歲離婚。」

她看了我的臉一會兒。然後用玻璃棒一圈一圈地攪著橘子汁。我覺得好像多說了不該說的話似的。

「年輕的時候結婚，然後又馬上離婚是滿辛苦的。」她說。「簡單的說，好像是在追求非常平面的又超現實的東西似的。不過所謂超現實的東西，是不怎麼能長久的，不是嗎？」

「也許吧。」

「從離婚到遇到他爲止的五年之間，我在這地方一個人，和周圍的一切過著非現實的生活。幾乎沒有認識的人，既不想到外面去玩，也沒有男朋友，早上起床就到公司去，畫圖，下班到超級市場買點東西，回家一個人吃東西。整天放FM聽，看看書、寫寫日記，在浴室洗襪子。因爲公寓在海邊，所以一直聽得見海浪的聲音。好寒冷的生活啊。」

她把剩下的橘子汁喝完。

「好像盡談些無聊事。」

我默默搖搖頭。

六點過後，咖啡廳進入鷄尾酒時間，天花板的照明暗下來，街上燈光開始亮起來。起重機前面也亮起了紅燈。淡淡的夕暮中，雨像細細的針一樣繼續下著。

「要不要喝點酒？」我試著問她。

「伏特加酒加葡萄柚汁是叫做什麼？」

「Salty dog。」

我叫服務生來，點了salty dog和Cutty Sark威士忌加冰塊。

「我們剛剛談到那裏？」

「談到寒冷的生活。」

「不過說眞的，其實並沒有那麼寒冷。」她說。

「只是海浪的聲音，有點冷。雖然剛開始租那房子的時候，管理員說很快就會習慣，可是並沒有。」

「已經沒有海了啊。」

她沈着地微笑著。眼睛旁邊的皺紋只稍微動了一下。「是啊。就像你說的，已經沒有海了。不過，現在常常還會感覺好像聽得到海浪的聲音似的。大概是長久以來那聲音已經烙在耳朵裏了。」

「而且老鼠就出現在那裏對嗎？」

「對呀。不過我倒是不那樣叫他。」

「妳怎麼叫他。」

「叫名字啊。大家不都這樣叫嗎？」

她這麼一說確實也是。叫老鼠就算是綽號也未免太孩子氣了。「說得也是。」我說。

飲料送來了。她喝了一口 salty dog 之後，就用紙餐巾把沾在嘴唇的鹽擦掉。紙餐巾上沾了一點點口紅。她把沾了口紅的紙餐巾用兩隻手指細心地摺起來。

「他這個人怎麼說呢……非常的非現實。我的意思你懂嗎？」

「我想我懂。」

「爲了要打破我的非現實性，我覺得需要借助於某個人的非現實性。剛開始認識的時候這樣覺得。所以我喜歡他。或者也許是喜歡以後才那樣想的。不管怎麼樣都一樣。」

女孩子休息過後又再回來，開始彈起電影音樂。聽起來好像是爲了錯誤的一幕，所配的錯誤的背景音樂似的。

「我有時候會這樣想。以結果來說，我是不是利用了他呢？而他是不是開始這樣感覺？你覺得呢？」

「我不知道。」我說。「因爲這是妳跟他之間的問題。」

她什麼也沒說。

大約二十秒的沈默之後，我發覺她的話已經說完了。我喝了威士忌的最後一口之後，從口袋掏出老鼠的信，放在桌子正中央。兩封信暫時就那樣擺在桌上。

「我必須在這裏看嗎？」

「請帶回家看吧。如果不想看就丟掉好了。」

她點點頭把信收進皮包裏。喀鏘一聲爽快的金屬聲。我點起第二根煙。點了第二杯威士忌。第二杯威士忌是我最喜歡的。喝第一杯威士忌讓心情放鬆，第二杯威士忌讓頭腦正常，第三杯之後就沒味道了，只是單純地流進胃裏而已。

「你光爲了這個特地從東京來的嗎？」

「幾乎可以說是。」

「太費心了。」

「我從來沒有這樣想過。這只是一種習慣。如果立場倒過來，我想他也會爲我做一樣的事。」

「你請他做過嗎？」

我搖搖頭。「不過我們長久以來，一直都在互相帶給對方一些非現實性的麻煩。至於是不是現實地去處理，那又是另外一個問題。」

「我想大概沒有人這樣想過吧？」

「也許吧。」

她微微一笑之後站了起來，拿起帳單。「這個帳我來付。因爲遲到了四十分鐘之多。」

「如果妳覺得這樣比較好的話，就這樣吧。」我說。「另外我可以再問一個問題嗎？」

「可以呀，請說。」

「妳在電話裏說過妳可以猜到我的長相？」

「對，我的意思是說可以憑氣氛猜到。」

「那麼，妳眞的一眼就知道了嗎？」

「一眼就知道了。」她說。

雨還是以完全一樣的強度繼續下著。從旅館窗戶可以看見鄰幢建築物的霓虹燈。在那人工的綠光之中，無數雨的線條往地面落下。站在窗邊往下面看時，好像雨線是往地面的一個點落下似的。

我躺在床上抽了兩根煙之後，打電話給櫃檯預約了第二天早晨的火車。這個城市已經沒有任何我該做的事了。

只有雨還繼續下到半夜。

第六章　尋羊冒險記II

1　奇怪的男人的奇怪的話(1)

穿黑衣服的祕書在椅子上坐下之後，什麼也沒說只是盯著我瞧。既不是詳細觀察的視線，也不是緊緊糾纏的視線，也不是像要貫穿身體似的尖銳視線。既不冷淡也不溫暖，連那中間都不是。在那視線裏面，並不含有我所知道的任何一種感情。男人只是望著我而已。或許是望著我後面的牆壁也不一定，只是我正好在那牆壁的前面，所以結果那男人正好在望著我。

男人手拿起桌上的香煙盒，打開蓋子，抓起一根無濾嘴的香煙，用手指彈了幾次尖端調整之後，用打火機點著，把煙吹向斜前方。然後把打火機放回桌上，蹺起腿。在那之間視線一動也沒動一下。

男人正如搭檔說的一樣。服裝過份整齊，長相過份端正，手指實在太過於修長了。如果沒有那銳角形深入的眼瞼和像玻璃工藝一樣清冷的眼球的話，看起來一定是不折不扣的同性戀者。可是幸虧有那對眼睛，所以他看來連同性戀者都不像。簡直是什麼都不像。既不像誰，也不會令人有任何的聯想。

仔細看時那眼珠的顏色非常不可思議。帶有茶色的黑裏，又含有一點點的藍色，左邊和右邊那濃度就不一樣。簡直就像左邊和右邊正在分別想著不同事情似的眼珠。放在膝蓋上的手指輕微地繼續動著。我被一種幻覺所襲擊，好像那十根手指正離開他的手，而朝向我這邊走近來似的。眞奇妙的手指。那奇妙的手指慢慢伸到桌上來，把減少了三分之一左右的香煙弄熄。玻璃杯中冰塊正在溶解，看得見透明的水和葡萄柚汁逐漸混合。不平均的混合法。

屋子被一種不可解的沈默所覆蓋。一進入這幢大宅子之後，就常常遇到和這類似的沈默。這是一種和那寬闊比起來被包含在裏面的人，數目太少所產生的沈默。不過和現在支配著這個房間的沈默，本質上又不一樣。沈默可惡地沈重，總覺得有一種壓迫感。我記得過去對那樣的沈默，好像在那裏曾經有過經驗。只是到底是那一件事，我花了一些時間才想起來，我好像在翻舊相本似的，翻著記憶，想了起來。那是一種圍繞著不治的病人的沈默。包含著難以避免的死亡預感的沈默。空氣好像總是有點灰塵，像有什麼含意似的。

「大家都會死。」男人看準了我安靜地說。好像可以完全掌握我心裏的動向似的說法。「每個人總有一天會死。」

只說了這麼一句，然後男人又再度落入沈重的沈默之中。蟬繼續不斷地叫著。他們爲了喚回即將逝去的季節，而拚命地互相磨擦身體。

「我想盡可能坦白的跟你說。」男人說。聽起來有點像是直接從公文格式引用來的似的說法。雖然語句的選法和文法是正確的，可是語言中卻缺乏表情。

「不過坦白說和說明眞實又是兩件事。坦白和眞實之間的關係，就像船頭和船尾的關係一樣。首先是先出現坦白，最後眞實才出現。那時間的差異和船的規模成正比例。巨大事物的眞實比較不容易出現。也有可能要等到我們這一輩子都結束之後，才好不容易出現。所以即使我沒向你顯示眞實，那既不是我的責任，也不是你的責任。」

因爲無從回答，所以我不作聲。男人確認了我的沈默之後繼續說。

「今天特地請你到這裏來，是爲了讓那隻船向前走。以你和我的力量往前走。我們坦白地來商量。希望能往眞實更接近一步。」男人說到這裏乾咳一聲，稍微瞥了一眼自己放在沙發把手上的手。「可是這種說法太抽象了。所以我從現實性的問題來開始。你所編的ＰＲ雜誌的問題。關於那件事我想你已經聽過了吧？」

「聽過了。」

男人點點頭。然後稍待片刻又開始說。

「我想關於這件事你大概也很驚訝。任何人對於自己辛苦創立的東西被破壞，一定覺得很不愉快。尤其當這東西是生活手段的一環時更不用說。現實上的損失也很大。對嗎？」

「沒錯。」我說。

「關於現實上的損失，我想聽聽你的說明。」

「像我們這種工作，現實上的損失是免不了的。雖然有時候作出來的東西會因爲業主的不高興而被打回票，不過對於像我們這種小規模的公司來說，那等於要我們的命。因此爲了避免這種情形發生，我們是百分之百順從業主的意向。說得極端一點，雜誌的每一行都是跟業主一起檢查著做的。我們就是用這樣來迴避風險。雖然不是很輕鬆的工作，不過我們就是這種缺乏財力的一匹狼。」

「大家都是從這樣慢慢往上爬的。」男人安慰我。「沒關係，這姑且不談，我是不是可以把你所說的解釋成這樣，那就是我把你的雜誌停掉，讓你的公司受到財務上相當大的打擊對嗎？」

「正如你所說的。因爲那是已經印刷裝訂好的東西，而所用的紙錢和印刷費用，都必須在一個月之內支付。還有外包報導的稿費之類的。金額上大約在五百萬圓左右，而不巧的是那還得考慮我們必須償還貸款的預算。我們在一年前下定決心所做的設備投資。」

「這我知道。」男人說。

「其次還有和客戶之間往後的契約問題。我們的立場比較弱，而且客戶都想避開曾經有過糾紛的廣告公司。我們雖然和人壽保險公司訂有一年期間的PR雜誌發行契約，可是如果這次出了問題，那麼這契約就會被棄止，我們公司實質上就是沈沒了。我們公司雖然小，也沒有什麼人際關係，不過我們是因爲工作做得好，靠口碑逐漸成長起來的。所以一旦評價壞了，那就完了。」

男人在我講完之後，還是什麼也沒說，只是一直盯著我的臉。然後才開口。「你說得很坦白。而且所說的內容也和我們的調查相符合。關於這點我們會做個評價。重點就在這裏。如果我們對人壽保險公司所廢止的雜誌損失方面，做無條件的支付。而且也勸告他們繼續和你們簽訂合作契約的話，又會怎麼樣？」

「沒有什麼以後了。只會留下爲什麼會變成那樣？的樸素疑問，就退回無聊的日常生活去而已。」

「除了這個之外我們可以另外附加獎金。我只要在名片背面寫一句話，你們公司就能拿到今後十年左右的工作量，我指的不是那種小裏小氣的小派報之類的工作噢。」

「總而言之是談交易囉？」

「是善意的交換喏。我善意地向你的共同經營者提供PR雜誌停止發行的情報。如果你對這件事表示善意的話，我也向你表示善意。你能不能這樣想。我的善意是有幫助的。我想你也未必想要永遠繼續和一位頭腦遲鈍的醉漢共同工作吧。」

「我們是朋友。」我說。

像往無底的深井投下小石頭一般的沈默繼續了一會兒。石頭到達底部花了三十秒時間。

「沒關係。」男人說。「那是你的問題。我對你的經歷調查得相當詳細，那些也相當有意思。人可以大致分爲兩類，一類是現實性凡庸的一類，和非現實性凡庸的一類，你顯然是屬於後者。這點最好請你記住。你所經歷的命運，是走過非現實性凡庸的命運。」

「我會記住。」我說。

男人點點頭。我把冰塊已經溶化的葡萄汁喝了一半。

「那麼讓我來談談具體的事。」男人說。「關於羊的事。」

☜

男人移動了身體，從信封裏拿出大張的黑白照片，放在桌上朝向我這邊。屋子裏好像流進些微現實的空氣。

「這是你的雜誌上刊登出來的羊的照片。」

以不用底片，直接從雜誌的圖片放大來說，是鮮明得令人驚訝的照片。想必是運用了特殊技術處理過的吧。

「就我所知的限度，這張相片是你私人不知道從什麼地方得來，而用在雜誌上的。沒錯吧？」

「沒錯。」

「根據我們的調查，那是六個月之內，完全由業餘者所拍的照片。相機是便宜的袖珍型。拍攝的人不是你。你的相機是單眼NIKON的，應該可以拍得更好。這五年你也沒去北海道。對嗎？」

「你覺得呢？」

「嗯。」說著男人沈默了一會兒。像要確認沈默的質似的那種沈默方式。「沒關係。我們想要的是三種情報。你在什麼地方？從誰得到這張照片？還有爲什麼把這粗劣的照片用在雜誌上？」

「我不能說。」我連自己都很驚訝地斷然拒絕。「記者有對新聞來源保密的權利。」

男人眼睛一直注視著我，用右手中指尖端描著嘴唇，然後把手放回膝上。沈默自此又繼續了一會兒。但願有布穀鳥在什麼地方開始啼叫，我想。不過，當然布穀鳥並沒有開始叫。布穀鳥在傍晚是不會叫的。

「你眞是個奇怪的人。」男人說。「只要我想做，就可以把你們的工作全部切斷。這麼一來你就沒辦法稱爲記者了。這還要假定你現在所製作的無聊傳單啦、說明書之類的工作，也叫做記者工作的話。」

我再度試著去想布穀鳥的事。爲什麼布穀鳥黃昏不叫呢？

「而且，像你這樣的人，要讓你開口有幾個辦法。」

「大概是吧。」我說。「不過那要花一些時間，在那之前我不會說。就算說也不會全部說。你也不知道多少是全部。不對嗎？」

雖然全是虛張聲勢，不過卻合乎流程。從隨之而來的沈默之不確實，表示我爭取到一點分數。

「跟你談話相當有意思。」男人說。「你的非現實性，帶有那麼一點悲愴的趣味。不過，沒關係。我們來談別的。」

男人從口袋裏拿出放大鏡，放在桌上。

「用這個好好的仔細把這張照片看個夠吧。」

我左手拿照片，右手拿放大鏡慢慢看起照片。有幾隻羊朝著這邊，有幾隻朝著別的方向，有幾隻無心地吃著草，感覺上就像氣氛不怎麼熱烈的同學會實況照片一樣。我檢查著每一隻羊，察看著草的繁茂程度，察看背後的白樺樹林，眺望那後面羣峯的山容，眺望浮在空蕩蕩的天空的雲。沒有任何一個地方不正常，我從照片和放大鏡抬起頭來看男人。

「有沒有發現什麼奇怪的地方？」男人問。

「沒有。」我說。

男人並沒有顯示特別失望的樣子。

「你在大學是修生物學的沒錯吧？」男人問。「對羊你知道多少？」

「和完全不知道一樣。我所學的幾乎都是沒什麼用處的專門性的東西。」

「請你把所知道的說來聽聽好嗎？」

「偶蹄目。草食、羣居性。應該是明治初期輸入日本的。以羊毛和食肉被利用。差不多就這樣而已。」

「正如你所說的。」男人說。「如果要修正一點的話，那就是羊輸入日本不是明治初期，而是在安政年間。

不過在那之前，正如你所說的，日本並沒有羊的存在。也有一種說法是平安時代從中國傳來的，就算那是事實，可是後來那些羊也不知道在什麼地方滅絕了。因此一直到明治時期為止，幾乎所有的日本人既沒見過所謂羊這種動物，也無法理解什麼是羊。雖然是含在十二支裏面，應該屬於比較通俗的動物，不過羊到底是什麼樣的動物，正確說來誰也不知道。換句話說，也可以說是和龍或貘一樣程度，屬於想像中的動物。事實上，明治以前日本人所畫出來的羊的圖畫簡直就是胡亂畫的，可以說和H．G．威爾斯對火星人所擁有的知識相同程度吧。

而且就算是今天，日本人對羊的意識依然低得可怕。總之，在歷史上所看見的所謂羊這種動物，從來沒有在生活的層次上和日本人產生關聯。羊是以國家的層次從美國輸入日本，並被育成，然後又被捨棄的。這就是羊。戰後與澳洲和紐西蘭之間，羊毛和羊肉貿易自由化後，在日本養羊的有利點幾乎變成零。你不覺得這種動物好可憐嗎？也就是說，等於日本近代化的本身吧。

不過當然，我並不是要跟你談有關日本近代的空虛性。我想說的只是，幕末以前日本應該是連一頭羊都不存在，以及後來進口的羊被政府一頭一頭嚴格檢查過，這兩件事實。這兩件事又意味着什麼呢？」

這是對我所發的疑問。「你是指日本所存在的羊的種類都完全被掌握的事實嗎？」

「沒錯。再加上羊也和賽馬一樣品種是個重點。日本的羊幾乎都可以簡單地追溯到幾代以前。換句話說，是一種被徹底管理的動物。有關異種交配，也都可以查得出來。而且也沒有走私。因為沒有人會好奇得甘冒風險去走私羊進來。至於品種，則有Southdown, Spanish Merino, Cotswold, Chinese, Shropshire, Corriedale, Cheviot, Romanovsky, Ostofres'ian, Border Leicester, Romney Marsh, Lincoln, Dorset Horn, Suffolk,大概就這些了，可是。」男人說。「你再好好看一次這張照片。」

我又再拿起照片和放大鏡。

「好好看看前排右邊開始算的第三頭羊。」

我把放大鏡對準前排右起第三頭羊。然後看旁邊那頭羊，又再看一次右邊起第三頭羊。

「這頭看出什麼來了吧？」男人問。

「種類不一樣。」我說。

「對。除了從右邊算起的第三頭羊，其他都是普通的 Suffolks 種。只有那一隻不一樣。比 Suffolks 矮胖得多，毛色也不同。臉也不黑。怎麼說呢，感覺上強壯多了。我拿這張照片給幾個綿羊專家看過。他們提出的結論是，這種羊不存在於日本。而且可能全世界也沒有這樣的羊。所以，現在你正在看的是一頭應該不存在的羊。」

我拿著放大鏡，試著再觀察一次從右邊算起的第三頭羊。仔細看之後，發現羊背上正中央一帶，有一個像是咖啡濺出來所形成的淺色調的斑點紋。那斑點非常模糊而不清楚，看來像是底片的傷痕一樣，感覺上又好像只是眼睛的一點小錯覺而已。或者事實上確實有人把咖啡濺在那隻羊的背上也不一定。

「看得出背上有個很淡的斑點對嗎？」

「不是斑點。」那人說。「是星形的斑紋。請你跟這個對照看看。」

男人從信箱裏抽出一張影印紙，直接交給我。那是一頭羊的圖畫的影印。好像是用很黑的鉛筆畫的一樣，留白部份沾有黑色的指印。整體看來很稚拙，但卻是一張像在訴說什麼似的畫。細微的部份畫得非常仔細。我把照片上的羊和那張畫上的羊輪流看了一下，確實是同一隻羊。羊背上有星形的斑紋，那斑紋和照片上羊的「斑點」正互相呼應著。

「還有這個。」男人說著從西裝褲口袋拿出打火機遞給我。沈甸甸的銀製的刻有特殊家徽的 Dupont 打火機，刻著和我在車上看過的一樣的羊的圖紋。羊背上淸淸楚楚有一個星形的斑紋。

我的頭開始有點痛起來。

2 奇怪的男人的奇怪的話(2)

「我剛才和你談過關於凡庸的事。」男人說。「不過那並不是爲了要批評你的凡庸。簡單的說，正因爲世界本身是凡庸的，所以你也凡庸。你不覺得嗎？」

「不知道。」

「世界是凡庸的。這點沒錯。那麼世界是不是一開始就凡庸的呢？不對。世界一開始是混沌的。混沌不是凡庸。凡庸化是從人類把生活和生產手段分化之後才開始的。而馬克斯由於設定了無產階級而把那凡庸固定化。因此史達林主義才直接與馬克斯主義結合。我是肯定馬克斯的。因爲他是還記得原始之混沌的少數天才之一。在相同的意義上，我也肯定杜斯妥也夫斯基。不過我並不認同馬克斯主義，那未免太過於凡庸了。」

男人喉嚨深處發出小小的聲音。

「我現在說得非常坦白。那是對你剛才坦白說明的回報。而且現在我決定開始回答你的所謂樸素的疑問。不過在我說完之後，可能你所剩下能夠選擇的路子將被限定得極爲狹小。我希望你能事先了解這點。簡單說，你把賭金提高了。可以嗎？」

「沒辦法啊。」我說。

☜

「現在，這幢住宅裏有一個老人快要死了。」男人說。「原因很淸楚。他腦子裏有一個巨大的血瘤。一個大得讓腦子的形狀都歪掉的血瘤。你對腦醫學知道多少？」

「幾乎一無所知。」

「簡單說，那是一個血的炸彈。血液循環受阻礙之後異樣膨脹而成的。就像呑下高爾夫球的蛇一樣。那一旦爆炸的的話，腦的機能就停止了。可是也不能夠手術。因爲只要受到一點點刺激，就會爆炸。換句話說，用現實的說法來說，只有等死了。或許一個星期之後會死，或許一個月後。這誰也不知道。」

男人把嘴唇縮小，慢慢吐出一口氣。

「死並不是一件奇怪的事。因爲是個老人，病名也很淸楚。奇怪的是他到現在爲止是怎麼能夠活下來的。」

男人到底想說什麼，我一點也弄不淸楚。

「其實在三十二年前死的話，也一點都不奇怪。」男人繼續說。「或者四十二年前。這個血瘤最先是在進行A級戰犯健康檢查時，被一個美國軍醫發現的。那是一九四六年的秋天。在東京審判的稍前一段時間。發現血瘤的醫師看了X光片時，非常震驚。因爲，腦子裡長了那麼大血瘤的人居然能夠活著——而且比一般人更活躍地活著——這種事情已經遠超出醫學常識之外了。於是他從巢鴨被移送到當時被接收爲軍用醫院的聖路加醫院，接受詳細的診察。

診察延續了一年之久，結果什麼也沒弄清楚。我是說除了任何時候死去都不奇怪，和能夠活著這件事反而不可思議之外。可是他從此之後非但沒有任何不方便，反而精力充沛地繼續活著。頭腦的活動也極其正常。理由不清楚。一條死胡同。理論上應該死的人，卻還生龍活虎地活著。

不過有幾個輕微的症狀卻明確化了。每四十天爲一個周期，有三天之間會有劇烈的頭痛。這頭痛，根據他本人的證言，第一次是從一九三六年開始的。推測後那就是血瘤發生的時期。由於頭痛實在太劇烈了，於是在那期間他就使用鎭痛藥。說得明白一點就是麻藥。不過麻藥雖然確定可以緩和痛苦，卻也會帶來奇異的幻覺。一種強烈濃縮的幻覺。那到底是什麼樣的東西，只有本人才知道，不過似乎可以確定那不是令人愉快的。有關幻覺的詳細紀錄，還完整地保留在美國軍方。醫師確實非常詳細地記載下來。我雖然以非合法的方法拿到，讀過幾遍，不過儘管那是以事務性的文章所表現的，但卻是非常令人厭煩的。我相信幾乎沒有人能夠忍受實際上以幻覺定期地去體驗它。

爲什麼會產生那樣的幻覺也無法得知。有人推測或許血瘤有一種周期性放射出來的類似能源的東西，而頭痛則是對抗它的肉體上的反動。而且那反動的牆壁被拆除時，那能源便直接刺激腦的某個部分，結果便製造出幻覺來。當然這純粹只是一種假設而已，不過這假設美國軍方也感到興趣。而且開始展開徹底調查。那是由情報局所主持的極機密調查噢。爲什麼只不過是一個人的血瘤調查，卻必須由美國情報局介入呢？雖然現在都還不清楚，不過可以推測有幾個可能性。首先第一個可能性也許是藉醫學調查之名，進行某種極爲微妙的事態調查。也就是對中國大陸諜報通路與鴉片通路的掌握。美國由於蔣介石的長期敗退，而逐漸喪失與中國方面的關係。他們非常渴望獲得先生所掌握的通路。而這種訊問卻是無法公然進行的。事實上先生在這一連串調查之後，沒被送去審判卻反而被釋放。如果說其中有什麼暗盤交易，那是十分有可能的。也就是情報與自由的交換。

第二個可能性，是說明身爲右翼首領，他的怪癖與血瘤的相互關係。這點我以後也會向你說明，是個有趣的想法，不過我想結果他們也什麼都不知道。活著本身都令人不解了，怎麼有可能知道那樣的事呢？當然，如果不試著解剖是無法明白的。於是這也是一條死胡同。

第三個可能性，與「洗腦」有關。發想是基於藉著對腦送入一定的刺激，也許可能引起特定反應的想法。當時這種事情很盛行。後來證明事實上當時美國曾經組織過從事這種洗腦研究的團體。

情報局的調查主要著眼點到底是放在這三點中的那一點，並不清楚。從這些調查又得到了什麼樣的結論？也不清楚。一切全都埋進歷史之中。知道事實眞相的，只有當時美軍高階層的一小撮人，還有先生本人而已。關於這點，先生從沒有向任何人透露，包括我在內，而且恐怕今後也不會透露。所以我現在向你說的事情，只是純屬推測而已。」

男人說到這裡，安靜地乾咳一聲。進到屋裡之後到底經過了多少時間？我簡直完全不知道。

「可是血瘤發生的時期，也就是有關一九三六年當時的狀況，我們還瞭解得稍微詳細一些。一九三二年冬天，先生因爲牽涉到一件重要人物的暗殺計畫而連坐被關進監獄裡去。監獄生活一直繼續到一九三六年的六月。監獄留有例行公式的記錄和醫務記錄。此外他偶爾興之所至也曾經向我們提過。這些大概綜合整理起來，就是這麼回事。先生進到監獄以後不久，就得了強度的失眠症。而且那不只是失眠症而已。而是極危險階段的失眠症。有時三天、四天、甚至將近一星期一覺都睡不著。當時的警察對政治犯是會不讓他們睡覺，強制他們自白的噢。尤其先生因爲牽連到皇道派和統制派的鬥爭，因此訊問特別嚴厲。當犯人想睡覺的時候，就潑水，用竹刀毆打，照射強光，像這樣把犯人的睡眠時間切斷得零零碎碎。不是死、就是發狂、或患強度的失眠症。先生被迫走上最後一條路。而失眠症完全康復是在一九三六年的春天。也就是和血瘤發生相同的時期。關於這點你怎麼想？」

「極端失眠由於某種理由而阻礙了腦部的血液循環，造成了血瘤，是不是這樣？」

「這是最符合常識的假設。幾乎外行人也想得到，因此可能美軍的醫師團也想到了。可是光這樣還不夠。我覺得這其中還缺少一個重要的因素。我想到血瘤現象會不會只是那因素的從屬物呢？因爲很多人都有過血瘤，但是卻沒有那樣的症狀。而且光是那樣就沒辦法證明先生爲什麼繼續活著的理由。」

男人所說的看起來似乎滿有道理的。

「另外一點，關於血瘤還有一件奇怪的事。也就是以一九三六年春天爲界線，先生可以說是完全脫胎換骨就像變成另一個人一樣。以前的先生，用簡單一句話來說，是個平凡的行動右翼。生下來是北海道貧農的三男，十二歲離家出走渡海到朝鮮去，這也不太順利，又回到內地加入右翼團體。血氣倒是很旺盛，經常總是揮著一把日本刀，是這樣一型的人。大概連大字都沒認得幾個。可是一九三六年夏天，出獄之後的同時，先生在各方面都忽然一步登上右翼的最高峰。無論是掌握人心的超能力、綿密的理論性、喚起狂熱反應的演說能力、政治性的預知能力、決斷力、還有更重要的是能利用大眾的弱點輕易鼓動社會的能力。」

男人鬆一口氣輕輕咳一聲。

「當然以一個右翼思想家來說，他的理論和世界認識是愚蠢的。不過那並不重要。問題在於他能夠把它如何組織化。正如希特勒把生活圈和優越民族這愚蠢的思想，組織化為國家的層次一樣。不過先生並沒有踏上這條道路。他所踏上的是一條後路——影之路。他並沒有出現在表面，卻在暗地裡推動著社會。因此一九三七年他到中國大陸去了。不過，這個先不提。我們再回到血瘤的話題。我想說的是，血瘤產生的時期和他奇蹟式地完成自我變革的時期，真的是互相一致的。」

「根據你的假設，」我說。「血瘤和自我變革之間沒有因果關係，位置上是平行的，在那之上應該還有一個謎一樣的因素存在是嗎？」

「你真聰明。」男人說。「簡潔而明確。」

「那麼羊又跟這些有什麼關聯嗎？」

男人從煙盒掏出第二根香煙，用指尖整理過尖端之後含在嘴裡。並沒有點火。「按照順序來說。」男人說。

沈重的沈默暫時繼續下去。

「我們建立了一個王國。」男人說。「強大的地下王國。我們把一切的東西都拿進來。政界、財界、大眾傳播、官僚組織、文化、連其他你想都想不到的東西都包括在內。連我們敵對的東西都包括在內。從權力到反權力的一切在內。其中大部分連自己被包含在內都沒發現。總之是一種極為圓滑複雜的組織。而這組織是先生在戰後一個人建立起來的。換句話說，先生一個人支配著所謂國家這巨大的船的船底。他只要把栓鈕一拔掉，船就會沈沒，而乘客一定在還搞不清楚發生什麼事情之前，就已經沈到海裡去了。」

這時他把香煙點著。

「可是這個組織也有極限。那就是國王的死。只要國王一死，王國就滅亡了。為什麼呢？因為那王國是靠一個人的天才資質建立起來，維持下來的，如果根據我的假設，是靠那謎一樣的因素建立起來，並維持到現在的。只要先生一死，一切就完了。爲什麼呢？我們的組織不是官僚組織，是以一個頭腦爲頂點的完全機械。因此我們的組織意義在這裡，弱點也在這裡。或者說曾經在這裡。由於先生的死，組織遲早要分裂，正如被火舌吞噬的Valhalla宮殿一樣，沈沒到凡庸的海中去。沒有任何人可以繼承先生的位子。組織將會分裂——正如宏偉的宮殿將崩潰，在那廢墟之上會蓋起國民住宅一樣。一個均質和機率的世界。在這裡沒有所謂意志這種東西。或許你覺得這樣是對的，我指分割。可是請你想一想。如果全日本只是一片平坦，沒有山、沒有海岸、也沒有湖泊，只有一排排密密痲痲的國民住宅，你覺得對嗎？」

「不知道。」我說。「這個問題本身是不是適當，我也不知道。」

「你頭腦很好。」男人說著兩手重疊放在膝上。指尖並慢慢地打著拍子。「關於國民住宅的說法當然只是個『比譬』。如果要再說得正確一點的話，組織可以分爲兩個部分。一個是爲了向前進的部分，一個是爲了推動別人向前進的部分。雖然除此之外還有發揮各種機能的部分，但大概區分的話我們的組織是靠這兩部分成立的。其他的部分幾乎沒有任何意義。向前進的部分就是『意志部分』、被推動向前進的部分是『收益部分』。一般人把先生當做問提出來的，只有這『收益部分』。另外，先生死了之後，人們會羣起要求分割的，也只有這『收益部分』。沒有任何人想要『意志部分』。因爲沒有人瞭解。這就是我所指的分割的意思。意志是不能被分割的。不是百分之百接收，就是百分之百消滅。」

男人的手指依然在膝蓋上慢慢打著拍子。除此之外，一切的一切都和剛開始一樣。無法捉摸的視線和冷冷的眼珠，無表情的端莊的臉。那張臉始終以相同的角度向著我。

「所謂『意志』是指什麼?」我試著詢問。

「統御空間、統御時間、統御可能性的觀念。」

「我不懂。」

「當然誰也不懂。只有先生,也就是說本能地理解它。說得極端一點的話,是自我認識的否定。在這裡才能夠實現完全的革命。以你們容易瞭解的說法就是,勞動包含資本,資本包含勞動的革命。」

「聽起來好像幻想一樣啊。」

「相反喏。認識才是幻想呢。」男人切斷了話。

「當然,我現在所說的只不過是語言而已。語言不管怎麼排列出來,也無法把先生所抱持的意志形態,向你說明清楚。我的說明只不過是把我和那意志之間的相關,又以另一種語言上的相關表示出來的東西而已。認識的否定,又和語言的否定有關。當個體的認識與進化的連續性,這西歐人道主義的兩大支柱喪失其意義時,語言也喪失了它的意義。存在並不是以個體存在,而是以混沌存在。所謂你的存在,並非獨自的存在,而只是一團混沌而已。我的混沌是你的混沌,你的混沌也是我的混沌。存在就是溝通,溝通就是存在。」

突然房間變成非常寒冷,我的旁邊好像預備了一張溫暖的床似的,而有人正在引誘我上床。不過當然那是錯覺。現在是九月,外面還有無數的蟬在繼續叫著。

「你們六〇年代的後半所實行的,或者想實行的意識的擴大化,由於根源於個體,因此結果完全失敗。換句話說個體的質量沒有改變,只有意識擴大的話,終究只有絕望。我所謂的凡庸,指的就是這個。不過不管怎麼說明,你大概也不會懂。而且我也沒有指望你懂。我只能努力嘗試盡量坦白地說而已。」

「剛才給你的那張畫，讓我說明一下。」男人說。「那張畫是美國陸軍醫院醫務記錄的拷貝。日期是一九四六年的七月二十七日。那張畫是在醫師要求之下，先生自己畫的。做爲幻覺記述作業的一環。事實上，根據這醫務記錄，這隻羊眞的是以非常高的頻度，出現在先生的幻覺之中。以數字來說，大約是百分之八十，也就是每五次幻覺中，就有四次羊出現。而且不是普通的羊，是背上背負著星星的栗色的羊。

從此以後，那刻在打火機上的羊的紋章，變成先生自己的印記，自從一九三六年以來一直用到現在。我想你也注意到了。那紋章的羊和留在醫務記錄上的羊的畫完全一模一樣。而且也和你現在所拿著的相片上的羊一樣。你不覺得是一件非常有趣的事嗎？」

「大概只是偶然吧。」我說。本來打算盡量說得讓人聽起來好像很乾脆似的，不過卻不怎麼成功。

「還有。」男人繼續說。「先生很熱心地收集國內外有關羊的一切資料。而且每星期一次，從日本國內出版的所有報章、雜誌上找到的有關羊的記載，都花很長的時間親自查閱。我一直幫他做這件事。先生眞的非常熱心。簡直就像在找什麼似的。自從先生臥病在床起不來之後，我還繼續『非常私人性的』接下去做這項作業。非常有趣喲。到底會出現什麼呢？這時候你跑出來了。你和你的羊。這點，怎麼想，都不是偶然。」

我試著確定一下手中打火機的重量，那眞的是令人覺得舒服的重量。既不太重，也不太輕。世界上就是有這麼一種重量。

「爲什麼先生會那麼熱心地尋找羊？你知道嗎？」

「不知道。」我說。「你去問先生不是比較快嗎？」

「要是能問我已經問了。先生這兩個星期以來一直昏迷不醒。恐怕不會再醒過來了。而且如果先生一死，有關羊背上星星記號的祕密，也就永遠埋葬在黑暗中了。就這樣結束，我實在無法忍受。並不是爲了我個人的得失，而是爲了更重大的大義。」

我推開打火機的蓋子，摩擦銼子點著火，然再把蓋子蓋上。

「你大概覺得我現在說的事情很愚蠢。或許也是這樣。眞的很愚蠢。不過我希望你能瞭解的是，我們所剩下的東西只有這些了。先生快要死了。一個意志將要死去。而且這意志周邊的一切東西也將全部死絕。然後留下來的只有能夠以數字數得出來的東西。除此之外什麼也沒留下。所以我想找到這隻羊。」

他第一次閉上眼睛幾秒鐘。在那之間沈默不語。「我把我的假設說出來。這純粹只是一種假設。如果你不喜歡就忘掉好了。我認爲那隻羊，才是先生意志的原型。」

「好像動物形的餅乾一樣的說法啊。」我說。男人沒有理會我的話。

「很可能羊進入了先生體內。那大概是一九三六年的事吧。而且從此以後四十年以上，羊一直住在先生體內。那裡面一定有草原，有白樺木。正如照片上一樣。你認爲呢？」

「我覺得是非常有趣的假設。」我說。

「那是很特殊的羊。非常・特殊的・羊。我想要找出來，而這需要你幫忙。」

「找出來幹什麼呢？」

「不幹什麼。大概我什麼也無能爲力。那實在太大了，我能做什麼呢？我只能親眼看著自己的希望逐漸喪失而已。而且如果那隻羊有什麼希望的話，我願意盡我的全力。因爲先生一旦死掉，我的人生就幾乎沒有任何意義了。」

於是他沈默下來。我也沈默不語。只有蟬還繼續叫著。庭園中的樹被接近黃昏的風吹動著，樹葉沙沙地互相摩擦。屋子裡依然悄然無聲。簡直就像無法防止的傳染病一樣，死亡的粒子飄浮在滿屋子裡。我試著想像先生頭腦裡的草原。草枯萎了，羊逃出之後，茫漠的草原。

「我再說一次，請你告訴我這張照片是從什麼管道得來的？」男人說。

「我不能說。」我說。

男人嘆了一口氣。「我對你都坦白直說了，所以希望你也坦白告訴我。」

「我沒立場說。我如果一說，也許就會為給我照片的人帶來麻煩。」

「那麼。」男人說。「跟羊有關而可能為那個人帶來某種麻煩的想法，你有根據嗎？」

「沒有什麼根據。只是有這種感覺而已。我覺得有什麼事情不太妥當。我一面聽你說一面這樣覺得。有什麼不太妥當。有點像第六感似的東西。」

「所以你不能說對嗎？」

「對。」我說完考慮了一下。「我對惹麻煩倒是稍有一點權威。說到給別人帶來麻煩的方法，我比誰都知道得多。所以我平常盡可能避免這樣的事情。不過結果因為如此，又給別人帶來更多的麻煩。不管怎麼轉變都一樣。只是明明知道都一樣，卻不能一開始就那樣。這是原則問題。」

「我不太明白。」

「所謂凡庸是以各種形式出現的。就是這麼回事。」

我含了一根煙，用手上的打火機點著，把煙吸進去。心情稍微輕鬆了一點點。

「如果你不想說，不說也好。」男人說。「不過你要去把『羊』找出來。這是我們最後的條件。從現在開始的兩個月之內，如果你能把羊找出來。你想要多少報酬我們都會照付。如果找不到的話，你的公司和你都完了。這樣行嗎？」

「我沒有選擇餘地吧。」我說。「可是如果一切都是一個錯誤。根本就沒有背上有星星記號的羊存在呢？」

「結果也一樣啊。對你也好、對我也好，不是找到羊，就是找不到羊。沒有中間。雖然我也覺得抱歉，不過總之就像剛才說過的一樣，你的賭注已經提高了。既然抱起球了只能往終點跑。就算沒有終點也得往前跑啊。」

「原來如此。」我說。

男人從上衣口袋掏出一個厚厚的信封放在我前面。「把這當費用來用吧。如果不夠再打電話來。我會立刻追加。有什麼疑問嗎？」

「沒有疑問，有感想。」

「什麼感想？」

「這整件事雖然聽來都是令人難以相信的愚蠢，不過從你嘴裡說出來，好像眞的有那麼回事似的，我想今天這件事要是由我說出去一定沒有人肯相信。」

男人只是稍稍歪了一下嘴唇。看起來不能說是不像在笑。「明天就要開始動了啊。剛才已經說過『從今天開始』兩個月哦」。

「這是很難的工作呢。兩個月說不定沒辦法。畢竟那是要在廣大的土地上尋找一隻羊啊。」

男人什麼也沒說，只是一直盯著我的臉。我被他一盯，竟然覺得自己好像變成一個空空的游泳池一樣。骯髒的、有裂痕的，明年能不能用還不知道的空空的游泳池。男人足足有三十秒鐘一直沒眨一次眼地盯著我的臉。然後慢慢開口。

「你該動身了。」男人說。

確實似乎是這樣。

3 汽車和司機(2)

「您要回公司嗎？或者要上什麼地方？」司機問我。和去的時候同一位司機，不過比去的時候稍微殷勤了一點。大概個性上容易和人熟悉的吧。

我先在座位上盡量把手腳舒服地伸展好之後，開始考慮該到什麼地方去？不打算回公司。一想到要對搭檔說明這個那個的頭就痛——到底該怎麼說明才好呢？——而且首先我現在還在休假中呢。可是也不想直接回家。總覺得，在回家之前，最好能先看一看正常的人以兩隻腳正常地走著的正常的世界比較好一點。

「到新宿西口。」我說。

因為已經接近黃昏了也有關係，朝新宿方向的道路非常阻塞。過了某一點之後，車子就像拋錨了似的，幾乎動也不動。感覺上好像偶爾被波浪搖動一下，車子才移動幾公分。我暫時試著思考一下有關地球的自轉速度。到底這道路的表面，以時速多少公里在宇宙空間旋轉著呢？我在腦子裡迅速計算了一下，試著得出一個概數來，然而那是不是比遊樂場的咖啡杯快呢？不清楚。我們不太清楚的事情有好多。只不過覺得好像清楚似的而已。

如果太空人來到我前面，問我說「喂！赤道是以時速幾公里在旋轉的？」我會非常傷腦筋。我想我大概連爲什麼星期二的後面來的是星期三，都無法說明吧，他們大概會笑我吧？《卡拉馬助夫的兄弟們》和《靜靜的頓河》我都各讀了三遍。連《德國意識形態》也讀了一次。圓周率我可以背到小數點以下十六位。就算這樣他們還是會笑我吧？大概會笑吧？會笑死吧？

「要不要聽音樂呀？」司機問。

「好啊。」我說。

於是蕭邦的〈敍事曲〉在車內響起。氣氛變得好像是結婚禮堂的候客室一樣。

「先生。」我試著問司機。「你知道圓周率嗎？」

「你是指3.14那玩意兒嗎？」

「嗯，不過小數點以下你能說到幾位？」

「我知道到三十二位。」司機若無其事地。「再過去就不太行了。」

「三十二位？」

「對，我有一個特別的記法。怎麼呢？」

「不，沒關係。」我很失望地說。「沒什麼。」

然後我們聽了一會兒蕭邦，車子向前進了十公尺左右。周圍車子的駕駛和巴士的乘客，睜大眼睛張望著我們所乘的怪物似的車子。即使明明知道窗戶是由特殊玻璃做的，從外面看不到裡面，可是被別人這樣盯著看，到底並不怎麼舒服。

「交通好塞啊。」我說。

「是啊。」司機說。「不過就像沒有不天亮的黑夜一樣，也沒有不結束的交通阻塞。」

「那倒是。」我說。「可是你不會著急嗎？」

「當然會，也會生氣、不愉快。尤其趕時間的時候，總是難免。不過我後來想，這都是對我們的一種考驗，也就是說生氣等於自己認輸了。」

「聽起來相當宗教性的交通阻塞解釋法。」

「我是基督徒。雖然沒上教會，不過一直是個基督徒。」

「哦？」我點點頭。「可是基督徒和右翼大人物的司機，不會互相矛盾嗎？」

「先生是很了不起的人。他是我所遇過的人裡面，僅次於神的偉大人物。」

「你曾經見過神嗎？」

「當然。每天晚上都打電話。」

「可是。」說出之後我稍微猶豫了一下。頭腦又開始混亂起來。「可是，如果大家都打電話給神的話，那麼線路會不會太擁擠，而老是佔線講話中呢？例如中午過後的查號台一樣。」

「這倒不必擔心。神是同時性的存在。所以每次就算有一百萬人打電話，神都可以同時和一百萬人講話。」

「我是不太清楚，不過這是正統的解釋法嗎？也就是怎麼說呢，神學上的說法。」

「我是激進派。所以跟教會合不來。」

「哦？」我說。

車子只前進了大約五十公尺。我含著一根香煙，正打算點火時，才開始注意到自己手上一直緊緊握著打火機。那個男人交給我的，有羊的圖紋的 Dupont 打火機，我竟然不知不覺中一直握在手裡。那銀製的打火機，就像生下來就一直在那兒了似的，服服貼貼地粘在我的手掌裡。無論重量也好，觸感也好，都完全無可挑剔。我考慮了一會兒，最後決定還是把它就這樣留下來。我想他們掉一兩個打火機，誰也不會在乎吧。我把蓋子反覆掀開、關起了兩三次，然後點著香煙。把那打火機放進口袋。並把 BIC 牌用完就丟的打火機當代替品丟進車門的袋槽裡去。

「好幾年前先生告訴我的。」司機突然說。

「什麼？」

「神的電話號碼。」

我刻意不讓他聽見地嘆了一口氣。我是不是發瘋了？還是他們發瘋了？

「他只悄悄告訴你嗎？」

「是的。他只悄悄告訴我。他是個了不起的人。你也想知道嗎？」

「可能的話。」我說。

「那麼我說，東京，945之……」

「等一下。」我說著把手冊和原子筆掏出來，然後把那號碼記下。

「不過，你告訴我會不會有關係呢？」

「沒關係。我是不隨便告訴別人的，不過我看你像是個好人。」

「那就謝了。」我說。「不過跟神到底該說些什麼呢？何況我又不是基督徒。」

「我想那不是什麼大問題。你只要把自己正在想的事情，正在煩惱的事情，老實說出來就可以了。不管多無聊的事。神都不會覺得無趣或看不起你。」

「謝謝。我會試著打打看。」

「那就好。」司機說。

車子流暢地滑行起來。開始看得見要去的新宿的大樓了。我們一直到新宿都沒再說什麼。

4 夏天的結束和秋天的開始

車子到達目的地時，街上已經被一層淡淡的藍色所覆蓋。告知夏天已結束的一陣涼風滑過大廈之間，吹動著下班正要回家的女孩們的裙襬。她們高跟涼鞋咯吱咯吱的聲音，敲響著路面的地磚。

我上到高層大飯店的最頂樓，走進寬闊的酒吧，點了海尼根啤酒。啤酒等了十分鐘才出來。在那之間，我在椅子的把手上支頤閉目養神。什麼也想不起來。眼睛一閉上，就好像有幾百個小矮人用掃把在我腦子裡掃地似的發出聲音。他們一直不停地繼續掃著。竟然誰也沒想到要用畚箕。

啤酒送來之後，我用兩口就把它喝光。並把隨著送來的小碟子裡的花生也全部吃光。不再聽到掃把的聲音了。我走進收銀櫃檯旁的一個公共電話亭裡，試著打電話給耳朵很漂亮的女朋友。她既不在她家，也不在我家。大概到什麼地方吃飯去了。她是絕對不會在家裡吃飯的。

然後我又試著撥了已經分手的妻子的新公寓電話號碼，鈴聲響了兩次，我又改變心意把話筒放下。想想並沒什麼特別的話可說，而且也不願意被認爲是少一根筋的人。

除此之外也沒什麼人可打了。在一千萬人團團轉著的都市裡，能夠打電話的人竟然只有兩個。而不巧的是其中的一個還是已經離婚的太太。我打消念頭，把十圓硬幣放回口袋，走出電話亭。並向正要走過的服務生點了兩瓶海尼根。

就這樣一天過去了。覺得這一輩子好像沒有比這一天更無意義的。夏天的最後一天，應該是更有意思一點才對呀。然而這一天卻在被拉得團團轉，被推來推去之下過了一天。窗外冷落初秋的陰暗正在擴展開來。地上黃色的小街燈一直串連到遠處。從上面眺望出去，看來確實好像正在等著被踏碎似的。

啤酒來了。我把第一瓶喝光之後，把兩碟花生全部放在手掌上，按照順序吃起來。隔壁桌上四個從游泳教室下課回來的中年女人，正一面談著什麼一面喝著色彩鮮艷的熱帶雞尾酒。服務生保持直立不動的姿勢，只轉過脖子正在打呵欠。另一個服務生正在向一對美國中年夫婦說明菜單。我把花生全部吃完，喝乾第三瓶啤酒。喝完第三瓶啤酒之後，已經沒有任何事情可做了。

我從 Levi's 牛仔褲背後的口袋掏出信封，撕開封口，一張張數起整把萬圓大鈔。那用紙帶圈起來的新鈔票，看起來與其說是鈔票不如說更像是撲克牌。只數到一半，手就開始扎扎的刺痛起來。數到九十六時，一位年紀比較大的服務生來把空瓶子收下，問道要不要再來一瓶。我一面數著鈔票一面默默點頭。他對於我正在數著鈔票的事，看來似乎完全漠不關心。

一百五十張數完之後放回信封，塞回背後的褲袋時，新的啤酒送來了。我又吃了一碟花生。吃完之後，試著想怎麼這麼能吃呢?答案只有一個。肚子餓了。想起從早上吃過一片水果蛋糕到現在什麼也沒吃。

我叫服務生把菜單拿來看。沒有煎蛋捲,不過有三明治。於是點了起司黃瓜三明治。問配餐有什麼,有炸薯條和酸黃瓜。我取消炸薯條,要了兩倍的酸黃瓜。順便試著問他有沒有指甲刀?不用說當然有指甲刀。飯店的酒吧實在什麼都有。我有一次還向飯店的酒吧借過法和辭典呢。

慢慢喝著啤酒、慢慢望著夜景,慢慢在煙灰缸上剪指甲,再看一次夜景,再用剉刀磨磨指甲。就這樣夜漸漸深了。我對於如何在都會中打發時間,已經逐漸達到一個專家的領域了。

埋在天花板裡的擴音機正在喚著我的名字。那剛開始聽來並不像是我的名字。播完數秒鐘之後,我的名字才一點一點地開始附上我的名字固有的性格,終於在我的頭腦裡變成純粹是我的名字。

我舉手示意之後,服務生便把攜帶用的無線電話拿到我桌上來。

「預定稍微有點變更。」曾經聽過的聲音。「先生身體狀況突然惡化。已經沒有多餘的時間了。所以你的時限也要往前挪。」

「多少?」

「一個月。不能再多等了。如果一個月還找不到羊,你就完了。你再也沒有地方可以回去了。」

一個月,我試著在腦子裡想了一想。然而我腦子裡時間觀念已經無可挽回地亂成一團。一個月或兩個月似乎並沒有什麼差別。本來要找一頭羊,一般需要花多少時間,就沒有什麼基準,所以沒辦法。

「你倒眞會找這地方啊。」我試著說。

「我們大概對什麼事都知道。」男人說。

「除了羊在什麼地方之外啊。」我說。

「對了。」男人說。「總之，動身吧。你太會浪費時間了。最好多考慮一下自己的處境。因爲把你逼到這地步的也是你自己喲。」

確實如他所說的。我用信封裡的第一張萬圓鈔票付了帳，搭電梯下到一樓。地上依然還有那些正常人用正常的兩腳在走著，然而眼看著這樣的光景，心情卻輕鬆不起來。

5　1／5000

回到家，信箱裡有三封信和晚報塞在一起。一封是銀行寄來的餘額通知，一封是怎麼看都無聊的宴會請柬，一封是中古車中心的廣告信函。寫的是換買高一級的車，人生就會光明幾分之類意思的文章。眞是多管閒事。我把三封信疊在一起，從中央撕破，丟進紙屑簍裡。

從冰箱拿出果汁倒進玻璃杯，坐在廚房的桌上喝。餐桌上放著女朋友的留言條。寫著出去吃東西，九點半以前回來。桌上的數字鐘顯示現在的時刻是九點半。一時繼續看那鐘時，數字變成31，再過一會兒變成32。

時鐘看膩之後，我脫掉衣服去洗澡，洗頭。浴室裡有四種洗髮精和三種潤絲精。因爲她每次去超級市場，就會買點什麼新的雜貨進來。每次進浴室一定有什麼東西增加。試著數了一下，有四種刮鬍膏，五根牙膏。按照順序互相組合起來的話數目就非常可觀了。走出浴室換上慢跑短褲和T恤之後，好像緊緊纏在身上的不愉快，終於完全消失了。

十點二十分，她提著超級市場的紙袋回來。她每次都半夜去超級市場。紙袋裡有三根打掃用的刷子，一盒迴紋針，和冰得很透的罐頭啤酒六罐裝。我決定再來喝啤酒。

「是有關羊的事。」我說。

「我就說嘛。」她說。

從冰箱拿出洋香腸罐頭，用炒鍋炒熱吃。我吃了三根，她吃了兩根。涼快的夜風從廚房窗戶吹進來。

我談起公司發生的事，車子的事，大宅院的事，奇怪的祕書的事，血瘤的事，背上有星星烙印的圓嘟嘟的羊的事。話題相當長，說完時，時鐘已經指著十一點。

「就是這麼回事。」我說。

我說完之後，她看來也並沒有什麼特別驚訝的樣子。正在聽的時候，一面聽一面一直在清潔她的耳朵，打了幾次呵欠。

「那麼什麼時候出發？」

「出發？」

「不是要去找羊嗎？」

我手指正伸進第二罐啤酒罐的拉環，抬頭望她。

「那裡也不去呀。」我說。

「可是不去不是會很爲難嗎？」

「沒什麼爲難的啊。公司我反正就打算要辭職了，不管誰來阻止，找一份可以吃飯糊口的工作並不難。總不至於要我的命吧。」

她從盒子裡拿出新的棉花棒，用手指玩弄了一會兒。「不過事情不是很簡單嗎？總之只要找出一頭羊就行了對嗎？滿有意思的啊。」

「找不到的。北海道比妳所想像的還要大，而且羊總有幾萬頭啊。從那裡面怎麼去找出一頭羊來呢？不可能的。就算那羊的背上有個星星的記號也難哪。」

「是五千頭。」

「五千頭？」

「北海道羊的數目啊。昭和二十二年雖然曾經有過二十七萬頭，不過現在只有五千頭噢。」

「妳怎麼知道這些的？」

「你出去以後，我到圖書館查的。」

我嘆了一口氣。「妳什麼都知道噢。」

「也沒有。不知道的事才更多呢。」

「嗯。」我說。於是我拉開第二罐啤酒，在她的玻璃杯和我的玻璃杯裡各倒一半。

「總而言之現在北海道只有五千頭羊。根據政府的統計資料。怎麼樣？這樣是不是輕鬆一點了？」

「一樣啊。」我說。「五千頭或二十七萬頭，沒什麼不一樣。問題在於要從廣大的土地上找出一頭羊來呀。而且毫無線索可循。」

「不能說毫無線索啊。首先有照片，其次還有你的朋友啊，我想一定可以從什麼途徑掌握到一些什麼的。」

「這些都是很模糊的線索啊。照片上的風景是到處可見的，老鼠方面信上連郵戳都不清楚。」

她喝著啤酒，我也喝著啤酒。

「討厭羊嗎？」她問。

「羊我喜歡哪。」我說。

頭腦又有點混亂起來。

「不過不去，我已經決定了。」我說。我是打算說給自己聽的，可是不怎麼靈光。

「要不要喝咖啡？」

「好啊。」我說。

她把啤酒空罐頭和玻璃杯收下，用水壺燒起開水。開水沸騰之前，她在隔壁房間聽卡帶。Johnny Rivers 繼續唱著「Midnight Special」和「Roll Over Beethoven」。然後變成「Secret Agent Man」。開水開了之後，她一面泡著咖啡，一面隨著錄音帶唱「Johnny B. Goode」。在那之間，我一直看著晚報。非常家庭式的風景。如果沒有羊的問題，應該覺得很幸福的。

一直到錄音帶放完發出咔嚓一聲爲止，我們沈默地喝著咖啡，咬了幾片薄餅乾。我繼續看著晚報。沒地方可看之後，又把一樣的地方再看了兩遍。政變發生、電影明星死掉、有貓會耍特技，全都是些跟我沒關係的事件。在那之間 Johnny Rivers 繼續唱著搖滾老歌。錄音帶播完之後，我把報紙疊起來，看看她。

「我還是不很清楚。不過我覺得好像與其什麼也不做，倒不如去到處找羊，就算最後依然找不到也好。可是另一方面，我又不願意被人家命令、被逼迫著、被指使著去做一件事情。」

「不過每個人或多或少都是被命令、被逼迫、被指使著過日子的啊。而且有時候可能連個要找的東西都沒有呢。」

「也許吧。」過一會兒之後我說。

她默默繼續清潔她的耳朵。偶爾從頭髮之間露出一點圓圓柔柔的耳垂。

「這時候的北海道很棒噢。觀光客又少，天氣又好，羊全都到外面來了呢，這是很好的季節喲。」

「應該是吧。」

「如果──」她說著咬了一口最後一片餅乾。「如果你帶我一起去的話，我想我一定可以幫你一些忙噢。」

「妳怎麼對找羊這麼在意呢？」

「因為我也想看看那頭羊啊。」

「很可能費盡千辛萬苦找到的只是一頭很不怎麼樣的羊噢。而且連妳也會被連累得很慘。」

「沒關係。你很慘也就是我很慘哪。」然後她微笑起來。「因為我非常喜歡你。」

「謝謝。」我說。

「這樣而已？」

我把晚報疊起來推到桌子邊去。從窗外吹進來的和風把香煙的煙吹散。

「說真的，這件事我總覺得不喜歡。好像有什麼地方不對勁。」

「什麼地方？」

「從頭到尾呀。」我說。「整件事情就很荒唐，可是詳細的地方卻又一清二楚，而且偏偏都很吻合。令人覺得不舒服。」

她什麼也沒說。只拿起桌上的橡皮圈在手指上繞著玩。

「還有如果找到羊之後又會怎麼樣呢？如果那頭羊眞的像那個男人說的一樣特殊的話，我也許會因爲找到羊，而被捲進更嚴重的痲煩裡也說不定。」

「可是你的朋友不是已經被捲進這嚴重的痲煩裡了嗎？因爲要不是這樣的話，那張照片也不會特地寄給你呀。」

正如她所說的一樣。我把手上的牌全部攤在桌上，而這些牌全部都輸給了對方。我的底牌好像全都被看透了。

「好像不去也不行了啊。」我放棄地說。

她微笑著。「這樣一定對你也比較好。我想一定可以順利找到羊的。」

她弄完耳朵，用衛生紙把一堆棉花棒捲起來丟掉。然後拿起橡皮圈，把頭髮綁在腦後，露出耳朵。屋子裡的空氣好像完全換過了一樣。

「睡覺吧。」她說。

6 星期日下午的野餐

醒過來時是早上九點。床上身邊已經看不到她的影子。大概出去買早餐了，或者就這樣回她自己住的地方去了也說不定。沒留下字條。洗手間晾著她的手帕和內衣。

我從冰箱拿出橘子汁來喝，把三天前的麵包放進烤麵包機裡。麵包味道像牆壁的泥土一樣。從廚房窗子可以看見鄰家院子裡的夾竹桃。有人在遠處練習彈鋼琴。好像在往上行的電扶梯上往下走的那種彈法。三隻圓圓胖胖的鴿子停在電線桿上無意義地繼續鳴叫著。不，或許鴿子的叫聲是含有什麼意思的也不一定。也許腳上的水泡痛，因此叫個不停也說不定。從鴿子看來，沒意義的恐怕是我這邊也不一定。

兩片土司塞進喉嚨深處時，鴿子的影子也消失了，留下的只有電線桿和夾竹桃而已。總之是星期天早晨。報上的星期日版上刊登著正在跳越柵欄的馬的照片。馬上騎著一個戴黑帽子臉色很壞的騎師，正以討厭的眼光一直瞪著旁邊那一頁。旁邊那頁洋洋灑灑地寫著蘭的栽培法。蘭有數百種類，各種不同的蘭有各種不同的歷史。某一個國家的王侯為了蘭而喪失性命。蘭有某種令人想起命運的地方，報導如此寫著。任何東西都有哲學，有命運。

不管怎麼樣，因為已經決心去尋找羊了，所以心情變得好愉快。感覺好像連手指尖都傳遍了活力似的。自從過了二十歲這分水嶺之後，還是頭一次有這樣的心情。我把餐具放進流理台，給貓放過早餐之後，便撥了穿黑衣服男人的電話號碼。響了六次之後，男人來接。

「希望沒把你吵醒。」我說。

「不用擔心，我早上都很早。」男人說。「怎麼了？」

「你看什麼報？」

「全國性報紙的全部和地方報八種。不過地方報都要到傍晚才到。」

「這些全部都看對嗎？」

「因爲這是工作的一部分。」男人很有耐性地說。「怎麼樣呢？」

「週日版也看嗎？」

「週日版也看。」男人說。

「今天早上的週日版，你看見馬的照片沒？」

「馬的照片看了啊。」男人說。

「你不覺得馬和騎師好像在想著完全不同的事嗎？」

透過電話聽筒，一陣沈默，像新月一般悄悄潛入屋裡來。連呼吸聲都絲毫聽不見。令耳朵都要疼起來的完全沈默。

「這就是你要提到的事情嗎？」男人說。

「不，只是閒聊而已。有一點共通的話題總是好的吧？」

「說到我們的共通話題，應該是別件。例如羊的問題。」乾咳。「抱歉，我沒有你那麼空閒，有事請長話短說好嗎？」

「問題就在這裡呀。」我說。「簡單的說，我想明天去找羊。雖然猶豫了很久，最後還是決定去。不過我想既然要做，就要依照我的步調做。說話的時候，也希望能依照自己喜歡的方式說，我也有閒聊的權利。希望行動不要被一一監視，我不願意被連名字都不知道的人指使來指使去的。就這麼回事。」

「你對自己所處的立場有誤解。」

「你對我所處的立場也有誤解。請你聽清楚，我已經足足考慮了一個晚上，然後我發現，我能夠失去的和煩惱的事幾乎沒有。跟太太已經分手了、工作打算今天就辭掉、房子是租來的、家具也沒什麼像樣的，至於說到財產也只不過存款二百萬和中古車一部，還有一隻上了年紀的雄貓而已。衣服全部是退流行的，手頭的唱片大多也像古董品一樣了。既沒有名望，沒有社會信譽，也沒有性魅力。既沒有才華，也不怎麼年輕。經常都會說一些無謂的話，事後卻很後悔。總之，借用你的表現法的話，是個凡庸的人。除了這些之外，我還有什麼可喪失的嗎？如果有，請告訴我。」

沈默繼續了一會兒，在那之間，我把襯衫上粘著的線頭拂掉，用原子筆在便條紙上畫了十三個星星圖案。

「任何人總有一件或兩件不想失去的東西，你也一樣。」男人說。「我們對找出這樣的東西方面是專門的。人類必然擁有介於慾望和尊嚴的中間點之類的東西。就像所有的物體都有重心一樣。我們能夠找出這個來，對於現在的你也知道。而且，那是要喪失之後，才會發現原來它曾經存在。」短暫的沈默。「不過，那是很久以後才會出現的問題。在目前這個階段，你的演說的主旨我並不是不瞭解。你的要求我也可以接受。不會做多餘的干涉。只要按照你喜歡的方式去做就好了。一個月之內，這樣可以了吧？」

「可以。」我說。

「那麼再見。」男人說。

於是電話掛斷了。餘味不佳的電話掛斷法。我爲了消除不佳的餘味，做了三十次伏地挺身和二十次仰臥起坐才去洗餐具，洗了三天份的衣服。這樣心情總算幾乎恢復原來的樣子了。很舒服的九月的星期天，夏天已經變成像想不太起來的古老記憶一樣，不知消失到那裡去了。

我穿上新襯衫，穿上沒有沾過蕃茄醬的 Levi's 牛仔褲，穿上左右顏色一致的襪子，用髮刷梳齊頭髮。雖然如此十七歲時所感覺過的星期天早晨的氣氛卻並沒有回來。這是理所當然的。不管什麼人說了什麼，我的年齡總是繼續在增加。

然後我從公寓停車場，把即將報廢的VW車開出來，到超級市場去，買了一打貓食罐頭和貓上廁所用的砂，成套旅行用刮鬍刀和內衣，然後到甜甜圈店櫃檯坐下，喝了幾乎沒味道的咖啡，啃了一個肉桂甜甜圈。櫃檯正面的牆壁是一面鏡子，那上面反映著正在啃甜甜圈的我的臉。我手上還拿著甜甜圈，就那樣我看了一下自己的臉。並且試著想想別人是怎麼看我的臉的。可是我當然不知道別人是怎麼想的。我吃完剩下的甜甜圈，喝光咖啡之後走出商店。

車站前面有一家旅行社，於是我在那裡訂了兩張第二天往札幌的機票。然後走進站前大樓，買了帆布旅行背袋和雨帽。每次都是從放在口袋裡的信封抽出硬挺挺的一萬圓新鈔來付帳，可是怎麼花，那疊鈔票看來都絲毫沒有減少的樣子。只覺得自己倒好像已經磨損了幾分。世上居然有這樣的錢存在。光是身上帶著它就令人生氣，用起來則心情慘淡，用完的時候會覺得厭惡自己起來。厭惡自己之後就會想花錢。可是那時已經沒錢，無可救藥了。

我坐在車站前面的長椅上，抽了兩根煙，不再想錢的事。星期天早晨的車站前面，充滿了攜家帶眷的人和年輕情侶，恍惚地望著那光景時，忽然想起妻子在臨分手時，說過或許應該生個孩子的話。確實以我的年齡有幾個孩子也不奇怪。可是一想像爲人父親的自己時，不知道爲什麼總是教人灰心。覺得如果我是小孩的話，一定不會希望做個像我這種父親的孩子吧。

我兩隻手依然抱著購物袋，又抽了一根煙。然後離開擁擠的人潮，走到超級市場停車場把東西丟進停在那裡的車子後座。接著到加油站，讓他們幫我加油和換機油時，我到附近書店買了三本袖珍本的書。就這樣一萬圓又消失了兩張。口袋裡塞滿了縐巴巴的零錢。回公寓後，把零錢全部倒進放在廚房的玻璃缽裡，用冷水洗過臉。從早上起床開始好像已經過了漫長的時間，看看時鐘卻離十二點還有一段。

下午三點女朋友回來了。她穿著格子襯衫、芥子色棉長褲，戴著看起來令人頭痛的那種顏色深濃的太陽眼鏡，從肩上放下一個和我的差不多一樣大的帆布肩袋。

「我去準備旅行用品。」她說著拍拍手上圓嘟嘟的袋子。「會是很長的旅行對嗎？」

「大概吧。」

她還戴著太陽眼鏡，就在窗邊的舊沙發躺下，一面望著天花板，一面抽薄荷煙。我拿了煙灰缸在旁邊坐下，撫摸著她的頭髮。貓走來跳上沙發，前腳和下顎趴在她的腳跟。她抽夠了煙之後，把煙塞進我嘴裡，打了呵欠。

「要去旅行高興嗎？」我試著問她。

「嗯，非常高興。尤其是可以跟你一起去。」

「可是，如果找不到羊，我們就會無家可歸喲。也許落得一輩子都要旅行也說不定。」

「像你的朋友一樣？」

「是啊。我們在某種意義上是很相像的，不一樣的地方在於他是自願逃走的，我卻是被趕走的。」

我把香煙在煙灰缸揉熄。貓抬起頭打了一個大呵欠，然後又恢復原來的姿勢。

「你旅行的準備都弄妥當了嗎？」她問。

「不，才要開始，不過要帶的東西不會多。大概只有換洗衣服和盥洗用具吧。妳也不用抱那麼一大包行李。需要的東西可以在那邊買，錢多的是。」

「我喜歡哪。」她說著咯咯笑起來。「不帶大包行李，感覺就不像在旅行啊。」

「會這樣嗎？」

從敞開的窗子，可以聽見尖銳的鳥叫聲。是沒聽過的叫聲。新的季節新來的鳥。我用手掌承受著從窗外射進來的午後的光，再輕輕把手貼在她的頰上。維持這樣的姿勢有相當長的時間，我恍惚地望著白雲從窗的一邊往另一邊移動。

「怎麼了？」她問。

「這種說法也許很奇怪，不過總覺得現在不是現在。所謂我是我這回事，也不太對勁。還有這裡是這裡也一樣。我常常這樣感覺。很久很久以後，才會好不容易連得起來。這十年間，一直都這樣。」

「爲什麼是十年呢？」

「因爲沒有止境。如此而已。」

她笑著抱起貓，輕輕放在地板上。「抱我。」

我們在沙發上擁抱。從舊家具店買來的年代久遠的沙發，把臉靠近那布料時就有一股古老時代的氣味。她柔軟的身體和那氣味溶在一起。就像模糊的記憶一樣溫柔而暖和。我用手指輕輕撥開她的頭髮，嘴唇吻著她的耳朵。世界輕微地震動。小小的，眞的是小小的世界。在那裡時間像微風一樣流逝著。

我把她襯衫的釦子全部解開，手心放在她的乳房下，就那樣望著她的身體。

「簡直像活著一樣對嗎？」她說。

「妳嗎？」

「嗯，我的身體和我自己。」

「是啊。」我說。「確實像是活著一樣。」

眞是安靜，我想。周遭已經沒有任何聲響。除了我們之外的人，都爲了慶祝秋天第一個星期天而不知道出去那裡了。

「嘿，我好喜歡這樣。」她小聲呢喃著。

「嗯。」

「好像，好像來到這裡野餐一樣。好舒服噢。」

「野餐？」

「是啊。」

我把兩隻手繞到她背後，緊緊抱住她。然後用嘴唇把額頭前面的頭髮拂開，再一次親吻她的耳朵。

「十年很長嗎？」她在我耳邊輕輕問。

「是啊。」我說。「好像覺得非常長。非常長，而且沒完沒了。」

她搭在沙發扶手上的頭稍稍抬起來微笑著。好像在那裡看過似的笑法，可是卻想不起來是在那裡或是什麼人。脫掉衣服之後的女孩子們幾近可怕地擁有一些共通部分，而那些總是令我變得很混亂。

「去找羊吧。」她閉著眼睛這麼說。「只要能夠找到羊，很多事情就會變得順利的。」

我看著她的臉好一會兒，然後看她兩個耳朵。柔和的午後光線，輕輕包住她那像古老靜物畫一般的身體。

7 被限定的執拗想法

到了六點，她把衣服穿整齊，在浴室鏡子前把頭髮梳好，身上噴了噴霧式香水，刷了牙。在那之間我坐在沙發，看著《福爾摩斯探案》。故事是以「我的朋友華特的想法，雖然被限定在狹小的範圍內，卻具有極為執拗的地方。」這樣的文章開始的。相當漂亮的開場白。

「今天晚上我會晚一點回來，你先睡噢。」她說。

「工作嗎？」

「對。本來是休假的，可是沒辦法。因為明天開始要一直休假，所以提前了。」

她出去以後，過一會兒門又開了。

「嗨，去旅行的時候，貓怎麼辦？」她說。

「妳不提我倒完全忘了。不過，我會安排。」

於是門又關上。

我從冰箱拿出牛奶和起司棒給貓吃。貓一副很難吃的樣子吃了起司。牠牙齒都衰弱了。

冰箱裡沒一樣東西是我可以吃的，因此沒辦法只好一面看電視新聞一面喝啤酒。是個沒有像新聞的新聞的星期天，這樣的日子傍晚的新聞大多會有動物園的風景出現。看過一巡長頸鹿、象和貓熊之後，我把電視關掉，撥了電話。

「是有關貓的事。」我對男人說。

「貓？」

「我養了貓啊。」

「那怎麼樣？」

「不把貓託人照顧，就不能去旅行啊。」

「你們那邊不是有很多寵物飯店嗎？」

「年老體衰了啊。要是在籠子裡關上一個月是會死掉的。」

聽得見指甲咯吱咯吱敲著桌面的聲音。「那你要我怎麼樣？」

「我想寄在你們家。你們家庭院很大，總有空餘的地方可以寄一隻貓吧？」

「不行啊。先生討厭貓。庭院還特地讓鳥進來。如果貓進來鳥就不敢靠近了。」

「先生已經意識不清了，而且也不是一隻聰明得會捉鳥的貓。」

指尖在桌上敲了幾次，然後停下。「好吧。明天早上十點我讓司機來帶貓。」

「我會準備貓食和廁所用的砂。還有貓食牠只吃固定牌子的，所以如果吃完了請買一樣的。」

「細節可不可以直接跟司機說。我想我說過了，我沒時間。」

「我只是希望我們之間只有一個窗口，爲了弄清楚責任所在也有這必要。」

「責任？」

「也就是說，我不在的時候，如果貓掉了或死了，即使我找到羊，也不會告訴你任何事。」

「哦。」男人說。「噢，好吧。雖然有點出乎意料之外，不過以你一個業餘者來說，倒是做得相當好。我來記下，你慢慢說吧。」

「請不要給牠吃肥肉，因爲牠會全部吐出來。牠牙齒不好，所以硬的東西也不行。早上一瓶牛奶和罐頭貓食，傍晚一把小魚乾和肉或起司棒。廁所砂要每天換新的，牠討厭髒。常常會拉肚子，如果連續兩天還不好的話，要到獸醫那裡去拿藥給牠吃。」

我只說到這裡，就側耳靜聽電話聽筒那邊男人用原子筆寫的聲音。

「然後呢？」男人說。

「耳朵正在長蟲子，請每天用沾了橄欖油的棉花棒清理一次。雖然牠會兇暴地抗拒，不過要小心不要弄破鼓膜，還有如果你擔心牠會抓傷家具的話，請每星期幫牠剪一次指甲。就用普遍的指甲剪就行了。我想應該是沒有跳蚤，不過爲了愼重起見，還是常常用除跳蚤的洗髮精洗一洗。洗髮精只要寵物店就有得賣。貓洗過之後要用毛巾好好擦乾，要幫牠梳毛，最後用吹風機吹一吹，要不然牠會感冒。」

沙拉沙拉沙拉寫著。「其他呢?」

「差不多就這樣。」

男人把記錄下的事項在電話上覆誦一遍，記得很詳細。

「這樣行了吧?」

「很好。」

「那麼再見。」男人說。然後電話掛了。

周遭已經完全暗下來。我把零錢、香煙和打火機塞進褲袋。穿上網球鞋走出門。然後走到常去的附近一家餐廳，點了炸雞排和捲麵包，在送來之前，一面聽 Brothers Johnson 的新唱片，一面喝啤酒。Brothers Johnson 放完之後，唱片換成 Bill Withers，我一面聽 Bill Withers 一面吃炸雞排。然後一面聽 Maynard Ferguson 的星際大戰，一面喝咖啡。不太有吃過東西的感覺。

咖啡杯收走之後，我到粉紅色電話前丟了三個十圓硬幣，撥了搭檔家的電話號碼。唸小學的大兒子來接電話。

「日安。」我說。

「晚安。」他訂正道。我看看手錶，是他對。

過一會兒搭檔出來了。

「怎麼樣了?」他問。

「現在方便說話嗎?是不是正在吃飯或做什麼?」

「是正在吃飯，不過沒關係。反正也不是什麼了不起的大餐，而且你那邊的事可能比較有意思。」

我把黑衣服的男人的談話概略說一遍。大汽車、大宅院、快要死的老人，這些事情，關於羊則沒提。因爲我想說了他也不會相信，而且要說也太長了。因爲我所說的事情自然變得聽起來莫名其妙了。

「我完全聽不懂。」搭檔說。

「因爲這事情不能講。講出來會給你帶來麻煩。總之，你有家……」我一面說，一面想起他貸款沒付清的四房兩廳高級大廈住宅，他低血壓的太太和兩個人小鬼大的兒子。「反正就是這樣。」

「原來如此。」

「總之我明天開始必須去旅行。我想會是一趟很長的旅行。一個月、兩個月或三個月，多長我也不太清楚。也許從此就不回東京也說不定。」

「哦？」

「所以公司的事情希望你承擔下來。我要退出不做了。因爲不想帶給你麻煩。工作大致上都告一段落，而且說是共同經營，其實重要的部分都是你在處理，我好像一半在玩似的。」

「不過你不在的話，現場的很多細節我都不清楚啊。」

「把戰線縮小一點吧。也就是恢復以前的樣子。把廣告和編輯工作全都取消，恢復以前的純翻譯事務所。你上次也好像說過，只要留下一個女孩，把其他打工的都辭掉。已經不需要了，只要付給他們兩個月薪水和遣散費，大概沒有人會抱怨吧。辦公室也可以搬到小一點的地方。收入雖然可能會減少，不過支出也減少了，我不在的份，你就可以多拿一些，所以對你並沒有太大的改變。稅金還有你所說的敲榨之類的也會大大減少。這樣更適合你呀。」

搭檔默默考慮了一會兒。

「不行啊。」他說。「一定沒那麼順利。」

我把香煙含在嘴上，找打火機，在找著的時候，女服務生已經幫我用火柴點著了。

「沒問題的。我一直都跟你一起做，我說沒問題就沒問題。」

「因爲是跟你一起才做得成。」他說。「到現在爲止，我一個人做，從來沒有做好過。」

「唉呀，我又沒有叫你擴大營業對嗎？我叫你縮小啊。回到以前做的產業革命以前的翻譯手工業呀。只要你一個人和一個女孩子，翻譯底稿可以外包給五、六個工讀生再請兩個專家審核，沒有做不好的道理吧。」

「你對我不夠瞭解呀。」

十圓硬幣喀噹一聲落下。我又塞了三個硬幣進去。

「我跟你不一樣。」他說。「你可以一個人做。可是我不行。沒有人嘀咕，沒有人商量，我就沒辦法前進哪。」

我把聽筒壓著嘆了一口氣，還在原地繞圈子。黑山羊把白山羊的信吃掉，白山羊又把黑山羊的信吃掉……

「喂！」他說。

「我在聽啊。」我說。

電話那一頭聽得見兩個孩子正在吵架，爭著轉電視頻道的聲音。

「你想一想孩子啊。」我試著說。雖然不是很公平的展開方式，可是也沒有其他辦法。「你不能認輸啊，你要是覺得自己不行的話，那麼大家都完了。對這世界如果有怨言的話，幹嘛生什麼孩子。好好工作，別喝酒啦。」

他沈默了好長一陣子。女服務生幫我拿煙灰缸來。我打手勢點了啤酒。

「確實你說的沒錯。」他說。「我會試做看看。雖然是不是能做得好沒什麼自信。」

「會做得好的。六年前，沒錢沒人際關係，不也做起來了嗎？」

我把啤酒倒進玻璃杯，喝一口之後這麼說。

「你不知道，你跟我在一起，讓我有多安心啊。」搭檔說。

「我會儘快給你電話。」

「嗯。」

「謝謝你這麼長久以來的照顧。合作滿愉快的。」我說。

「如果事情辦完回到東京之後，我們再重新合作吧。」

「好啊。」

於是我把電話掛斷。

不過我也知道，他也知道，我大概再也不會回去工作了。只要六年一起工作過的話，至少也會明白這點。

我拿起啤酒瓶和玻璃杯回到餐桌，繼續喝。

失去職業之後心情變得好輕鬆。我逐漸一點一點地變得更單純了。我失去了故鄉，失去了年少，失去了朋友，失去了妻子，再過三個月就要失去二十幾歲的年代了。等到六十歲的時候我到底會變怎樣呢？我試著想一想。光想也沒用。連一個月後的事情都不知道呢。

我回到家，刷了牙，換上睡衣，上床繼續讀《福爾摩斯探案》。然後到十一點把燈關掉，睡得很沈，到早上為止一次也沒起來過。

8 沙丁魚的誕生

早上十點，那部像潛水艇一樣的笨車子就停在公寓門口。從三樓窗戶看下去，車子看來與其說像潛水艇不如說更像金屬製的做餅乾的模型倒扣著一樣。三百個小孩成羣聚在一起吃，可能還要花兩星期才吃得完的那種巨大餅乾的模子。我和她暫時坐在窗台俯視著那部車。

天空晴朗得一清二楚。簡直教人心情惡劣起來。令人想起戰前表現主義電影畫面的天空。在遙遠的上空飛著的直昇機看起來小得幾近不自然。沒有一片雲的天空簡直就像眼瞼被切除的巨大的眼睛一樣。

我把房間的窗戶全部關閉，上了鎖鍵，切掉冰箱的電源，檢查瓦斯總開關。洗的衣服都收進來了，床上蓋了床罩，煙灰缸洗了，浴室龐大數量的藥品類都清理得乾乾淨淨。兩個月份的房租事先付清。報紙也停掉了。從門口往裡面看，無人的房間「靜」得接近不自然。我一面望著這樣的房間，一面回想在這裡度過的四年結婚生活，想想我和妻子之間可能曾經生的小孩。電梯門開了，她在叫我。於是我把鐵門關上。

司機在等候我們的時候，用乾布拚命擦著車前窗的玻璃。車子依然一塵不染，在太陽下發出令人眩眼的接近異樣的光輝。好像只要用手輕輕一摸，皮膚就會有什麼變化似的。

「早安。」司機說。和前天一樣宗教化的司機。

「早安。」我說。

「早安。」我的女朋友說。

她抱著貓，我提著裝了貓食和廁所用砂的紙袋。

「好好的天氣啊！」司機抬頭望著天空。「怎麼說呢，眞是晴得好透明啊。」

我們點點頭。

「晴朗得這個樣子，也許神的訊息也容易傳到吧。」我試著說。

「沒這回事。」司機一面咪咪笑著一面說。「訊息已經存在於萬物之中了，在花裡、石頭裡、雲上都有……」

「車子上呢？」她問。

「車子也有。」

「可是車子是工廠製造的啊。」我說。

「不過不管是誰做的，所謂神的意志這東西，早已經進到萬物之中了。」

「和耳蝨子一樣嗎？」她問。

「像空氣一樣。」司機訂正。

「那麼比方說在沙烏地阿拉伯製造的車子，阿拉已經在裡面了對嗎？」

「沙烏地阿拉伯不生產汽車。」

「眞的？」我問。

「眞的。」

「那麼在美國製造而輸出到沙烏地阿拉伯的車子，是什麼樣的神在裡面呢？」女朋友問。

很難的問題。

「對了，貓的事我必須告訴你。」我趕快打圓場。

「好可愛的貓啊。」司機也似乎鬆了一口氣似的說。

然而貓是絕對不可愛的。與其這麼說，倒不如說正好相反有點處在兩極相對的位置。毛像磨損的地毯一樣乾巴巴的，尾巴尖端彎個六十度角，牙齒發黃，右眼三年前受傷後就不斷有膿，現在幾乎快要失明了。甚至是不是能夠辨別運動鞋和馬鈴薯都令人懷疑。腳底乾乾的像長了繭一樣，耳朵像宿命一樣老是有耳蝨子寄生著，因為上了年紀一天總要放二十次屁。妻從公園長椅下帶牠回來時還是個年輕正常的雄貓，牠在七〇年代的後半，就像被放在斜坡上的保齡球一樣，朝著破滅的局面急速滾落。何況牠連個名字都沒有，沒有名字的貓，牠的悲劇性是因而減少或增加，這我就不大知道了。

「很好很好。」司機雖然對著貓這麼說，然而到底還是沒伸出手來。「叫什麼名字呢？」

「沒有名字。」

「那麼平常你們是怎麼叫的？」

「不叫啊。」我說。「牠只是存在著而已呀。」

「可是牠不可能一直不動，總是依照意志在行動啊，有意志會行動的東西，卻沒有名字，這我總覺得有點奇怪。」

「沙丁魚也有意志會行動啊，可是誰也沒有給沙丁魚取名字啊。」

「可是沙丁魚和人類之間，首先既沒有情感的交流，其次自己被叫到名字也無法理解呀。不過算了，取不取名字是你的自由。」

「照你的說法，擁有意志，能夠依照意志行動，能夠和人類進行情感交流，而且有聽覺的動物，就擁有被取名字的資格是嗎？」

「應該是啊。」司機好像認可自己了似的點了幾次頭。「怎麼樣，我可以自作主張給牠取個名字嗎？」

「完全沒關係。不過什麼樣的名字？」

「就叫沙丁魚怎麼樣？換句話說因爲牠向來就被當做跟『沙丁魚』一樣地對待呀。」

「不錯啊。」我說。

「是吧。」司機得意地說。

「妳覺得呢？」我試著問女朋友。

「不壞呀。」她也說。「好像在創世紀似的啊。」

「這裡生沙丁魚！」我說。

「沙丁魚，過來！」司機說著抱起了貓。貓膽怯地咬住司機的拇指，然後放了一個屁。

司機開車送我們到機場。貓乖乖地坐在助手席。而且不時的放屁。從司機頻頻開窗可以知道。我在途中不時給他一些關於貓應該注意什麼的提示，諸如清理耳朵的方法、賣廁所用芳香劑的商店或貓餌的量等事情。

「請放心。」司機說。「我會好好照顧牠。因爲是我幫牠命名的啊。」

道路非常順暢，車子像產卵期逆流而上的鮭魚一般，急速往機場飛奔。

「爲什麼船有名號，飛機沒有呢？」我問司機。

「爲什麼只有九七一班機或三二六班機，而不取個像『鈴蘭號』或『雛菊號』之類個別的名字呢？」

「一定是比起船來，飛機班次多得多的關係吧。大量生產 mass product 的產物啊。」

「是嗎？船也相當 mass product 啊，船隻數量比飛機還多呢。」

「不過。」說著司機沈默了幾秒鐘。「以現實問題來說，都市公車也總不能一一命名吧。」

「我倒覺得都市公車如果能一一命名一定很棒啊。」女朋友說。

「可是這麼一來也許乘客會挑東揀西也說不定哦？例如從新宿到千駄谷，就非要搭『馴鹿號』而不搭『驢子號』吧！」司機說。

「妳覺得呢？」我試著問女朋友。

「確實『驢子號』我就不搭了。」她說。

「這麼一來『驢子號』的司機就太可憐了。」司機發表了司機式的宣言。「可是『驢子號』的司機並沒有罪呀。」

「是啊。」我說。

「對呀。」她說。「不過我會搭『馴鹿』號啊。」

「你看。」司機說。「就是這樣。船之所以有名號，是從大量生產以前一直沿襲下來的習慣。就像給馬取名字一樣，所以被當做馬一樣使用的飛機是有名字的。例如『the Spirit of St. Louis』，還有『Enola Gay』之類的。具有明確的意識交流。」

「這表示根本上擁有所謂生命的概念啊。」

「是啊。」

「那麼所謂目的性對於名字來說，是屬於次要因素囉？」

「是啊。如果只談目的性那麼只要號碼就夠了。就像在奧須比茨集中營被屠殺的猶太人一樣。」

「有道理。」我說。「可是，如果名字的根本在於生命意識的交流作業的話，為什麼車站、公園和棒球場要有名字呢？這些並不是生命體呀。」

「可是車站沒有名字不是很傷腦筋嗎？」

「所以我們不談目的，請你說明一下原理何在？」

司機認眞地思考起來，紅綠燈變綠了都沒注意到。跟在後面的露營車模仿著「荒野七鏢客」的前奏按著喇叭。

「也許因爲沒有互換性吧，例如新宿車站只有一個，不能和澀谷車站交換。因爲不具有互換性，也不是大量生產的。這兩點你覺得怎麼樣？」司機說。

「如果新宿車站在江古田的話一定很棒。」女朋友說。

「如果新宿車站在江古田，就變成江古田車站了啊。」司機反駁道。

「不過小田急線也要一起搬過來喲。」她說。

「話說回來。」我說。「如果車站具有互換性呢？我是說假定噢，假定國鐵車站，全部是大量生產的摺疊式的，而新宿站和東京站可以完全互相交換的話呢？」

「很簡單，如果在新宿那就是新宿站，如果在東京，那就是東京站。」

「那麼這就不是在物體上所取的名字，而是功能上所取的名字囉。這不是目的性嗎？」

司機沈默，不過這次的沈默沒繼續那麼長。

「我忽然想到。」司機說。「我們是不是應該以比較溫和的眼光來看這些事情呢？」

「怎麼說？」

「也就是說區域、公園、街道、車站、棒球場、或電影，都有名字對嗎？做爲他們被固定在地上的代價，所以我們給了他們名字。」

新說法。

「那麼，」我說。「假如我完全放棄了意義而被完全固定化在某個地方的話，我也可以被人家取一個了不起的名字囉？」

司機從後視鏡迅速瞥了一眼我的臉。一副懷疑是不是要掉進什麼陷阱似的眼神。「你所謂的固定化是指？」

「也就是說比方被冷凍起來之類的啊，像睡著的森林美女一樣啊。」

「可是你不是已經有名字了嗎？」

「說得也是。」我說。「我忘了。」

我們在機場櫃檯拿了登機證之後，就向跟著過來的司機說再見。他本來說要送我們到最後的，不過因爲離出發時間還有一個半小時，於是才打消念頭先回去。

「滿奇怪的人哦。」她說。

「就有地方是專門住著像他這樣的人。」我說。「在那裡乳牛在團團轉著到處找鉗子。」

「好像『Home on the Pampas』一樣啊。」

「也許吧。」我說。

我們走進機場餐廳提早吃了午餐。我點了焗蝦糊，她點了義大利麵。窗外七四七或全日空三星型，正以令人想起某種宿命的莊重模樣起飛或降落著。她一副頗懷疑似的一面一根一根地檢點著義大利麵，一面吃。

「我一直以爲飛機上供應餐點的。」她不服氣地說。

「不。」說著我把一團焗蝦糊放在嘴裡稍微涼一下之後吞了進去，立刻喝一口冷開水。光是熱而已幾乎沒什麼味道。「機內供餐只有國際線才有。國內線如果是長一點的距離也有供應便當，不過也不怎麼好吃。」

「有沒有電影？」

「沒有，因爲札幌只要一個鐘頭多一點就到了啊。」

「那不是什麼都沒有嗎？」

「什麼都沒有。坐在座位上看一下書就到目的地了。跟坐巴士一樣。」

「只差沒有紅綠燈而已。」

「嗯，沒有紅綠燈。」

「唉。」說著她嘆了一口氣。義大利麵還剩一半，她就把叉子放下，用紙巾擦擦嘴角。「實在也沒有必要給他命名哦。」

「是啊。滿無聊的。只是盡量把時間縮短而已。如果搭火車去就要花十二個鐘頭了。」

「那麼多出來的時間跑那裡去了呢?」

我也吃一半就不再吃焗蝦糊,點了兩客咖啡。「多出來的時間?」

「因爲搭飛機而節省了十小時以上的時間對嗎?這些個時間到底跑到那裡去?」

「時間那裡也不去。只是多加出來了。我們可以把這十小時在東京或在札幌使用啊。只要有十小時,就可以看四部電影,吃兩頓飯。對嗎?」

「如果既不想看電影,也不吃飯呢?」

「那是妳的問題。不是時間的關係。」

她咬著嘴唇,眺望了一會兒七四七圓圓滾滾的機體一會兒。我也一起眺望。七四七每次都讓我想起從前住在附近的一個又胖又醜的歐巴桑。沒彈性的巨大乳房、腫腫的腳、乾乾的脖子。飛機場看來就像是她們的集會場一樣。幾十個這樣的歐巴桑陸陸續續地來來又去去。而那些伸長了脖子在機場門廳走來走去的駕駛員和空中小姐,則使她們看起來好像影子被擰掉了似的奇怪地平面化了。我覺得DC7或Friendship機型的時代好像還不會這樣,眞的是不是這樣我就記不起來了。或許是七四七太像又胖又醜的歐巴桑,才使我這樣感覺的吧。

「嗨,時間會膨脹嗎?」她問我。

「不,時間不會膨脹。」我回答。明明是自己講的,聽起來卻簡直不像自己的聲音。我乾咳一聲,喝了送來的咖啡,「時間不會膨脹。」

「可是時間實際上不是增加了嗎？就像你也說過的多加出來了啊。」

「只是移動所需的時間減少而已。時間的總量並沒有改變。只是可以看很多電影而已呀。」

「如果想看電影的話。」她說。

事實上，我們一到札幌立刻就去看了連演兩部的電影。

第七章　海豚飯店的冒險

1

在電影院完成移動。到海豚飯店

在飛機上，她坐在窗邊，一直眺望著眼底下的風景。我在旁邊一直讀著《福爾摩斯探案》。不管到那裏天空還是沒有一片雲，地上始終映著飛機的影子。正確地說，因爲我們坐在飛機裏面，所以在那移動於山野的飛機影子之中，應該也包含了我們的影子。那麼，我們也就被烙印在地上了。

「我喜歡那個人。」她一面喝著紙杯裏的橘子汁一面說。

「那個人？」

「司機呀。」

「噢。」我說。「我也喜歡。」

「還有沙丁魚也是個好名字噢。」

「是啊。確實是個好名字。貓在那邊或許也比我養牠的時候幸福也說不定。」

「不是『貓』是沙丁魚呀。」

「對了。是沙丁魚。」

「爲什麼一直沒給貓取名字呢?」

「是啊,到底爲什麼?」我說。然後用印有羊的圖紋的打火機點著香煙。「一定是不喜歡所謂名字這東西吧。我是我、妳是妳、我們是我們、他們是他們,我覺得這樣不是很好嗎?」

「哦。」她說。「不過,我滿喜歡所謂我們這用語。總覺得好像冰河時代的氣氛似的,你覺得呢?」

「冰河時代?」

「例如,我們應該往南遷移,或者我們應該去獵捕長毛象之類的。」

「嗯,有道理。」我說。

在千歲機場提了行李走到外面時,空氣比預想的還要冷。我把原來圍在脖子上的粗藍布襯衫穿在T恤上面,她則在襯衫上加穿一件毛背心。比起東京來,秋涼正好早了一個月降臨大地之上。

「你去獵捕長毛象,我來養育孩子。」

「好像很棒。」我說。

然後她睡覺,我從巴士車窗往外眺望著道路兩旁延續不斷的深沈森林。

我們到了札幌，就走進一家喫茶店喝咖啡。
「先來決定基本方針吧。」我說。「我們分頭去找。也就是我試著去找相片上的風景，你試著去找羊。這樣可以節省時間。」
「好像滿合理的。」
「如果順利的話。」我說。「總之希望妳查一下北海道主要牧場的分佈和羊的種類。我想只要到圖書館或北海道道廳去查一下就知道了。」
「我喜歡圖書館。」她說。
「很好。」
「現在開始嗎？」
我看看時鐘。三點半。「不，已經晚了明天再開始吧。今天先輕鬆一下然後決定住的地方。吃過東西洗過澡上床睡覺。」
「我好想看電影。」她說。
「電影？」
「好不容易因爲搭飛機省下很多時間哪。」
「說得也是。」我說。於是我們走進眼睛看到的第一家電影院。
我們看的是犯罪片和恐怖片連續上映的兩部片。座位空空蕩蕩的。很久沒有進到這麼空的電影院了。我們數著觀衆人數以打發時間。包括我們在內一共是八個人。電影出場人物還比觀衆多。

至於電影方面也一樣相當悽慘。從米高梅的獅子吼完，電影主題浮上銀幕的瞬間開始，就讓你想站起來轉身走出去的那種電影。就有這種電影存在。

雖然如此她依然聚精會神地睜大眼睛像要吃進去一樣認眞瞪著銀幕，連插嘴說話的餘地都沒有。於是我也打消念頭決定看下去。

第一部演的是恐怖片。惡魔支配了城市的電影。惡魔住進教會的簡陋地下室，把腺病質的牧師當做走狗。惡魔爲什麼想要支配那個城市，我不太淸楚，因爲那眞的只是個被玉米田圍繞著的寒酸小城。

可是惡魔非常執着地固守那個城市，對於，只有一個少女沒有在自己的支配之下也要生氣。惡魔一生氣，他那亂七八糟的綠色果凍般的身體便氣得發抖。那憤怒的方式中彷彿有點可愛的地方。

坐在我們前面座位上的中年男人繼續發出像霧笛般悲哀的鼾聲。坐在右手邊角落的人正在進行激烈的愛撫。後方有人放了一個巨響的屁。巨大得令中年男人的鼾聲都瞬間停了下來。兩個高中女生咯咯地笑起來。

我反射地想起「沙丁魚」來。當我想起「沙丁魚」時，終於才想到自己已經離開東京來到札幌。反過來說，在還沒有聽到某人的放屁聲之前，我還沒辦法眞正感覺到自己已經遠離東京了。

眞不可思議。

在想著這事時我竟然睡著了。夢中出現綠色的惡魔，夢中的惡魔一點也不可愛。只是在黑暗中一直瞪著我而已。

電影演完，場內亮起來時我也醒了。觀衆好像約好了似的一個接著一個順序打着呵欠。我在小賣店買了兩個冰淇淋回來和她一起吃。好像去年夏天賣剩的一樣硬的冰淇淋。

「你一直在睡覺嗎？」

「嗯。」我說。「好看嗎？」

「好看得不得了。最後城市爆炸了。」

「哦？」

電影院靜得可怕。倒不如說只有我周圍靜得可怕。感覺怪怪的。

「嗨。」她說。「好像到現在身體還在轉動似的，你覺得呢？」

被她這麼一說眞的是這樣。

她握著我的手。「就這樣不要放開，我好擔心。」

「嗯。」

「不這樣的話，好像會移動到別的地方去似的。一個不可知的地方。」

場內暗下來預告片開始時，我拂開她的頭髮吻她的耳朵。

「沒問題，不用擔心。」

「就像你說的。」她小聲說。「到底還是應該搭乘有名字的交通工具才好。」

第二部電影開始到結束爲止的一小時半時間內，我們在黑暗中繼續進行那種靜靜的移動。她臉頰一直靠在我的肩膀上。我的肩膀因爲她的氣息而溫溫濕濕的。

☜

走出電影院之後，我摟著她的肩在黃昏的街道散步。我和她好像變得比以前親密了似的。街上來來往往的路人喧鬧聲聽起來很舒服，天上閃著淡淡的星光。

「我們真的來對了地方嗎？」她問。

我抬頭看看天空。北極星在正確的位置。可是看起來也好像是個假冒的北極星似的。太大了、也太亮了。

「誰曉得呢。」我說。

「我覺得好像有什麼不對勁似的。」

「沒到過的地方就是這樣。身體還不太適應。」

「不久就會適應嗎？」

「大概兩三天就會適應的。」我說。

我們走累了之後就走進看見的一家餐廳。各喝了兩杯生啤酒。吃了馬鈴薯和鮭魚餐。雖然是胡亂闖進來的，菜倒是相當不錯。啤酒味道實在好，麵糊好爽口而且味道很足。

「好了。」我一面喝著咖啡一面說。「差不多該決定住的地方了。」

「對住的地方我倒已經有了印象。」她說。

「什麼樣的？」

「總之你先試著把旅館名字順序唸出來聽看看。」

我請不太熱心的服務生把職業分類電話簿拿來。我把「旅館、飯店」那頁從頭開始唸。繼續唸了大約四十個左右之後她叫我停下來。

「這個好。」

「這個？」

「你剛剛最後唸的旅館哪。」

「Dolphin Hotel。」我唸。

「什麼意思？」

「海豚飯店。」

「就決定住這裏。」

「沒聽過啊。」

「可是我覺得除了這裏之外好像不該住別的地方。」

我道過謝，把電話簿還給服務生。試著打電話到「海豚」飯店。聲音不太清晰的男人來接電話。說雙人房或單人房還有空房間。我爲了愼重起見，再問他除了雙人房和單人房之外還有什麼樣的房間？除了雙人房和單人房之外，本來就沒有別的房間。我頭腦有點混亂，不過反正預訂了一間雙人房，並試著問住宿費多少。住宿費比我想像的便宜了百分之四十。

海豚飯店在我們進去的電影院往西走三條路，再往南走一條街的地方。飯店很小，沒個性。沒個性得令人不免想道不會再有比這更沒個性的飯店了。在那無個性裏，甚至散發著某種形而上的氛圍。既沒有霓虹燈，也沒有大看板，連個像樣的玄關都沒有。只有在一個像是餐廳從業員用出入口的不講究的玻璃門旁邊，鑲著一塊刻有「Dolphin Hotel」的銅板而已。連「海豚」的畫都沒有。

建築物是五層樓的，那簡直就像把一個大型火柴盒直起來放一樣平平板板。走近了仔細看，其實並不怎麼古老，不過已經古老得夠吸引人的眼光了。一定是在興建的時候開始已經就是古老的了。

這就是海豚飯店。

不過她似乎第一眼就喜歡上「海豚」飯店了。

「滿好的旅館嘛。」她說。

「怎麼說滿好的？」我反問她。

「很雅緻，而且好像沒有多餘的東西。」

「多餘的東西。」我說。「你所說的多餘的東西，是指床單上沒有沾上「污點」，或洗臉台不會漏水，或空調的調節很好，或柔軟的衛生紙，新的肥皂、或窗簾曬舊了，這些東西嗎？」

「你太過於注意事情的黑暗面了。」她笑著說。「總之，我們又不是來觀光旅行的。」

一打開門，裏面竟然有一個比預料中還寬大的門廳。門廳正中央擺著一組待客沙發和一部大型彩色電視機。一直開著的電視正映出有獎徵答節目的畫面。卻不見人影。

門的兩邊擺著很大的觀葉植物盆栽。葉子一半變了色。我把門關上，站在兩個盆栽之間眺望了門廳一會兒。

仔細看來這門廳並沒有那麼大。看起來大是因爲家具極端少的關係。待客沙發、掛鐘和大面的穿衣鏡，除此之外什麼也沒有。

我靠近牆壁試著看看時鐘和鏡子。兩者都是人家的贈品。時鐘差了七分鐘，而映在鏡子裏的我的頭則和我的身體有點錯開。

接待沙發也和飯店本身一樣的老舊。布料的橘紅色是相當奇怪的橘紅色。好像被強烈的日曬之後，又淋了一星期雨，然後再丟進地下室故意讓它發霉似的那種橘紅色。在天然色彩色電影極早期的時代曾經看過這種顏色。

走近一看原來那套沙發的長椅上，一個頭已經禿了一半的中年男人，正像乾燥魚一樣的躺著睡在那裏。他剛開始看起來有點像死掉了一樣，其實只是睡著了而已。鼻子不時地抽動一下。鼻根的地方留有眼鏡架的痕跡，卻看不見眼鏡。這麼看來，也不像是電視看到一半睡著的樣子，眞不明白是怎麼回事。

我站在櫃檯前往櫃檯裏面張望，沒人。她按了門鈴。叮鈴一聲響遍了空空蕩蕩的門廳。

等了三十秒鐘，沒有任何反應。長椅上的中年男人也沒醒來。

她又再按了一次門鈴。

長椅上的男人哼了一聲，好像有點在責備自己似的哼法。然後男人張開眼睛，迷迷糊糊看著我們。

她緊接著又按了第三次鈴。

男人像跳起來似的從長椅上站起來，穿過門廳，從我身旁擦身而過走進櫃檯裏去。男人原來是掌櫃的。

「對不起。」男人說。「眞是抱歉，我等著等著就睡著了。」

「把你吵醒眞抱歉。」我說。

「那裏、那裏，沒這回事。」掌櫃的說。於是把住宿卡和原子筆交給我。他左手小指和中指從第二個關節開始就沒有指尖。

我在住宿卡上寫了一次本名之後，想想又把它揉掉塞進口袋，重新在新的卡紙上塡了一個隨便想的名字和隨便寫的住址。雖然是平凡的住址和平凡的名字，不過以心血來潮想的來說，是個不壞的姓名和住址。職業寫成不動產業。

掌櫃的把放在電話旁的一個賽璐珞寬邊的眼鏡戴上之後，非常用心地仔細讀。

「東京都杉並區……二十九歲，不動產業。」

我從口袋拿出衛生紙來，把手上沾的原子筆墨水擦掉。

「這次是來談生意的嗎？」掌櫃的問。

「嗯，啊。」我說。

「打算住幾夜？」

「一個月。」我說。

「一個月？」他以像在看一張雪白圖畫紙時一樣的眼神看著我的臉。「一個月一直要住嗎？」

「不方便嗎？」

「不，沒什麼不方便的，只是我們希望能夠每三天結一次帳。」

我把行李放在地上，從口袋掏出信封，數了三十張全新的萬圓鈔票，放在櫃檯上。

「不夠以後我再補。」我說。

掌櫃的用左手的三根指頭拿起鈔票，用右手指數了兩次張數。然後在收據上塡上金額交給我。「如果你們對房間有什麼特別的希望請說。」

「最好是離電梯遠一點的靠邊的房間。」

掌櫃的轉身背向我望著鑰匙板，相當猶豫之後拿起了406號的鑰匙。鑰匙幾乎全部都排列在鑰匙板上。海豚飯店似乎很難算是一家經營成功的飯店。

海豚飯店裏因爲沒有所謂服務生這種東西存在，因此我們不得不自己提行李去搭電梯。正如她所說的，這家飯店沒有一樣多餘的東西。電梯像一隻得了肺病的大型狗一樣咔嚓咔嚓地搖晃著。

「要住得久，還是像這種小而清爽的飯店比較好。」她說。

所謂小而清爽的飯店的確是不壞的表現法。就像「anan」雜誌的旅行頁可能出現的字句。如果要長久停留的話，怎麼說還是直截了當，小而清爽的飯店最好。

可是當我走進小而清爽的飯店房間時，首先不得不做的，就是用拖鞋把爬在窗格子上的小蟑螂打死，把掉落在床腳邊的兩根陰毛揀起來丟進垃圾筒。在北海道看到蟑螂這還是頭一次。她在那時間一面調節著熱水的溫度，一面準備洗澡。總之是個發出巨大聲音的水龍頭。

「應該住好一點的飯店的。」我打開浴室門向她吼道。

「錢要多少有多少啊。」

「不是錢的問題。我們要找羊就要從這裏開始。總之不住這裏不行。」

我躺在床上，抽了一根煙，打開電視開關，把所有頻道轉過一遍之後又關掉。只有電視畫面的情況是正常的。熱水聲停止下來，她把衣服從門裏丟出來，聽得見淋浴蓮蓬的水聲。

拉開窗簾，看得見道路對面排列著和海豚飯店相同程度的莫名其妙的小小建築物。每幢建築都像被一層灰蒙住了似的髒兮兮的，光眺望著就聞得到小便的氣味。已經將近九點了，還有幾處窗口燈還亮著，裏面的人很忙碌似地工作著。至於做的是什麼樣的工作則看不出來，總之不是很快樂的樣子。或許從他們的眼睛看來，我也不像有多快樂吧。

我把窗簾拉上，回到床上，躺在像柏油路一樣漿得硬梆梆的床單上想著已經分手的妻，試著想想和她一起生活的男人。關於那個男人的事情，我知道得很清楚。因爲本來是我的朋友，所以不可能不清楚。他二十七歲，是個不太有名的爵士吉他手，以不太有名的爵士吉他手來說，他算是比較正常的。個性也不算太壞。只是沒格調而已。某一年徘徊於 Kenny Burrell 和 B. B. King 之間，另一年又徘徊於 Larry Coryell 和 Jim Hall 之間。

她爲什麼會在我之後，選擇那樣的男人呢？我不太清楚。確實每一個人的人性之間大概有所謂傾向這東西存在吧。他比我優越的點只有能彈吉他，我比他優越的點在於會洗盤子而已。大部分的吉他手是不洗盤子的，因爲如果弄傷了手指就不再有存在理由了。

然後我想到我和她的性生活。而且爲了打發時間試著計算了一下四年結婚生活裏性行爲的次數。可是結果數字是不正確的，不正確的數字我不認爲有什麼意義。或許我應該記日記的。至少也該在記事本上做個記號之類的。這樣我就可以正確掌握四年之間我所進行性行爲的次數了。我所需要的是能夠以正確數字表示的「現實」。

我已經分手的妻就擁有性行爲的正確記錄。不是記在日記上。他從有了初潮那年開始一直把正確生理日期記錄在大學筆記本上，其中做爲參考資料之用也包含了性行爲的記錄。大學筆記總共八册，她把那些和重要信件和相片一起收藏在有上鎖的抽屜裏。她不讓任何人看。關於性行爲她到底記得多詳細，我不知道。和她分手後的今天，更是永遠也不會知道了。

「如果我死了。」這是她常說的話。「你把這些筆記燒掉。澆上石油完全燒盡之後，埋進土裏。你要是看了一個字，我都絕對不會原諒你。」

「可是我一直和妳睡覺啊。妳身體的每個角落我大概都一淸二楚，爲什麼到現在還害羞呢？」

「細胞每個月都在換新一次。即使現在正在做著這件事的時候也一樣。」她把纖細的手背伸到我眼前。「你以爲你知道的事情，大部分對我來說只是記憶而已。」

她——離婚前的一個月左右之外——是一個想法這樣嚴謹的女人。她眞的是正確地掌握著人生中所謂現實這東西。也就是一旦關閉的門，就無法再度打開，雖然如此，但也不能讓一切都一直敞開，這樣的原則。

我現在對她所知道的一切，對她來說只是一些記憶而已。那些記憶則像衰老的細胞一樣逐漸遠去。而我連和她進行過的性行爲的正確次數都不淸楚。

2　羊博士登場

第二天早晨八點醒來，我們穿上衣服搭電梯下樓，到附近的喫茶店吃早餐。海豚飯店裏旣沒有餐廳也沒有喫茶店。

「昨天已經說過了，我們分頭開始行動。」說著我把相片的影印交給她。「我想以從這張相片背景的山當線索來找出地點來。希望妳以有養羊的牧場爲中心試著找看看。妳知道做法吧？不管多小的暗示都可以。總比在北海道到處盲目瞎找好吧。」

「沒問題，交給我。」

「那麼傍晚在飯店房間會合。」

「你不要太擔心噢。」她說著戴起太陽眼鏡。「我想一定很容易找到。」

「但願如此。」我說。

然而事情並沒那麼簡單。我到道廳的觀光課去，又走訪各種觀光服務中心和觀光公司，詢問登山協會，幾乎所有和觀光和山有關的地方都跑遍了。然而沒有一個人對相片上的山有印象。

「這是形狀非常平凡的山哪。」他們說。「而且相片上所顯示的又是山的局部而已呀。」

我跑了一整天所得到的結論，說來也只有這樣而已。也就是說除非相當有特徵的山，否則只看一部分就要猜出是什麼山名實在很難。

我中途走進一家書店，買了北海道全圖和《北海道之山》的書，到喫茶店一面喝著兩瓶 ginger ale 一面讀。北海道的山多得令人難以相信，而每座山都有著相似的顏色和相似的形狀。我把老鼠那張相片上的山和書上刊登相片的山一一比對，十分鐘之後，頭開始痛起來。何況書上登出山的相片數目，只是北海道全部山數的極少一部分而已。而且發現同一座山從不同角度看時，印象也完全不同。「山是活的。」作者在那本書的序文上寫道。「山隨著看的角度、季節、時刻、或看山者心情的不同，姿態也就截然不同。因此重要的是我們必須認識到我們經常只能看到山的一部分，只能掌握極小片斷的事實。」

唉！我出聲地嘆道。然後重新再着手去做明知無效的作業。聽到五點的鐘聲響起之後，我坐在公園長椅上，和鴿子一起啃著玉蜀黍。

她那邊收集資訊作業的品質，比我的稍微好一點，不過仍然是以徒勞無功結束則似乎沒有兩樣。我們在海豚飯店後面一家小餐館一面吃著簡單的晚餐，一面交換今天一整天彼此發生的事。

「道廳的畜產課幾乎什麼也不知道。」她說。「換句話說羊已經是被放棄的動物。飼養羊也不合算。至少以大量飼養、放牧的形態來說。」

「那麼因為量少應該比較容易找吧。」

「倒也不見得。如果飼養綿羊興盛的話就會有個別的合作社活動，那麼政府也就可以掌握固定的通路，然而像今天這種狀況，簡直就無法掌握中小型綿羊飼養單位的實況了。大家似乎都像養貓養狗一樣，隨自己的意思只養少數羊隻。不過我還是收集了三十家左右知道的綿羊業者的地址，這是四年前的資料，四年之間好像變化也很大。日本農業政策每三年就像貓的眼睛一樣變化著。」

「我的天哪。」我一面獨自喝著啤酒，一面嘆氣。「好像束手無策了啊。北海道有上百座相似的山，而綿羊業者的實況也完全不清楚。」

「才過一天而已。一切都剛開始嘛。」

「信息暫時還不會來。」她說著抓一把魚乾吃，喝了味噌湯。「我自己好像有點知道，換句話說，信息是要在我們遇到什麼被困住，或精神感到饑餓時才會進來。現在還不是時候。」

「眞的要等到快被淹死的時候，才有繩子丟過來嗎？」

「對。現在我跟你在這裏不缺什麼，充份滿足的時候，信息是不會來的。因此我們只好靠自己的手去找出羊來。」

「眞搞不懂。」我說。「事實上我們是被逼得走頭無路了啊。如果找不到羊，我們會被逼到非常困苦的境地。雖然我也不清楚到底會有多困苦，不過那些傢伙說要把我們逼到困苦的境地，那一定就是『眞正』困苦的境地了。因爲他們是這方面的專家。就算『先生』死了組織還留著，那組織在日本全國像下水道一樣到處遍佈，而他們這組織就是要逼我們到困苦的境地。雖然覺得莫名其妙，可是事情就會變成那樣。」

「這樣不是像電視的銀河飛龍『The Invaders』嗎？」

「在莫名其妙這點。總之我們已經被牽連進來了，我所謂的『我們』是指妳和我。剛開始雖然只有我，可是半路上妳加進來。這樣還不算快淹死了嗎？」

「唉呀，這樣我最喜歡哪。比起跟不認識的人睡覺、把耳朵露出來讓閃光燈閃著拍照，或校對人名辭典這些要好多了。生活就是這麼回事。」

「換句話說。」我說。「妳還沒快被淹死，繩子也就不會來。」

「對了。我們要靠自己的手去找羊。我和你一定還沒有那麼倒楣吧。」

或許。

我們回到飯店性交。所謂性交這語言我非常喜歡。那可以令我聯想到某種限定形式的可能性。

☞

然而我們在札幌的第三天和第四天也在無為中過去。我們八點起床，吃過早餐，分頭出去過了一天，傍晚再一面吃晚餐一面交換情報。回飯店性交然後睡覺。我把舊網球鞋丟掉，買了新網球鞋，到處給幾百個人看相片。她根據官方和圖書館的資料，作成綿羊飼養業者的長名單，從頭開始打電話。然而收穫是零。沒有人對這山有印象，所有的綿羊飼養業者都不知道背上有星星記號的羊。有一個老人說記得戰前在南樺太曾經看過這樣的山，可是我倒不認為老鼠會去到樺太。從樺太不可能寄限時專送到東京。

然後第五天、第六天也過去了。十月穩穩重重地坐進城裏。連日照都暖暖的，然而風卻讓心變涼了，一到黃昏我就穿上薄棉的風衣。札幌的街道很寬，令人疲勞地呈一直線。我過去從來不知道連續走在光以直線構成的街道上，是多麼磨損消耗人的。

我確實被磨耗著。第四天東西南北的感覺已經消失。開始感覺東的相反是南似的，因此我到文具店買了羅盤。手上一面拿著羅盤一面到處走，街道逐漸變成一種非現實性的存在。建築物開始看起來像片廠的大道具，走在路上的行人，開始看起來好像從厚紙板上挖下來的平面似的。太陽從扁扁的大地的一方上昇，像鉛球一樣，在天空畫一道弧線然後沈入另一方。

我一天喝到七杯咖啡，每隔一小時就小便一次。然後逐漸喪失食慾。

「在報上登個廣告如何？」她提議。「說你希望和你的朋友聯絡。」

「不壞呀。」我說。有沒有效果另當一回事，至少比什麼也不做好多了。

我跑了四家報社，請他們在第二天的早報上刊登三行廣告。

老鼠、請聯絡
火速!!
海豚飯店406

然後接下來的兩天，我在飯店的房間裏等電話。那天有三通電話打進來。一通是一個市民詢問「所謂老鼠是什麼意思？」

「是我朋友的綽號。」我回答。

他滿足地掛了電話。

另外一通是惡作劇電話。

「吱吱吱。」電話的對方說。「吱吱吱。」

我把電話掛掉。都市眞是個奇怪的地方。

還有一通是聲音極細的女人打來的。

「大家都叫我老鼠。」她說。好像遠方的電線被風搖動著的聲音。

「謝謝妳特地打電話來，很抱歉，我要找的是男的。」我說。

「我想大概也是這樣。」她說。「不過，總之我也叫做老鼠。所以我想還是打個電話比較好……」

「眞是很感謝。」

「不，沒什麼。找到那位先生了嗎？」

「還沒有。」我說。「很遺憾。」

「如果是我的話就好了……可惜終究不是我。」

「是啊，眞可惜。」

她沈默下來，在那之間我用小指頭抓抓耳朶後面。

「其實是想和你談一談。」她說。

「跟我？」

「我也不明白，從今天早上看到報上的廣告開始就一直很猶豫，不知道該不該打電話給你。因爲我想一定會給你惹麻煩……」

「那麼，妳叫做老鼠也是謊話囉。」

「是的。」她說。「沒有人叫我老鼠。本來就沒有朋友。所以我想跟什麼人說說話看看。」

我嘆了一口氣。「不過，反正謝謝妳。」

「對不起。你是北海道人嗎？」

「東京。」我說。

「從東京到這裏來找朋友嗎?」

「是的。」

「你朋友大概幾歲?」

「剛剛滿三十歲。」

「那你呢?」

「再兩個月三十。」

「單身嗎?」

「是。」

「我二十二歲。年紀越大很多事情是不是會變得比較輕鬆?」

「會嗎?」我說。「不知道。有些變輕鬆,有些不然。」

「眞希望能一面吃飯一面慢慢聊。」

「抱歉,我必須一直在這裏等電話。」

「對噢。」她說。「很抱歉。」

「總之謝謝妳打電話來。」

於是掛了電話。

仔細想一想也有點像設計複雜的賣春勸誘電話。或者也可能正如表面看來的只是孤獨女子打來的電話。對我來說兩者都一樣。結果終究還是零線索。

第二天打來的電話只有一通，說是「老鼠的事情就交給我來辦吧。」一個頭腦有問題的男人打的。他花了十五分鐘談他在西伯利亞拘留時和老鼠戰鬥的事。雖然話題滿有意思的，不過還是不能成爲線索。

我在窗邊一張彈簧已經凸出一半的椅子上坐下，一面等電話鈴響，一面花一整天眺望著對面大樓三樓的一家公司的勞動狀況。看了一整天我還是完全弄不清楚那是什麼目的的公司。公司有十幾個職員，像籃球比賽一樣始終有人進進出出。某人把文件交給某人，某人在上面蓋章，另一個某人把那放進信封，跑出外面。中午休息時間，一個大乳房的女事務員端茶給每個人。下午有幾個人從外面點咖啡進來。於是我也開始想喝咖啡，便拜託掌櫃的幫我留言，我走進附近的喫茶店喝咖啡，順便買了兩罐啤酒回來。回來一看公司裏的人數減少到四個。大乳房的事務員和年輕職員在互相開著玩笑。我一面喝著啤酒，一面以她爲中心眺望公司的活動狀況。

我開始覺得她的乳房好像越看越大得異常。她大概用的是像金門大橋的鋼索一樣的胸罩吧。幾個年輕職員似乎很想跟她睡覺。透過兩片玻璃和一條道路，他們的那種性慾傳給了我。感覺到別人的性慾是一件多麼奇怪的事。不知不覺之間你彷彿被那是我自己的性慾一樣的錯覺所捕捉。

五點到了，她換上一件紅色洋裝下班回去了，我把窗簾拉上，看電視重播的「兔寶寶」卡通片。海豚飯店的第八天就這樣度過了。

☞

「我的天哪。」我說。我的天哪這句話似乎逐漸變成我的口頭禪了。

「就這樣一個月的五分之一已經結束，然而我們什麼地方都還沒到達。」

「是啊。」她說。「沙丁魚不知道怎麼樣了？」

我們吃過晚餐之後，就在海豚飯店門廳那把格調很差的橘紅色沙發上休息。除了我們之外，只有那位三根手指的掌櫃的在。他正用梯子在換換電燈泡、擦擦窗玻璃，摺摺報紙。除了我們之外應該還有幾個投宿的客人的，可是大家都好像被放在陰影下的木乃伊一樣，一聲不響地躲在房間裏。

「工作進行得怎麼樣啊？」掌櫃的一面給盆栽澆水，一面戰戰兢兢地問我。

「不怎麼順利。」我說。

「你們好像在報上刊登了廣告啊。」

「是啊。」我說。「爲了土地遺產繼承的事，正在找一個人。」

「遺產繼承？」

「對。因爲繼承人行踪不明。」

「原來如此。」他會意了。「很有趣的職業。」

「那倒不然。」

「可是好像有點『白鯨』的趣味。」

「白鯨？」我說。

「是啊。尋找某一樣東西是滿有趣的事。」

「例如找長毛象嗎？」我的女朋友問道。

「是啊，找什麼都一樣。」掌櫃的說。「我把這裏取名叫海豚飯店，也是因爲 Herman Melville 的『白鯨』裏有一幕海豚出現的場景。」

「哦！」我說。「如果是這樣的話，那何不乾脆叫做鯨飯店呢？」

「鯨魚的形象不怎麼好。」他很遺憾似的說。

「海豚飯店是個很棒的名字。」女朋友說。

「謝謝。」掌櫃的微笑著。「不過你們能夠住這麼久，也算是一種緣份，爲了表示謝意，我想送你們葡萄酒好嗎？」

「那太好了。」她說。

「謝謝。」我說。

他走進裏面的房間，不久拿著冰涼的白葡萄酒和三個玻璃杯走出來。

「我們來乾杯慶祝一下，不過因爲在工作中，所以我只表示一點誠意。」

「請、請。」我們說。

於是我們喝了葡萄酒。雖然不是怎麼高級的葡萄酒，卻相當美味爽口。玻璃杯上還有葡萄圖紋的雕刻，相當精緻。

「你喜歡『白鯨』對嗎？」我試著問。

「嗯，所以我從小就想當船員。」

「所以現在經營這家飯店？」她問。

「對，因為手指缺掉了。」男人說。「事實上是在貨船卸貨時被鐵捲輪機捲進去的。」

「好可憐。」她說。

「那時候眼前一片發黑。不過，人生就是這樣難以預測。結果現在變成像這樣經營一家飯店。雖然不是怎麼不得了的飯店，但也總是維持著，到現在已經十年了。」

這麼說來，他不只是掌櫃的，還是老闆呢。

「這是一家最了不起的飯店。」她鼓勵道。

「非常感謝。」老闆說著在我們的玻璃杯裏倒了第二杯葡萄酒。

「不過以十年來說，怎麼說呢，建築物滿有風格的。」我放膽試探著。

「喔。這是在戰後緊接著蓋的。因為有點緣故所以便宜買下的。」

「在開飯店之前是做什麼用的？」

「名字叫北海道綿羊會館，處理有關綿羊的各種事務和資料……」

「綿羊？」我說。

「是綿羊。」男人說。

☜

「建築物屬於北海道綿羊協會所有，雖然一直持續到昭和四十二年，不過由於北海道綿羊事業不振，造成閉館的結局。」男人說著喝了一口葡萄酒。「那時擔任館長的其實就是我父親。父親對自己深愛的綿羊會館就這樣關閉實在於心不忍，於是以保存有關綿羊資料爲條件，把這建築物和土地以比較便宜的價格向協會買下來。所以現在這幢建築物的二樓，全部闢爲綿羊資料室。雖說是資料，但都是些舊東西，已經沒有任何用處，只是老人的興趣而已。其他部份我當飯店營運著。」

「是偶然嗎？」我說。

「您說偶然？」

「其實我正在尋找的人就是跟羊有關的。提到線索，只有他寄來的一張相片而已。」

「哦？」他說。「可以讓我看看那張相片嗎？」

我從口袋拿出夾在手册裏的羊的相片給男人。他從櫃檯拿了眼鏡過來，凝神注視著相片。

「這個我記得。」他說。

「你記得？」

「確實有。」男人說著把剛才一直放在電燈下的梯子搬到相反一面的牆上靠著，把掛在接近天花板的扁額拿起，下了梯子。然後用抹布把扁額上堆積的灰塵擦掉，再把它交給我。

「風景不是跟這一樣嗎？」

扁額本身也已經十分老舊了，而裏面的相片更是老舊得已經變成茶色。那張相片也是一張羊的相片。全部大約有六十隻左右。有柵欄、有白樺樹林、有山。白樺樹林的形狀和老鼠的相片完全不同，但背景的山確實是相同的山。連相片的構圖都一模一樣。

「我的天哪。」我對她說。「我們每天都從這張相片下面經過啊。」

「所以我不是說過應該要住海豚飯店的嗎?」她若無其事地說。

「好了。那麼,」我嘆了一口氣然後問男人。「這風景的地點在那裏呢?」

「不知道。」男人說。「這張照片是自從綿羊會館時代就一直掛在同一個地方的。」

「哦?」我說。

「不過有辦法可以知道。」

「什麼辦法?」

「問我父親看看。父親在二樓有個房間,他起居生活在那裏。幾乎都窩在二樓,一直讀著羊的資料。我也已經有半個月沒見到他了,不過每次我把飯菜放在門口,三十分鐘後就空了,所以可以確定大概還活著。」

「只要問你父親,就可以知道這相片的地點嗎?」

「我想應該知道。我剛才也說過,父親曾經是綿羊會館的館長,關於羊的事他什麼都知道。大家甚至稱呼他為羊博士呢。」

「羊博士。」我說。

3 羊博士大吃、大談

根據羊博士的兒子,海豚飯店的老闆說的,羊博士這一生並不幸福。

「父親是一九〇五年生於仙台舊士族家的長男。」兒子說。「我以西元年號來說，可以嗎？」
「請便、請便。」我說。
「雖然不是怎麼富裕，不過總是有家業的，過去還是曾經擔任過守城家老的世家。幕末曾經出過著名的農學家。」
羊博士從小就表現突出學業成績優良，在仙台地方上是無人不曉的神童。不只學業成績優良而已，小提琴演奏也技高一籌，中學時代曾經在來到縣城的皇族御前演奏貝多芬的奏鳴曲，而受頒金錶。
家族希望他能朝專攻法律的方向進展，然而羊博士卻斷然拒絕。
「我對法律沒興趣。」年輕的羊博士說。
「那麼走向音樂之路也好。」父親說。「一個家族裡有一個音樂家也很好。」
「音樂也沒興趣。」羊博士回答。
沈默暫時持續。
「那麼，」父親開口道。「你想走哪一條路？」
「我對農業有興趣。我想學農政。」
「好吧。」稍後父親說。因爲不得不這樣說。羊博士雖然個性坦誠而溫和，但卻是個一旦說出口絕對不改變的那型青年。連父親都無法插嘴。
第二年羊博士如願地進了東京帝國大學農學部。他的神童風采上了大學依然不衰。任何人，連教授都對他另眼看待。學業依然傑出優秀，人緣也好。總之是個沒得挑剔的菁英。不但沒染上好玩的惡習，而且一有空閒就讀書，書讀累了，就走到大學校園去拉小提琴。學生制服的口袋裡總是放著金錶。

他以狀元成績大學畢業之後，就以超級精英身分進了農林省。他的畢業論文主題簡單地說是關於將朝鮮和台灣一體化的廣域性計畫農業化，這雖然稍微具有過於理想主義的傾向，但在當時確實引起一些話題。

羊博士在農林省本部磨練了兩年之後，就渡海到朝鮮半島研究稻作，並提出「朝鮮半島稻作試驗案」報告，被採用。

一九三四年羊博士被調回東京，引見給陸軍的年輕將官。將官說在即將來臨的未來，爲了在中國大陸北方展開大規模軍事行動，希望確立羊毛的自給自足。這是羊博士和羊的第一次接觸。羊博士在整理好本土與滿州和蒙古的綿羊增產計劃大綱之後，爲了實地視察而於次年春天去到滿州。他的衰敗從此開始。

一九三五年春天在平穩中過去。事件發生是在七月。羊博士一個人騎著馬出去視察綿羊之後從此不知去向。經過三天、四天，羊博士都沒回來。加上軍隊在內的搜索隊拼命在荒野到處尋找，然而完全沒有他的蹤影。是不是被狼襲擊了，被土匪搶劫了？大家這樣想。然而一星期後當每個人都完全放棄之後，羊博士卻精疲力竭地回到黃昏夕暮中的帳棚來。臉頰極度消瘦，有幾處負了傷，只有眼光閃閃發亮。此外馬也沒了，金錶也不見了。他說明是在路上迷了路，馬受傷了，大家也就這麼認定。

然而從此之後一個月左右，政府內部開始流傳一個奇怪的傳說。他和羊之間具有「特殊的關係」。然而這所謂「特殊關係」到底指什麼意思，誰也不知道。於是上司把他叫到房間，詢問事實眞相。在殖民地社會裡，是不能夠忽視傳統的。

「你和羊之間眞的有特殊關係嗎？」上司問。

「有。」羊博士回答。

以下就是談話的內容。

Q「特殊關係是指性行爲嗎？」

A「不是。」

Q「希望你能說明。」

A「是精神行爲。」

Q「不成說明。」

A「我找不到合適的字眼，不過我想大概是接近所謂交靈吧。」

Q「你是說你和羊交靈了嗎？」

A「是的。」

Q「你是說行蹤不明的一星期裡，你和羊在交靈？」

A「是的。」

Q「你不覺得這是擅離職守的行爲嗎？」

A「研究羊是我的職務啊。」

Q「交靈不能被認定爲研究事項。以後希望你謹慎一點，你本來就以優秀的成績從東京帝國大學農學部畢業，進入農林省也留下卓越的工作成績，換句話說是將來應該擔任東亞農政重任的人物。你要有這樣的認識。」

A「我知道。」

Q「交靈的事情就忘了吧。羊只是個家畜而已。」

A「可是不可能忘記。」

Q「原因你說明來聽。」

A「因爲羊在我體內。」

Q「不成爲理由。」

A「再下去我就無法說明了。」

一九三六年二月，羊博士被調回國，在接受過幾次類似的詢問之後，那年春天被分派到農林省資料室。從事製作資料目錄、整理書架之類的工作。換句話說他被逐出東亞農政的權力中樞。

「羊從我體內跑出去了。」當時羊博士對親密的朋友說。「可是，以前是在我體內的。」

一九三七年，羊博士辭掉農林省的工作，他利用過去以他爲中心，擔任過日滿蒙綿羊三百萬頭增殖計畫的關係，向農林省申請了民間貸款，到北海道去養羊。養了五十六頭羊。

一九三九年、羊博士結婚。羊一二八頭。

一九四二年、長男誕生。(現在的海豚飯店經營者) 羊一八一頭。

一九四六年、羊博士的綿羊牧場，被美國占領軍接收爲演習場。羊六十二頭。

一九四七年、任職北海道綿羊協會。

一九四九年、夫人肺結核死去。

一九五〇年、就任北海道綿羊會館館長。

一九六〇年、長男在小樽港手指被切斷。

一九六七年、北海道綿羊會館閉館。

一九六八年、「海豚飯店」開業。

一九七八年、被年輕不動產業者，詢問有關羊的照片——指我的事。

「我的天哪。」我說。

☞

「請務必讓我見見你父親。」我說。

☞

「見面沒關係。可是我父親很討厭我，所以很抱歉，您自己去，我就不陪您了。可以嗎？」羊博士的兒子說。

「討厭你？」

「因爲我失去兩根手指，而且開始禿頭。」

「原來如此。」我說。「你父親好像很特別。」

「做兒子這樣說似乎不恰當，不過確實是很特別。父親自從和羊有關係之後，整個人都變了。變得脾氣很古怪，有時近乎殘酷。可是，其實他的心很好。只要聽他演奏小提琴，就會知道。父親是受了傷的。而且羊透過父親，也傷害了我。」

「你很喜歡你父親對嗎？」她問。

「嗯，對，我很喜歡。」海豚飯店的經營者說。「不過父親討厭我。自從我出生以後，他一次也沒抱過我。也從來沒對我說過一次溫和的話。自從我失去手指又開始禿頭之後，他更經常以這個來作弄我。」

「他一定沒有作弄你的意思。」她安慰道。

「我也這樣想。」我說。

「謝謝。」經營者說。

「我們直接去找他，他會見我們嗎？」我試著問。

「不知道。」經營者說。「不過只要注意兩件事大概會接見吧。一件事是誠懇地說明想問有關羊的事情。」

「另一件呢？」

「不要說是聽我說的。」

「我知道了。」我說。

我們向羊博士的兒子道過謝之後上了樓梯。樓梯上冷冷的，空氣很潮溼。電燈昏暗、走廊角落積著灰塵。周圍飄散著舊紙的氣味和體臭。我們走過長長的走廊，依照那兒子說的，敲了盡頭的老舊房門。門上貼著一塊「館長室」的塑膠舊牌子。沒有回答。我又試著再敲一次。還是沒有回答，第三次敲門時聽得見裡面有人呻吟的聲音。

「少來煩我。」男人說。「吵什麼。」

「我們是來請教有關羊的事情的。」

「去吃屎！」羊博士在裡面吼。以七十三歲來說，聲音還很健朗。

「請讓我們見見面。」我隔著門吼道。

「關於羊沒什麼好說的了。呆蛋。」羊博士說。

「可是應該說的。」我說。「關於一九三六年不見的羊。」

暫時有一段沈默，然後門突然猛地開了。羊博士站在我們前面。

羊博士頭髮很長，白得像雪一樣。眉毛也白了，像冰柱一樣覆蓋在眼睛上。身高大約一六五公分，身體挺直。骨格粗壯、鼻樑從臉的正中央以滑雪跳台一般的角度向前挑戰性地挺出來。

房間裡散發著體臭。不，那甚至不能稱爲體臭。那在超越某一點之後已經放棄做爲體臭而與時間調和，與光調和起來了。寬闊的房間裡擁擠地堆積著舊書籍和文件，以至於幾乎看不見地板。書籍幾乎全是外文的學術書，每一件都斑斑點點的。右手牆邊有一張滿是污垢的床，正面窗前有一張巨大的桃花心木桌子和旋轉椅。桌上整理得稍微整齊，文件上有壓著羊形的玻璃文鎮。電燈昏暗、只有佈滿灰塵的檯燈，在桌子上方投射著六十瓦特的光。

羊博士穿著灰色襯衫、黑色毛衣外套，和幾乎已經變形的斜紋寬西褲。灰襯衫和黑毛衣由於光線明暗程度的不同，也可能看來像是白襯衫和灰毛衣。或許原來是這種顏色的。

羊博士坐在向著桌子的旋轉椅上，以手指示意要我們坐在床上。我們像在拔掉地雷源似地，跨過書本跋涉到床邊，在那兒坐下。那床單髒得讓我擔心我的 Levi's 牛仔褲是否會永遠黏在床單上。羊博士雙手交叉放在桌上，就那樣一直盯著我們瞧。手指一直到關節為止長著黑色的毛。手指的黑毛和白髮描繪出令人眩眼的奇妙對比。

然後羊博士拿起電話，對著聽筒吼道：「快把飯菜端過來。」

「好了。」羊博士說。「你們是來問有關一九三六年失蹤的羊的事的對嗎？」

「是的。」我說。

「哦。」他說。然後發出巨大的聲響擤著鼻涕。「想說什麼？還是想聽什麼？」

「兩方面都想。」

「那麼，請先講。」

「一九三六年春天從你這裡逃走的羊，我知道後來到那裡了。」

「哦？」羊博士鼻子哼著。「我花了四十二年的時間，什麼都豁出去一直在到處尋找的東西，你說你知道？」

「我知道。」我說。

「也許是胡說八道。」

我從口袋掏出銀製打火機和老鼠寄來的相片放在桌上。他伸出長了毛的手拿起打火機和相片。在檯燈下花很長時間檢查。沈默像粒子一樣長久飄在屋子裡。牢固的二重玻璃窗把都市的噪音關閉在外面，只有老舊電氣檯燈發出嘰哩嘰哩的聲音，使沈默的沈重更加凸顯。

老人檢查完打火機和相片之後，啪吱一聲把檯燈的開關切掉。用粗壯的手指揉著眼睛。那看起來簡直就像要把眼球壓進頭蓋骨裡似的。手指離開時，眼睛像兔子一樣紅紅濁濁的。

「眞抱歉。」羊博士說。「因爲一直被一些呆子包圍著，因此變得不相信人了。」

「沒關係。」我說。

女朋友微微笑著。

「你能夠想像只有意念存在，而表現則被連根拔起的狀態嗎？」羊博士問。

「不知道。」我說。

「那眞是地獄呀。只有意念團團轉著的地獄。一絲光線也沒有，一捧水也沒有的地底下的地獄。那就是這四十二年之間我的生活。」

「是因爲羊嗎？」

「是啊。因爲羊。羊把我丟在這樣的狀態裡走掉。那是一九三六年春天的事。」

「於是你爲了尋找羊而辭掉農林省的職務？」

「官員都是些傻瓜。他們根本不懂得什麼是事物的眞正價値。他們也永遠不懂得那隻羊所擁有的意義之重大。」

門被敲響了。「飯菜送來了。」女人的聲音說。

「放著吧。」羊博士吼道。

托盤放在地板上發出聲音，然後腳步聲走遠了。我的女朋友把門打開，把餐點送到羊博士桌上。托盤上放著爲羊博士準備的湯、沙拉、捲麵包、肉丸子，和兩杯爲我們準備的咖啡。

「你們吃過飯了嗎？」羊博士問。

「吃過了。」我們說。

「吃了什麼?」

「葡萄酒煮的小牛肉。」我說。

「炸蝦。」她說。

「哦。」羊博士哼道。然後喝湯、喀啦喀啦地咬著炸土司。「抱歉,讓我一面吃一面談。肚子餓了。」

「請便、請便。」我們說。

羊博士喝著湯,我們喝著咖啡。羊博士一面一直盯著湯盤一面喝湯。

「請問您知道那張相片的地點嗎?」我問道。

「知道啊,太知道了。」

「可以告訴我們嗎?」

「等一等。」羊博士說。然後把空了的湯盤推到旁邊。「事情總有個順序。首先從一九三六年的事說起。我先說,然後你說。」

我點點頭。

「簡單說明是這樣的。」羊博士說。「羊進到我體內是一九三五年夏天的事。我正在滿蒙國境附近的放牧調查途中迷了路,於是鑽進偶然看見的一個洞窟裡過了一夜。夢中羊出現了,問說,可以進入我的身體裡嗎?我說沒關係。那時候我想不是什麼大不了的事。而且我很清楚這是夢境。」老人一面咯咯的笑著一面吃著沙拉。「那是我從來沒見過的羊的種類。在我的職業生涯裡,雖然很清楚全世界的羊,然而那隻卻是特別的羊。角以奇怪的角度彎曲著，腳是肥肥短短的，眼睛的顏色像要湧出水一般的透明。毛是純白的，背上長有茶色星形的毛。這樣的羊那裡也沒有過。所以我說那隻羊進到我體內也沒關係。以一個羊的研究者來說，並不想讓這樣珍奇品種的羊輕易溜走。」

「所謂羊進入體內，到底是什麼樣的感覺呢？」

「沒什麼特別。只是感覺有羊在而已。早上起來時感覺到了，羊在我裡面啊。非常自然的感覺。」

「有沒有頭痛的經驗？」

「從出生到現在一次也沒有過。」

羊博士把肉丸子沾了滿滿的醬送進嘴裡，大口咀嚼著。「羊進入人體裡面，在中國北方，蒙古地方並不是怎麼稀奇的事。在他們心目中羊進入人體是神的恩惠。例如有一本元朝時代出版的書裡就曾經寫道，成吉思汗體內有一隻『背負星星的白羊』怎麼樣？有意思吧？」

「有意思。」

「能夠進入人體裡面的羊，是被認為不死的，而擁有羊在體內的人也是不死的。然而羊如果逃出去了，那麼那不死性就喪失了。完全決定於羊。如果喜歡的話可能幾十年都在同一個地方，如果不高興的話就一下子出走了。被羊逃走的人，一般被稱為『羊拔』。也就是像我這樣的人了。」

繼續咀嚼。

「我自從羊進到體內之後，就開始研究有關羊的民俗學和傳承。聽一聽當地人的話啦，查一查古書啦。不久那些人之間逐漸散播著羊已經進入我身體裡的傳說，甚至也傳到我上司的耳裡。我上司不喜歡這說法。於是我被貼上『精神錯亂』的標籤被送回國。也就是所謂殖民地癡呆症。」

羊博士解決了三個肉丸子之後，開始解決捲麵包。光是在旁邊看著，那食慾就令人覺得好舒服。

「日本近代愚劣的本質，是我們從來沒有從和亞洲其他民族的交流中學到任何東西。關於羊的事也一樣。日本飼養綿羊失敗是因爲我們只從羊毛、食肉自給自足的觀點來掌握這件事。卻缺乏所謂生活層次的思想這東西。只想高效率地盜取切除時間後的結論。一切都是這樣。也就是說腳沒著地。戰爭打敗也難怪呀。」

「那隻羊也一起來到日本嗎？」我把話題引回去。

「是啊。」羊博士說。「我從釜山搭船回來。羊也跟著一起過來。」

「羊的目的到底是什麼？」

「不知道。」羊博士吐出來似地說。「不知道啊。羊沒有告訴我。可是那傢伙是有很大目的的。這點我也知道。想讓人類和人類的世界來個大轉變似的巨大計畫。」

「那是一隻羊要做的嗎？」

羊博士點點頭，把捲麵包的最後殘片塞進嘴裡，然後啪答啪答拍拍手。「沒什麼可吃驚的。想想看成吉思汗所做的事吧。」

「那倒是。」我說。「可是爲什麼到現在還有這樣的事，羊又爲什麼選日本呢？」

「或許是我把羊喚醒了吧。羊一定是在那個洞窟裡沈睡了數百年之久。然而我，這個我竟然把牠吵醒了。」

「不是因爲你的關係。」我說。

「不。」羊博士說。「就是因爲我。我應該更早發現的。這樣一來我就有辦法對付。然而我卻花了很多時間才發現。而當我發現的時候，羊早已經逃出去了。」

羊博士沈默下來，用手指揉著冰柱一般的白眉毛。四十二年這時間的重量，似乎滲透進他全身的每一個部位。

「有一天早晨醒來，羊已經不見蹤影了。那時我才終於理解到所謂『羊拔』是怎麼回事。是地獄呀。羊只留下了意念而去。然而沒有羊就無法把那意念釋放出來。這就是『羊拔』啊。」

羊博士又再用衛生紙擤了一次鼻子。「好了，現在輪到你來說了。」

我談到羊離開羊博士之後的事。羊進入獄中右翼青年體內的事。他出獄後立刻成爲右翼大人物的事。其次渡海到中國大陸，建立起情報網和財產的事。戰後雖然變成戰犯，但又因以中國大陸的情報網交換而被釋放的事。並以從大陸帶回來的財寶爲基礎，掌握了戰後政治、經濟、資訊的幕後等等的事。

「我聽過這個人物的事。」羊博士十分痛心地說。「羊似乎找到了適任者啊。」

「可是今年春天，羊又從他的身體離開了。他本人現在意識不清快要死了。過去羊一直在支撐著他腦子的缺陷。」

「眞幸運哪。以『羊拔』來說，最好不要有清楚的意識比較輕鬆。」

「爲什麼羊離開他的身體呢？這麼漫長的一段歲月裡，他已經建立起巨大的組織了。」

羊博士深深嘆一口氣。「你還不明白嗎？那個人物的情形和我一樣啊，失去利用價值了。人是有限度的，一個達到限度的人對羊來說已經沒用了。他可能沒有完全瞭解羊眞正追求的東西。他的任務是建立起巨大的組織，這完成時，他就被丟棄了。正如羊利用我當做運輸工具一樣。」

「那麼，羊從此以後怎麼樣了？」

羊博士從桌上拿起羊的相片，用手指啪啪彈著。「在全日本徘徊呀。他在尋找新的宿主。羊可能打算藉著某種手段，把那新的人物放在那個組織上吧。」

「羊所追求的是什麼呢？」

「就像我剛才說過的，很遺憾我無法用語言來表現這件事。羊所追求的，只是將羊的意念具現而已。」

「那是善的嗎？」

「對於羊的意念而言當然是善的。」

「對你來說呢？」

「不知道。」老人說。「眞的不知道。羊走掉以後，到什麼程度是我，到什麼地方是羊的影子，連這點我都不清楚。」

「你剛才說過你有應該採取的手段是指什麼？」

羊博士搖頭。「我不打算跟你談這個。」

沈默再度覆蓋了房間。窗外開始下起激烈的雨。來到札幌第一次下雨。

「最後請告訴我們這張相片的地點。」我說。

「這是我生活了九年的牧場。我在那兒養羊。戰後立刻被美軍接收，歸還的時候賣給一個有錢人，做為附有牧場的別墅地。到現在還是同一個主人。」

「現在還養羊嗎？」

「不知道。不過看這張照片好像現在還養著。反正是個偏遠的地方，極目眺望都沒有別的人家。冬天交通完全斷絕。主人使用的時間一年只有兩三個月吧，不過倒是個安靜的好地方。」

「不用的時候有人管理嗎？」

「冬天可能沒有人吧。除了我之外，一定沒有人想在那樣的地方過一個冬天吧。至於羊的照料只要付些錢給山麓的村營綿羊飼養場，就可以委託他們代辦。屋頂設計成雪自然能夠落到地面，而且不必擔心小偷。在那樣的山裡就算能偷到什麼，要回到村子裡可不容易呀。因爲降雪量實在可怕啊。」

「現在有人在嗎？」

「這個嘛，大概已經沒人住了吧。不久就要開始下雪，而且熊也開始到處找過冬的食物……你打算去那裡嗎？」

「我想是會去。除此之外我們也沒什麼特定目標啊。」

羊博士閉起嘴巴停了一會兒。嘴唇旁邊還沾著肉丸子的蕃茄醬。

「其實在你們之前，還有一個人來問過關於那個牧場的事。大概是今年二月吧。年紀，對了，和你差不多。聽說是看了旅館門口那張相片後覺得有興趣。因爲我那個時候正好很無聊，所以就告訴他很多事情。他說是想當做小說的素材。」

我從口袋裡掏出和老鼠一起拍的相片，交給羊博士。那是一九七〇年夏天在傑氏酒吧，傑爲我們拍的。我的臉轉向旁邊噴著煙，老鼠朝著相機伸出拇指頭。兩個人都還年輕，曬得黑黑的。

「一個是你啊。」羊博士打開檯燈看著照片。「比現在年輕。」

「這是八年前的照片。」我說。

「另外一個可能是那個男的，年紀稍微大一些，留了鬍子，大概沒錯吧。」

「鬍子？」

「整齊的口髭和不修邊幅的鬍子。」

我試著想像留了鬍子的老鼠，卻不怎麼想像得出。

羊博士幫我們畫了牧場的詳細地圖。在旭川附近轉搭支線，走三個小時左右之後，就到一個山麓車站。從那個站到牧場還要再開車三小時。

「非常感謝。」我說。

「說眞的，我覺得從今以後最好不要再和那隻羊有什麼牽連了。我就是一個最好的例子。跟那隻羊有關係的人沒有一個是幸福的。因爲在那隻羊的存在之前，一個人沒辦法對人的價值觀抱有任何力量。不過，我想你也有你的各種原因吧。」

「正如您所說的。」

「那就小心點囉。」羊博士說。「還有麻煩把餐具放在門外。」

4 告別海豚飯店

我們花了一天的時間準備出發。

在體育用品店買齊了登山裝備和攜帶用食品，在百貨公司買了厚厚的漁夫穿的毛衣和毛襪。在書店買了五萬分之一的地圖和有關地域史的書。靴子是可以在雪地走的堅固笨重的止滑靴，內衣是厚厚的防寒用內衣。

「這些東西和我的行業好像不怎麼搭配啊。」她說。

「走進雪地之後，就沒有時間再多考慮這些了。」我說。

「你想待到積雪的季節嗎？」

「不清楚啊。可是十月底已經開始下雪了，最好還是要有準備。誰也不知道會發生什麼啊。」

我們回到旅館，把這些行李塞進大型背袋，把東京帶來的多餘行李整理成一件，託給海豚飯店的老闆保管。事實上她包包裡的東西，幾乎全是多餘的行李。一套化妝品、五本書、六個卡式錄音帶、洋裝、高跟鞋、滿滿一紙袋的絲襪和內衣、T恤、短褲、旅行用鬧鐘、素描簿和二十四色的彩色鉛筆、信封、信紙，浴巾、小型急救箱、吹風機、棉花棒。

「為什麼還帶洋裝和高跟鞋呢？」我問。

「因為如果有 party 不是很傷腦筋嗎？」

「怎麼可能有什麼 party 嘛。」我說。

結果，她還是在我的背袋裡塞進了捲起來的洋裝和高跟鞋。化妝品則在附近店裡另外買了一套旅行用的。

老闆很樂意幫我們保管行李。我把到第二天爲止的住宿費付清，並說好再過一星期或兩星期會回來。

「我父親是不是對你們有幫助？」老闆擔心地問。我說幫了很大的忙。

「我眞希望我也能偶爾去尋找一些什麼。」老闆說。「不過在那之前，我連自己到底該尋找什麼才好都不知道呢。我父親是不斷在尋找什麼的人。現在還在尋找。我也從小就一直聽父親說做夢都會夢見白羊的事。所以我一直以爲人生就是這麼回事。覺得好像一直不斷地在尋找什麼，才是眞正的人生似的。」

海豚飯店的門廳，就像平常一樣靜悄悄的。上了年紀的女傭拿著拖把在樓梯上走上走下。

「可是父親已經七十三歲，還沒找到羊。我連羊是不是眞的存在都不知道。我覺得對他本人來說，也不是怎麼快樂的人生，雖然我現在還是希望父親能夠快樂，可是父親老是把我當傻瓜，我說什麼他都不聽。這也因爲我的人生沒有所謂目的這東西的關係。」

「可是你有海豚飯店哪。」女朋友親切地說。

「而且你父親的尋羊行動應該也已經告一段落了。」我補充道。「剩下的部分由我們來繼續下去。」

老闆微笑起來。

「既然這樣就沒什麼話說了。從今以後我們兩個應該可以快快樂樂過日子了。」

「果眞這樣就太好了。」我說。

☜

「那兩個人眞的能快樂嗎？」過一會兒只剩我們兩個人時，她問我。

「也許需要一點時間，不過一定沒問題的。因爲畢竟四十二年的空白已經被掩埋了。羊博士的任務已經結束。以後羊的足跡必須由我們去探尋。」

「我好喜歡那對父子噢。」

「我也很喜歡哪。」

行李整理好之後，我們性交。然後到街上看電影。電影裡也有很多男女和我們一樣在性交。覺得看別人性交似乎也不壞。

第八章　尋羊冒險記III

1　十二瀧町的誕生、發展和衰落

從札幌往旭川的清晨列車裏，我一面喝著啤酒一面讀著盒裝厚重的名爲《十二瀧町之歷史》的書。所謂十二瀧町就是羊博士牧場所在的地方。或許沒有什麼太大的幫助，不過讀了也沒什麼損失。作者是昭和十五年，生於十二瀧町，畢業於北海道大學文學部之後，便以鄉土史學活躍著。雖說活躍，著書卻僅只這一冊而已。發行是在昭和四十五年五月，當然是初版。

根據書上記載，現在的十二瀧町這塊土地，最初有開拓民進住，是在明治十三年的夏天。他們總數是十八名，全部是貧窮的津輕小佃農，稱得上財產的，只有少數農具、衣服、寢具，還有鍋碗、菜刀之類的東西而已。

他們經過札幌附近的愛奴部落，把最後剩下的一點點錢傾囊而出，雇了一個愛奴青年當嚮導。眼睛烏黑，瘦瘦的青年，叫做愛奴語「月之圓缺」意思的名字。（作者推測或許具有躁鬱症傾向吧。）

其實關於嚮導這方面，這個青年比他外表看起來要優秀得多。他雖然在語言幾乎完全不通的情況下，卻能夠率領這些滿腹疑雲而陰沈沈的十八個農民北上到石狩川。他心裏非常清楚到什麼地方能找到肥沃的土地。

第四天一行人到達一個地方。遼濶而水源充足，周遭開滿了一望無際的美麗花朵。

「這裏很好。」年輕人滿足地說。「野獸少、土地肥，又有鮭魚。」

「不行。」帶頭的農民搖搖頭。「再往裏走比較好。」

農民們或許認爲再往裏走一定可以發現更好的土地，年輕人這樣想。也好，那麼就再往裏走吧。

一行人從此又往北邊走了兩天。然後找到一個就算不比最初那塊土地肥沃，但總是不怕洪水的高地。

「怎麼樣？」年輕人問道。「這裏也很好。你們說呢？」

農民們搖搖頭。

這種對答方式重複了幾次以後，他們終於跋涉到現在的旭川。也就是從札幌走了七天，大約一四〇公里的旅程。

「這裏怎麼樣？」年輕人並不特別抱著什麼期望地問。

「不行。」農民們回答。

「可是，從這裏再過去，就要爬山了噢。」年輕人說。

「沒關係。」農民們很高興地說。

於是他們越過了鹽狩山。

農民們刻意避開肥沃的平原地帶，而專門探尋未開發的深山僻地當然有他們的理由。其實他們全體都是背了巨額的債，連夜逃出故鄉的村莊出走而來的，因此不得不極力避開人家的眼睛所能到達的平原地帶。當然愛奴青年對這一點卻並不知情。因此他看到農民們一直拒絕肥沃的耕地而要繼續往北走，先是覺得驚奇、懊惱、困惑、混亂，後來甚至對自己喪失了信心。

不過青年似乎是個個性相當複雜的人，當越過鹽狩山頂時，他已經完全被那必須引導農民不斷往北再往北的不可解的宿命性所同化。而且故意選一些荒涼小路或危險的沼地來讓農民們高興。

越過鹽狩山又往北走了四天之後，一行人遇到了一條由東向西流的河川。經過一番商議之後，決定往東走。那確實是非常糟糕的土地，非常糟糕的路。他們劈開長得像海一樣繁茂的箭竹，花了半天才穿過比頭還高的草原，再涉過泥沼高到胸部的濕地，攀爬過岩石山壁，一心一意地往東前進。夜裏就在河床上搭帳棚，一面聽著狼號一面睡覺。手被箭竹割劃得血跡斑斑，蚊蟲到處亂咬，連耳朵洞裏都要鑽進去吸血。

往東走的第五天，他們來到一個被山遮住，從此無法再往前進的地方。怎麼說呢，再往前走就無法住人了，年輕人宣佈道。於是農民們才好不容易停下腳步。這是明治十三年七月八日，從札幌啓程後二六〇公里的地點。

他們首先調查地形、調查水質、調查土質，發現這裏相當適合農耕。於是每個家庭各分配到一些土地之後，又在那中央用原木建了一座共同小屋。

愛奴青年提到一團偶然來到這附近打獵的愛奴人，問他們：「這地方叫什麼名字？」他們回答道：「這樣一個鳥不生蛋的地方怎麼會有名字呢？」

因此這片開拓地從此之後暫時有一段時間連名字也沒有。方圓六十公里之內沒有人煙（就算有也並不希望交際）的部落，本來就不需要什麼名字。明治二十一年北海道廳的地方政府人員來到這裏，要編全體開拓民的戶籍，提到這部落沒名字很傷腦筋，然而開拓民自己卻一點也不感覺傷腦筋。開拓民甚至拿著鐮刀、帶著鋤頭到共同小屋集合，開會結果還獲得一個決議「部落不取名字」。政府人員沒辦法，就以部落旁邊流過的河上有十二道瀑布而取名爲「十二瀧部落」報告到道廳去。從此「十二瀧部落」（後爲十二瀧村）就成爲這個集落的正式名稱。不過這些當然是後日談。我們再回到明治十四年。

土地被夾在大約張開六十度角的兩座山之間，中央有一條河形成深谷貫穿流過。確實是像「屁股的肛門」一樣的光景。地面密密麻麻長著細竹子，巨大的針葉樹根部伸張到地底下。狼、鹿、熊、野鼠和各種大大小小的鳥，在這大地之上徘徊尋覓著貧乏的樹葉、或肉和魚。蚊子和蒼蠅眞的很多。

「你們眞的要在這裏住嗎？」愛奴青年試著問道。

「當然。」農民們回答。

雖然不太清楚是爲了什麼理由，不過總之愛奴青年並沒有回到生長的故鄉，卻和那批開拓民一起留在那片土地上。很可能是好奇心使然吧，作者如此推測。（作者眞是經常在推測。）不過要不是有他，那些開拓民是否能夠平安無事地度過那年冬天就極爲可疑了。青年教開拓民們如何採集冬季蔬菜，如何防雪，如何在凍結的河川捕魚，如何做狼的陷阱，如何把冬眠前的熊趕走，如何根據風向測知天候的變化，凍傷的預防法，細竹根如何燒法，針葉樹如何朝一定的方向砍倒。如此這般之下，這些人對青年逐漸地信服，青年也恢復了信心。他後來和開拓民的女兒結婚，生了三個孩子，並取了日本名字，他已經不再是「月之圓缺」。

儘管愛奴青年如此奮鬥，但開拓民們的生活依然是極嚴酷的。八月裏才好不容易把每個家庭的小屋都蓋齊了，但因爲只是用不整齊的縱剖原木堆積起來的程度而已，因此冬天的風雪便毫不容情地吹進來。早晨起床時，枕頭邊積雪達一尺高也並不怎麼稀奇。而棉被多半一家只有一條，男人們便升起柴火，在火前捲個草蓆睡。手邊的食物吃光後，他們就捕捉河裏的魚，或挖開雪，尋找已經變黑的蕨類來吃。那年冬天雖然特別嚴寒。但是沒有一個人死去。既沒有爭執，也沒有哭泣。唯有與生俱來的貧窮是他們唯一的武器。

春天來了。兩個嬰兒出生，部落的人口變成二十一個人。孕婦在生產前的兩個鐘頭還在野地裏工作，生完第二天就又到田裏幹活了，新開墾的田地裏種了玉蜀黍和馬鈴薯，男人們伐木、燒根，開墾荒地。生命在地表探出頭來，結出幼嫩的果實，當人人剛剛鬆下一口氣時，一大羣的蝗蟲飛來了。

大羣的蝗蟲翻山越嶺而來，剛開始，看起來像是一大塊巨大的烏雲。其次接著傳來一陣轟隆隆的地鳴。到底發生了什麼事？誰也不知道、只有愛奴青年知道。他命令男人們在田裏到處燒起火來。把所有的家具，澆上所有的石油，點起火來。並叫女人們拿起鍋子用研磨棒用力敲打。他做了一切可能做的事（正如後來每個人都一致如此承認）。然而一切還是徒勞無功。幾十萬隻蝗蟲降落田裏，把農作物隨心所欲地吃個精光。蝗蟲過後什麼也沒剩下。

蝗蟲走掉之後，青年跪在田裏痛哭。農民們沒有人哭。他們把死掉的蝗蟲堆在一起燒，燒完之後立刻着手繼續開墾。

他們還是靠著吃河魚、蕨類度過冬天。然後春天來的時候，又生了三個小孩。他們在田裏種作物。夏天蝗蟲又來了。把作物連根吃掉，這次愛奴青年沒有哭。

蝗蟲的來襲終於在第三年停止了。漫長的雨水把蝗蟲的卵泡腐了。然而同時也因爲雨季過長，作物也泡爛了。接下來的一年金龜子異常多，再下來的一年夏天則非常冷。

我讀到這裏，把書合起來，又喝了一罐啤酒。從包包裏拿出魚子便當來吃。

她在對面的位子上雙手交叉抱在胸前睡覺。從窗外照進來的秋天早晨的陽光，在她膝頭輕輕罩上一層薄薄的光。不知從什麼地方飛進來的小蛾，像被風吹動的紙片一樣輕飄飄地飛著。小蛾最後終於停在她的乳房上，在那裏休息了一會兒，又不知道飛到什麼地方去了。小蛾飛走之後，她看起來似乎老了一點點。

我抽了一根煙之後，把書翻開，開始繼續讀《十二瀧町之歷史》。

進入第六年之後，開拓村才好不容易開始現出一點生機，農作物結了果實，小屋改良過了，人們也逐漸習慣寒冷地方的生活。原本小屋改建成木板整齊搭建的房子。爐竈搭建起來，洋鐵煤油提燈吊起來了。他們把僅有的少量剩餘作物、魚乾和鹿角堆在船上，花兩天工夫運到別的村子，去換錢買些鹽、衣服和酒。有幾個人學會了用開墾時砍掉的樹燒成木炭。河川下游也形成了幾個類似的村落，他們之間開始互相交流。

隨著開拓的進展，人手不足成了嚴重的問題。村民召開會議，經過兩天熱烈的議論之後，決定從故鄉找幾個後繼者來。問題是貸款還沒還，悄悄寫信回去打聽之後，從回信得知債主已經不再追究。於是年紀最大的農民便寫信給村子裏幾個昔日的朋友，邀他們一起來開墾。明治二十一年，實施戶籍調查，根據官方人員記載，也就是和村子被取名爲十二瀧部落的同一年。

第二年，六個家族，一行十九人來到這新開拓民的部落。他們被迎進修補過的共同小屋，每個人流著眼淚慶幸重相逢的喜悅。新住民都分配到一些土地，並在先住民的協助之下開闢田園，興建住宅。

明治二十五年，又來了四個家族，十六口人。明治二十九年來了七個家族，二十四口人。

就這樣居民繼續增加，共同小屋擴建成氣派的集會所，旁邊還蓋起了神社。十二瀧部落改名爲十二瀧村。人們的主食依然還是小米飯，偶爾才混雜一些白米。漸漸的不定期地也可以看到郵差出現了。

當然並不是沒有不愉快的事發生。官員偶爾會出現，來徵收稅捐和徵兵。對這件事覺得最不高興的，要算是愛奴青年了（他那時候已經三十五歲左右了）。他無論如何也無法理解納稅和服兵役的必要性。

「我總覺得還是以前比較好。」他說。

雖然如此，村子還是繼續發展下去。

明治三十五年，他們發現村子附近的台地非常適合做牧草地，於是就把它當做村營綿羊牧場。道廳（北海道政府）派員來指導柵欄的做法、引水的方法、牧舍的建築等，接著並派囚犯工人沿河修路，最後羊羣終於沿著這條路來了，政府以幾乎等於免費的價錢賣給他們，農民們完全摸不清楚政府爲什麼要對他們這麼好，很多人認爲因爲他們這些年吃了太多苦，偶爾也該有一點好處發生吧。

當然政府並不是因爲出於好心而給農民羊的。而是軍部爲了進軍大陸，預先儲備自給自足的防寒用羊毛，因此而催促政府，政府再命令農商務省擴大綿羊飼養，而農商務省再對道廳施加壓力。因爲日俄戰爭正逐漸逼近。

村子裏對綿羊最感興趣的就是那位愛奴青年。他跟著道廳的官員學習綿羊飼養法，而成爲牧場負責人。他不知道爲什麼對綿羊這麼感興趣。或許因爲他不習慣村子裏隨著人口增加而急速開始混亂的團體生活吧。

來到牧場的有三十六頭的 Southdowns 羊、二十一頭 Shropshires 羊，還有兩隻 Border collies 犬。愛奴青年立刻變成一個能幹的牧羊人。羊和犬每年繼續繁殖。他打內心裏愛上這些羊和犬。官員們都很滿意。小狗們都長成優秀的牧羊犬而被各地的牧場分別收養。

日俄戰爭開始之後，村子裏有五個年輕人被徵兵，送到中國大陸的前線去。他們五個人雖然都進入同一個部隊，但由於一次小型山丘爭奪戰時，部隊的右翼被敵人的手榴彈攻擊而衝散，兩個死了，一個失掉左手腕。戰鬥在三天後結束、剩下的兩個人收集戰死同鄉四分五裂的屍骨。他們都是第一期和第二期移民們的孩子。戰死者之一就是後來成爲牧羊人的愛奴青年的長子。他們都是穿著羊毛軍用外套死去的。

「爲什麼要跑到遙遠的外國去打仗呢？」愛奴牧羊人逢人便這樣問。那時候他已經四十五歲了。

誰都回答不了他的問題，愛奴牧羊人於是離開村子，整天躱在牧場裏和羊羣一起作息。他妻子已經在五年前得了肺炎死去，留下的兩個女兒也已經出嫁。村子裏爲了報答他對羊的照顧而給了他一些薪俸和食糧。

自從兒子死了之後，他完全變成一個脾氣古怪的老人，六十二歲時死去。幫忙照顧羊羣的一個少年，在一個冬天的早晨，發現他躺在牧舍地上的屍體。是凍死的。兩隻相當於第一代牧羊犬的孫子的 Border collies 犬，守在他屍體兩旁，以絕望的眼神，鼻子哼哼地呻吟著。羊羣們什麼也不知道，正在吃著舖滿柵欄裏的牧草。羊羣們牙齒磨擦的咔噠咔噠聲，在安靜的牧舍中聽起來彷彿響板的合奏似的。

雖然十二瀧村的歷史依然繼續下去，但對愛奴青年來說的歷史就在這裏結束了。我站在廁所解了兩罐啤酒量的小便。回到座位一看，她已經醒了，正出神地望著窗外的風景。窗外水田無止境地延伸出去。偶爾可以看到儲存糧草的倉庫。河川近了，又遠去。我一面抽著煙，一面望著風景，和正在眺望那樣的風景的她的側面。有好一陣子她一句話也沒說。我抽完煙，重新回到書本。鐵橋的影子在書上閃閃搖晃著。

變成老牧羊人而死去的薄命的愛奴青年的故事結束之後，歷史變得枯燥乏味，有一年由於鼓脹症死了十隻羊，除了因爲受到冷害稻作一時受到打擊之外，村子依然順利地繼續發展下去，大正時代昇格爲町。町變得富裕了，各項設施也就更完善了，建了小學、成立了町辦事處、還設了郵局的支局。北海道的開拓幾乎已經終結了。

耕地已經達到極限，零星農民的孩子之中甚至開始有人到滿州和庫頁島去尋找新天地。昭和十二年中也有一項關於羊博士的報導。曾經以農林省的技官身份到朝鮮和滿州累積了豐富的研究經驗——他（三十二歲）因故退職，到十二瀧町北方山上一個盆地開設綿羊牧場。有關羊博士的報導，前前後後只有這樣而已。這本書的作者，鄉土史學家在進入昭和之後，似乎也對村子的歷史感到相當無趣吧。記述變得片段而形式化。文體也比在描述愛奴青年時，大爲失色。

我跳過從昭和十三年到四十年之間的三十一年，決定讀「現在的町」這一項。然而這本書所考慮的「現在」指的是一九七〇年，並不是眞正的現在。眞正的現在是一九七八年十月。不過從寫一個町的通史來說，畢竟有必要在最後提到「現在」。就算那現在會立刻喪失其現在性，但誰也不能否定現在就是現在的事實。如果放棄現在就是現在的事實，那麼歷史也就不成其爲歷史了。

根據《十二瀧町之歷史》記載，一九六九年四月的時點，町裏人口爲一萬五千人，比十年前少了六千人，減少的部分幾乎全是離農者。除了經濟高度成長下產業結構的變化之外，加上寒冷地農業這一北海道所具有的特殊性，使離農率呈現異常高的比率。

那麼他們所離去的農地變成什麼樣了呢？變成了林地。曾祖父們流盡血汗，砍倒樹林所開墾出來的土地，又由他們的子孫們再度種上了樹木。眞是不可思議的事。

就這樣，現在的十二瀧町主要產業是林業和木材加工業。町裏有幾個小型製材工廠，人們在那裏製作電視的木框、鏡台、禮品用的熊雕和玩偶。過去的共同小屋，現在變成開拓資料館，在裏面展示一些當時的農具、餐具等。也有一些日俄戰爭時戰死的村裏青年的遺物。還有留著北海道熊齒型的便當盒。詢問故鄉村落有關貸款消息的信件。

不過說眞的，現在的十二瀧町是極無聊的地方，大部分的村民工作回家之後，一個人平均看四小時電視然後就睡覺。雖然投票率相當高，不過當選的人都是預先都知道的。町的標語是「豐富的自然中豐富的人性」。至少車站前面是立了一塊那樣的看板。

我合上書之後，打了一個呵欠，然後睡覺。

2　十二瀧町的再度衰落和羊羣

我們在旭川轉車，朝北方前進越過了鹽狩山。幾乎和九十八年前愛奴青年和十八個貧窮農民們曾經跋涉過的同一條路。

秋天的日照將原生林的遺跡和紅得像火在燃燒一般的七竈樹紅葉清晰地映照出來。空氣清澈到極點。一直眺望著好像眼睛都要痛起來了似的。

列車剛開始是空空的，不過從途中開始上來一些通學的高中男生女生，擠得變成客滿。他們嘈雜的聲音、歡笑的聲音、頭皮的氣息，莫名其妙的對話和無處宣洩的性的欲望充滿了車廂。這樣的狀態大約持續三十分鐘之後，他們又在某一個車站一瞬間就消失了。然後列車再度變成空空的，連一句話的聲音都聽不見。

我和她一面各自咬著平分一半的巧克力，各自望著外面的風景。光線安靜地降落在地面。簡直像用望遠鏡從反方向看進來時似的，覺得各種東西都變得好遠。她有一陣子小聲地用沙啞的口哨吹著「Johnny B. Goode」的旋律。我們從來沒有過這樣長久一直沈默著。

我們走下列車時是十二點過後。一站到月台上，我就盡情伸展全身並做了深呼吸。空氣澄清得肺好像要縮上來似的。陽光溫暖地照在皮膚上感覺好舒服。然而氣溫確實比札幌低了兩度。

沿著鐵道排列著幾幢紅磚瓦建造的老舊倉庫，那旁邊堆積著一些直徑有三公尺的粗大圓木，堆得像金字塔一樣，吸滿了昨夜的雨，染成了黑色。我們所搭的列車開出去之後，就再也看不到人影，只有花壇裏的萬壽菊被冷風吹得直搖動。

從月台上所能看見的街容，正是一個典型的小規模地方都市。有小型的百貨公司，有一條雜亂無章的主要街道，只有十條路線的巴士站，有一個觀光服務處。看起來好像沒什麼趣味的地方。

「這就是目的地嗎？」她問。

「不，不是。在這裏還要換一趟車。我們的目的地比這裏還要小得多。」

我打了一個呵欠，又再深呼吸一次。

「這裏就是所謂的中繼地點。最初的開拓者就是從這裏改變方向朝東走去的。」

「什麼最初的開拓者？」

我在候車室一個沒點火的暖爐前坐下，趁著下一班車還沒來以前，把十二瀧町的歷史大概說給她聽。因爲年號變得有點麻煩，所以我根據《十二瀧町之歷史》的卷末資料，在筆記本的空白頁做了一個簡單的年表。筆記左邊寫出十二瀧町的歷史，右邊寫出日本史上發生的主要大事。變成一張相當可觀的歷史年表。

例如一九〇五年／明治三十八年旅順開城，愛奴青年的兒子戰死。根據我的記憶，那也是羊博士出生的那年。歷史逐漸在某些地方串連起來。

「這麼看起來，日本人好像是活在戰爭的夾縫裏似的。」她一面左右對照地望著年表一面說。

「好像是噢。」我說。

「爲什麼會變成這樣呢？」

「有點複雜。眞是一言難盡。」

「哦？」

候車室就像大部分的候車室一樣，空蕩蕩的沒什麼味道也沒什麼特色。椅子難坐得要命，煙灰缸塞滿吸了水的煙蒂，空氣沈澱著。牆上掛著幾張觀光地的海報和指名負責人的名單。除了我們之外，只有一位穿著駱駝色毛衣的老人和牽著四歲左右男孩的媽媽而已。老人一度決定姿勢之後，便再也不動一下地專心看著小說雜誌。好像在撕繃帶一樣地翻著書頁，翻過一頁之後到翻下一頁爲止大概要花十五分鐘。那對母子看起來則像一對倦怠期的夫婦一樣。

「結果大家都很窮，其實如果順利一點的話，我覺得應該可以脫離貧窮的。」我說。

「像十二瀧町的人一樣？」

「對。所以大家拼命瘋狂地耕種，不過大部分的開拓者到死都還是貧窮的。」

「爲什麼？」

「因爲土地的關係呀。北海道是一塊寒冷的大地，幾年總有一次冷害，作物無法收成時，連自己吃的東西都沒有，既然沒有收入也就不能買石油，不能買第二年所需要的種苗。所以就拿土地去抵押借高利貸。可是這地方的農業生產力又沒有高得能夠付得起那利息，最後土地就被拿走了。因此很多農民就這樣淪落變成佃農。」

我嘩哩叭啦地翻著《十二瀧町之歷史》。

「昭和五年十二瀧町的自耕農佔人口的比率下降到百分之四十六。因爲昭和初年不景氣和冷害接二連三地發生。」

「辛辛苦苦開拓的土地，耕作的農田，終於逃不過貸款的刼數。」

☞

因爲還有四十幾分，於是她就一個人到街上去逛。我留在候車室一面喝著可樂，一面打開讀了一半的書，試著看十分鐘又作罷，把書放回口袋。腦子裏什麼也沒有。我的腦子裏有十二瀧町的羊羣，把我送進去的活字一面發出咔噠咔噠的聲音，一面一一吃個精光。我閉上眼睛嘆了一口氣。通過的貨車發出一聲汽笛聲。

☞

開車十分鐘之前，她買了一袋蘋果回來，我們把它當午餐吃了之後就上車。

列車簡直接近報廢的地步。地板從軟的部分開始磨損成波浪狀。走在通道上身體會左右搖晃。座位的絨毛幾乎已經消失了，椅墊子像一個月前的麵包一樣。厠所和油的氣味混成宿命性的空氣支配著整個車廂內。我花了十分鐘把車窗推上去，暫時讓外面的空氣流進來，但列車一開出之後，就有細砂飛進來，因此我又花了和打開時同樣的時間，再把車窗關上。

列車是由兩輛組成的，一共載了大約十五個乘客。而且全體都被漠不關心和倦怠的粗壯繩索緊緊絆在一起。穿駱駝色毛衣的老人還在繼續讀著雜誌。從他讀書速度看來，就算讀的是三個月前的月號也不奇怪。發胖的中年女人就像正在專心聽著史克里亞賓(Scriabin)的鋼琴奏鳴曲的音樂評論家一樣的表情，眼睛一直盯著空中的一點。我悄悄沿著她的視線追尋，然而空中什麼也沒有。

孩子們也都很安靜。誰也不吵，誰也不亂跑，連外面的風景都不看。只有某一個人偶爾發出像用火筷子敲木乃伊所發出的乾乾的聲音一樣的咳嗽。

列車每在一站停下來，就有人下車。有人下車時，車掌就一起下去收車票，車掌上車後，車子又開出，即使不蒙面已經很夠像銀行強盜的無表情車掌，沒有一個新乘客上車。

窗外河流繼續延伸，河裏滙集了雨水混濁成茶色。在秋天的陽光下看起來像是閃閃發光的咖啡加牛奶的下水道一樣。沿著河流有一條柏油路忽隱忽現。偶爾可以看見堆滿木材的巨大卡車朝西邊駛去。整體來說交通量極爲稀少。沿著道路排列的廣告板，朝向空蕩蕩的空白繼續發出漫無目的的信息。我爲了打發無聊的時間，便逐一望著每一片出現眼前的時髦而充滿都市味道的廣告板。在那上面艷陽下比基尼泳裝女郎正喝著可口可樂，中年性格演員皺起額頭紋正拿著蘇格蘭威士忌的玻璃杯在喝酒，潛水手錶正濺起猛烈的水花，花了多得可怕的錢裝潢的豪華房間裏，模特兒正在塗著指甲油。以廣告產業爲名的新開拓者們，似乎正在巧妙地切開這塊大地。

列車到達終點十二瀧町車站時是二點四十分。我們兩個都不知在什麼時候已經沈沈睡著，而沒聽見入站時的站名廣播。柴油引擎像擠出最後一口氣似地排出之後，完全的沈默便降臨了。讓皮膚感到刺痛似的沈默使我醒了過來。注意之下，車子裏除了我們之外已經沒有其他乘客的影子。

我匆匆忙忙從網架上把兩個人的行李搬下來，並敲了幾次她的肩膀，把她叫醒，下了車。吹過月台的風已經冷得令人想起秋天的結束。太陽早已滑下天空，而讓黑黑的山影像宿命的皺紋似的爬在地面。不同方向的山稜波線在眼前的街道合流，像要護著火柴焰火免得被風吹熄般弓起手掌一般，把街道整個包住了。而細長的月台則簡直就是一艘正要衝向聳立的巨大波浪中的瘦弱小船一般。

我們呆住了，一時望著那樣的風景不動。

「羊博士從前的牧場在那裏？」她問。

「在山上。開車還要三個鐘頭。」

「現在立刻去嗎？」

「不。」我說。「現在就去的話半夜才會到。今天先找個地方住，明天早上出發。」

車站正面有一個空蕩蕩沒什麼人的小圓環。計程車上車處沒有計程車的影子，圓環正中央一個鳥形的噴水池卻沒有水。鳥張著嘴巴也不怎麼樣，只是無表情地仰望著天空。噴水池周圍繞著一圈萬壽菊的花壇。一眼就可以看出這個地方比十年前沒落多了。街上幾乎看不見人，偶爾迎面走過的人們，臉上都露出住在沒落地方特有的沒著落的表情。

圓環左手邊排列著半打靠鐵道運輸時代所建起來的老舊倉庫。古老的紅磚砌造、屋頂很高，鐵門重漆多次之後，已經放棄不管了。倉庫的屋頂上排著一排巨大的烏鴉，無言地俯視著街道。倉庫旁的空地上，高高的麒麟草長得像茂密的森林一樣。那正中央有兩部舊汽車丟在那裏隨便讓日曬雨淋。兩部都沒有輪胎，車蓋打開著，內臟被拖出來。

一個像是已經關閉的溜冰場一樣的圓形廣場上，立著這個町的指示地圖，大部分的文字幾乎都被風雨摧殘得無法判讀出來了。能夠讀得出來的只有「十二瀧町」的文字和「大規模稻作北限地」的句子。

圓環正面有一條小商店街。商店街和大體一般的商店街類似相同，只是通路特別的寬，使得這地方的印象更加寒冷。雖然寬濶的道路兩旁種的七竈樹葉正染成鮮明的紅葉，然而寒冷的感受並沒有稍減。這些生物和地方的命運無關，卻各自恣意地享受著生命的樂趣。只有住在這裏的人們和他們微不足道的日常營生，在寒冷中被整個吞沒了。

我背著背包一直走到大約有五百公尺的商店街盡頭，尋找旅館。但沒有旅館。商店有三分之一的鐵捲門是關閉著的。鐘錶店前面的看板脫落了一半，被風吹得啪答啪答響。

商店街忽然中斷的地方，有一個雜草漫生的停車場，奶油色的Honda／Fairlady和紅色Toyota／Celica。兩部都是新車。雖然感覺有點奇怪，不過那無表情的新，和空蕩蕩鄉鎮氛圍並不覺得不合。

商店街再過去幾乎什麼也沒有了，寬濶的街道變成和緩的坡道一直下到河邊，遇到河的地方，路變成T字形往左右分出去。坡道兩邊排列著小小的木造平房。庭園的樹帶著灰塵的顏色向天空伸出虬結的枝椏。每一棵樹都有某種奇妙的枝椏伸出的方法，每一家玄關都裝有很大的石油桶和一式的牛乳箱。每一家屋頂都立著高得驚人的電視天線。電視天線像要向這村子背後聳立的山嶺挑戰似地，朝空中張牙舞爪地伸出那銀色的觸手。

「好像沒有旅館嘛！」她似乎很擔心地說。

「沒問題。任何地方都一定有旅館的。」

我們退回車站，向車站職員打聽旅館的所在地。兩個年齡差別像父子一樣的職員好像快要無聊死了似的，非常親切有禮地詳細說明旅館的所在地點。

「旅館有兩家。」上了年紀的說。「一家比較貴一點，一家比較便宜。貴的是道廳的大人物來的時候，或正式宴會時使用的。」

「餐點相當好噢。」年輕的說。

「另一家是往來商人，或年輕人，唉，反正是普通人住的。外觀看起來是差一點，不過倒不至於不乾淨，洗澡堂相當不錯噢。」

「可是牆壁薄一點。」年輕的說。

然後兩個人繼續不斷地爲牆壁的厚薄議論不停。

「我們選擇貴的。」我說。信封裏的錢還剩下相當不少，而且也沒有任何必須節省的理由。年輕的職員撕下一張便條紙，幫我們畫出旅館的路線圖。

「謝謝。」我說。「不過跟十年前比起來，這裏好像冷清多了啊。」

「嗯，是啊。」年紀大的說。「現在木材工廠只剩一家，既沒有其他什麼像樣的產業，農業也縮減了，連人口都減少了呢。」

「甚至學校都沒辦法適當的編班。」年輕的補充道。

「人口大概有多少？」

「說是大約七千，其實還不到。我想大概五千左右吧。」年輕的說。

「這條路線哪，先生！說不定那一天就不見了。因爲這是全國第三名的赤字路線。」年紀大的說。

我很驚訝居然還有兩條路線比這條更沒落的，不過我道過謝之後便離開了車站。

旅館從商店街盡頭的坡道往下走，向右轉大約走三百公尺左右，就在河邊上。是一家感覺不錯的老旅館，還殘留著鎮上還熱鬧時候的影子。面向著河流，精心整理的庭園相當寬濶，角落裏有一隻小狼犬正把臉埋進餐具裏吃著過早的晚餐。

「來登山的嗎？」帶我們到房間的女服務生問道。

「是來登山的。」我簡單說。

二樓只有兩個房間。相當寬的房間，走出走廊就可以俯視和在火車上看到一樣的咖啡加牛奶色的河川。因爲她說想要洗個澡，於是我決定趁那時間一個人到町役場（鄉公所）去看一看。町役場雖然位於和商店街隔兩條街的西邊一條空曠的路上，不過建築物卻遠比想像中新而且像樣。

我在町役場的畜產課窗口把兩年前還是個半吊子自由作家時所用過的印有雜誌名稱的名片拿出來，表明想要請教有關綿羊飼養方面的問題。雖然說女性週刊雜誌要採訪報導有關綿羊的事，實在有點奇怪，不過對方倒是立刻答應並讓我進到裏面去。

「町裏現在有兩百多頭綿羊，全部都是Suffulks。也就是說食肉用的。肉賣到附近的旅館和餐廳，評價非常好。」

我拿出手册大概記了點筆記。我猜他接下來的幾個星期可能會繼續買這本女性週刊吧。想到這裏心情暗淡下來。

「是爲了食譜報導嗎？」一直爲我講述綿羊的飼養狀況之後對方問道。

「也有啦。」我說。「不過我們的主題其實是偏向於捕捉羊的全體像。」

「全體像？」

「也就是性格、生態之類的。」

「哦？」對方說。

我合起筆記手册，喝了送來的茶。「我聽說山上有一個老牧場。」

「嗯，有啊。到戰前爲止還是一個很像樣的牧場，戰後被美軍接收，現在已經不經營了。美軍還回來之後，不知道什麼地方的有錢人買下來當別墅使用，不過因爲交通實在很不方便，所以漸漸的就沒人來了，變成和空屋一樣。所以町裏就向他們租，其實如果乾脆買下來當做觀光牧場也不錯的，只是貧窮的町也沒這能力。何況首先就必須先把道路整理過。」

「租？」

「夏天町裏的綿羊牧場有五十頭左右趕到山上去。以牧場來說，倒是個相當不錯的牧場，因爲光是町營的牧草地草還不夠。然後九月的後半段，天氣開始變壞之後，再把羊羣趕回來。」

「那些羊在山上的時期可以確定嗎？」

「每年多少有點變動，不過大概是在五月初到九月中左右。」

「有幾個人帶羊上山？」

「一個。這十年來同一個人繼續做著這件事。」

「我想見見這個人。」

職員爲我撥了一通電話到綿羊飼養場。

「你現在過去的話可以見到他。」他說。「我開車送你去。」

我剛開始說不用，後來問淸楚之後，才知道除了讓人開車送之外就沒有其他辦法可以到飼養場。町裏旣沒有計程車也沒有出租汽車，而走路要花一個半鐘頭。

職員駕駛的輕型汽車經過旅館前面向西進行。穿過一條很長的水泥橋，走過冷冷的潮溼地帶，開上一條上山的和緩坡道。輪胎捲起的砂石發出啪吱啪吱乾乾的聲音。

「從東京過來的人看起來，這裏好像個死掉的鄉鎭吧？」他說。

我含糊地回答。

「不過實際上是正在死去中噢。鐵路還通的話還好，如果不通以後大概就眞的要死去了。一個地方死去，好像很奇怪，人死可以理解，可是一個地方死去實在有點那個。」

「死去以後會怎麼樣呢？」

「是啊，會怎樣呢？誰也不知道。在還不知道的時候，大家就紛紛逃出去。如果町民以千人來除的話——這也很有可能——因爲我們的工作機會已經幾乎都消失了，或許我們也應該逃出去吧。」

我請他抽煙，用刻有羊的圖紋的 Dupont 打火機點火。

「到札幌去還有好的工作噢。我叔叔在開印刷廠，還人手不夠，因爲是以學校爲主要工作對象，所以經營還算安定。其實去幫他的忙是最好的辦法，總比在這樣的地方數羊和牛的出貨頭數要好得多吧。」

「是啊。」我說。

「不過一想到要離開這裏，就不行了。你明白嗎？如果這地方眞的會死的話，我反而有一種很強烈的感覺，想要親眼看著那死的情形。」

「您是在這裏出生的嗎？」我試著問他。

「是啊。」他說。從此不再說話。色調陰鬱的太陽已經有三分之一沈到山後去了。

綿羊飼養場入口立了兩根柱子，柱子之間橫掛著一塊「十二瀧町營綿羊飼養場」的看板。從看板下穿過之後，有一條斜坡，斜坡路末端隱沒入紅葉的雜木林裏。

「穿過樹林就是牧舍，管理員的住處就在那裏面。回程怎麼辦？」

「因爲是下坡路我可以用走的。非常謝謝。」

看不見車子的影子之後，我穿過柱子中間，走上斜坡。被太陽最後的光線染黃的楓葉更添加了橘紅的色調。樹木都很高，斑斑點點的光影，在穿過樹林的砂石道上閃爍搖動著。

穿過樹林之後，可以看見山丘的斜坡上細長的牧舍，聞得到家畜的氣味。牧舍的屋頂是複式斜屋頂，貼著紅色鐵皮板，爲了通風設了三個煙囪。

牧舍入口有狗舍，一隻帶著頸鍊的小型牧羊犬一看見我就吠了兩三聲，眼神一副愛睡覺的樣子，上了年紀的狗，叫聲並沒有敵意。用手撫摸牠的脖子周圍之後，立刻乖順下來。狗舍前放著裝有狗食和水的黃色塑膠碗。我一放手，狗就滿足地回到狗舍裏，前腳整齊地並排伏在地上。

牧舍裏已經有些暗了，不見人的影子。中央有一條水泥砌的寬大通路，兩旁是關羊的柵欄。通路兩旁設有U形溝讓羊的小便和淸潔冲洗的水流出。貼了木板的牆壁有幾個地方裝了玻璃窗。從那裏看得見山的稜線。夕陽將右側的羊羣染紅，並把藍色陰沈的影子投在左側的羊羣上。

我一走進牧舍，兩百隻羊一起轉向我這邊。大約一半的羊站著，另外一半則坐在舖了枯草的地上。牠們的眼睛藍得幾乎不自然，看起來簡直就像臉的兩端湧出的小井一樣。這眼睛從正面受光時，便像義眼一樣閃著光。牠們一直靜靜地凝視我，沒有任何一隻羊動一下。有幾隻繼續咀嚼著嘴裏的枯草，發出咔噠咔噠的聲音。除此以外沒有任何聲音。雖然有幾隻正從柵欄內伸出頭來喝著水，但牠們停止了喝水，就以那樣的姿勢抬起頭來看著我。牠們看起來簡直就像以整個集團在思考似的，牠們的思考因爲我在門口站定而一時中斷。一切都停止了，誰都保留住判斷。當我又開始動起來時，牠們的思考作業也再度展開。被分爲八格的柵欄裏，羊羣再度開始動起來。聚集了母羊的柵欄裏，母羊都回到種羊周圍來，而只有公羊的柵欄裏，牠們一面後退一面分別採取了戒備的姿勢。只有好奇心強的幾隻並不離開柵欄，而一直不動地注視著我的移動。

這些羊的臉兩側水平地凸出黑色細長的耳朵上附有塑膠小薄片。有些羊附的是藍色薄片，有些羊附的是黃色薄色，有些羊附的是紅色薄片。他們背上也有用彩色馬克筆畫了很大記號的。

我爲了不去驚嚇牠們，儘量不發出聲音地慢慢走。而且裝成對羊不關心的樣子靠近柵欄邊，悄悄伸出手觸摸了一頭公羊。羊只是身體輕微顫抖了一下並沒有逃走。其他的羊疑心深重地一直注視著羊和我的姿勢。年輕的公羊簡直就像從全體羊羣悄悄伸出的不確實的觸手一樣，緊張地注視著我，身體綳得僵硬。

Suffolks這種羊不知道什麼地方有一種奇妙的氛圍。牠們渾身都是黑色，只有體毛是白色。耳朵大大的，像蛾的羽翅一般往橫向筆直伸出。在陰暗中閃著亮光的藍眼睛，和高高挺挺的長鼻樑，總覺得有點異國趣味。他們對於我的存在，既不拒絕也不接受，也就是只當做一時所出現的情景那樣地望著。有幾隻羊發出很大的聲音在小便。小便流過地上流進U字型凹槽，流過我腳下而過。太陽正預備沈沒到山後去。淺藍色的陰影像用水溶化了的藍墨水一樣覆蓋了山的斜面。

我走出牧舍又再摸一次牧羊犬的頭然後深呼吸，繞到牧舍後面去，走過一條架在小河上的木橋，往管理員住的地方走。管理員的家是一幢小巧的平房，旁邊有一間很大的儲存牧草和農具的倉庫。倉庫比住家大得多。

管理員正在倉庫旁一條寬一公尺、深一公尺左右的水泥溝旁堆放著消毒藥塑膠袋。他遠遠地瞄了一眼正在走近的我之後，就像並不怎麼關心地繼續著他的作業。我走到溝邊時，他才終於停下手，用捲在頭上的毛巾擦擦臉上的汗。

「明天決定要把羊全部消毒好。」男人說。然後從作業服的口袋裏掏出變得皺巴巴的香煙，用手指拉拉直點上火。「消毒液倒進這裏面，然後讓羊從一邊游到另一邊，要不然冬天會長滿身的蟲子。」

「一個人做嗎？」

「怎麼可能。有兩個幫手會來，加上我和狗一起做。狗最能幹。羊也最信任狗。如果得不到羊的信任，也就當不成牧羊犬了。」

男人雖然比我矮了大約五吋左右，但體格很結實強壯。年齡在四十五以上，剪得短短的粗硬頭髮，簡直像髮刷一樣筆直立起來。他把作業用的塑膠手套，像在剝一層皮似的從手指上拔下來。在腰的地方拍打兩下再塞進褲子的貼袋裏。看起來與其說是綿羊的飼養員，不如說更像新兵訓練的士官長。

「是不是想打聽什麼？」

「是啊。」

「你問吧。」

「這工作做很久了嗎?」

「十年。」男人說。「可以說長,也可以說不長。不過關於羊的事我都知道。以前我在自衛隊。」

他把毛巾掛在脖子上抬頭看天空。

「冬天也一直住在這裏嗎?」

「嗯。」男人說。「是啊。」乾咳一聲。「也沒別的地方可去。而且冬天還有很多雜事要做。這一帶積雪將近兩公尺,要不去管它屋頂倒下來會壓死羊的。而且也要餵飼料,打掃牧舍,忙東忙西的。」

「然後夏天到了,就帶著一半羊羣上山去。」

「是啊。」

「帶著羊走路是不是很難?」

「簡單哪。人類自古以來都這樣做啊。養羊在一個固定的放牧場養還是最近的事呢。在那之前,都是整年帶著羊到處旅行的。十六世紀西班牙全國到處都遍佈著只有趕羊的才能走的路,連國王都進不去呢。」

男人在地上吐一口痰,用作業鞋底踩擦。

「總之羊只要不受驚,是很乖順的動物。牠們會跟著狗的後面默不作聲的一直走。」

我從口袋裏拿出老鼠寄來的照片交給男人。「這是山上的牧場吧。」

「對。」男人說。「不錯。羊也是我們這裏的羊。」

「這頭呢?」我用原子筆尖指著背上有星星記號的矮胖羊。

男人盯著照片看了一會兒。「這頭不是。不是我們的羊。可是奇怪了。不可能雜進去呀。周圍都有鐵絲網，而且我每天早晚都會一頭一頭清點檢查過啊，如果有什麼奇怪的東西混進來，狗也會發現，羊也會騷動。何況這種羊我這輩子都沒看過呢。」

「今年從五月趕羊上山到回來爲止，都沒發生什麼嗎？」

「什麼也沒發生。」男人說。「平安無事。」

「您一個人在山上過一個夏天嗎？」

「不是一個人。町裏的職員兩天會來一次，也有官員會來視察，我每星期下山一次。有代理人會照顧羊。而且也必須補充食品、雜貨之類的。」

「那麼也不是一個人隱居在上面囉？」

「那當然。只要不積雪，吉普車只要一個半鐘頭就可以到牧場，就像散步一樣。不過只要一積雪車子就派不上用場了，那才眞叫做冬隱呢。」

「現在山上沒有人嗎？」

「除了別墅主人之外。」

「別墅的主人？我聽說別墅已經一直沒用了啊？」

管理員把香煙丟在地上，用鞋子踏熄。「是一直沒用了。不過現在有人在用。如果想要用隨時都能用。房子的整理工作都是我在負責的，水、電、瓦斯、電話都能用，玻璃窗也沒有一片是破的。」

「町役場的人跟我說那裏沒有人住呢。」

「他們不知道的事才多呢，我除了町上的工作之外，還私下受屋主雇用。這些你就不要對外說，因爲屋主不要我說的。」

他想從作業服口袋拿出香煙，可是煙盒裏是空的。我把抽了一半的 Larks 煙盒和一張摺成一半的萬圓鈔票交給他。男人看了一下收起來。把一根煙含在嘴上，剩下的塞進胸前口袋。「不好意思。」

「那麼，屋主是什麼時候來的。」

「春天。雪還沒開始溶化，所以應該是三月。大概已經五年沒來了。爲什麼今年又來了，我不清楚，不過那是屋主的自由，我們沒什麼話可說。因爲他要我別告訴任何人，所以我想可能有什麼原因。總之從此以後就一直在上面。食品和燃料是我悄悄買了，再用吉普車一點一點送上去，有了那些存貨，還可以再過一年的。」

「那個人是不是跟我差不多年紀，留了鬍子的？」

「對。」管理員說。「沒錯。」

「太好了。」我說。照片也不用給他看了。

3　十二瀧町之夜

和管理員的交涉，由於給了錢所以進行得眞是順利。管理員決定第二天早晨八點到旅館來接我們，然後送我們到山上的牧場。

「這樣好了，羊的消毒下午做還來得及。」管理員說。眞是乾脆而現實。

「不過我有一點擔心。」他說。「昨天那場雨之後，地盤有點不穩，有一個地方可能過不去。到時候，你們可能要下來走，這可不是因為我噢。」

「沒關係。」我說。

我一面走在回程的山路上，一面好不容易終於想起老鼠的父親在北海道擁有別墅的事。從前，老鼠曾經告訴過我幾次。在山上，一個寬闊的草原，老舊的兩層樓房。我總是要在很久以後才會想起重要的事。第一次收到信的時候，就該立刻想起來的事。如果一開始就能想起來的話，早就可以查出來了。

我一面對自己感到懊惱，一面有氣無力地走過逐漸變黑的山路回到町上。在一個半小時裡只遇到三輛車子。兩輛是裝滿木材的大型卡車，一輛是小型卡車。三輛都往山下走，可是沒有誰開口問我要不要搭車。不過這樣對我來說反而好。

回到旅館已經七點過了，四周全都黑。一直冷到骨髓裡去了。小牧羊犬從狗屋伸出頭來，朝我哼哼地用鼻子叫兩聲。她穿著牛仔褲和我的圓領毛衣，在入口附近的遊戲室入神地玩著電視遊樂器。遊戲室好像是從舊客廳改的，還留有相當氣派的壁爐面飾。是可以眞正燒柴的壁爐。屋子裡有四部電視遊樂器和兩部彈珠玩具，不過彈珠玩具已經是舊得幾乎沒辦法碰的西班牙製便宜貨。

「肚子都快餓死了。」她好像已經等得受不了似的說。

我點過吃的東西之後就去沖了個澡，擦乾身體時，順便量了一下好久沒量的體重。六十公斤，和十年前一樣。側腹部開始正在長的贅肉，這一星期下來也完全消了下去。

回到房間晚餐已經準備好了。我夾了火鍋的菜，一面喝著啤酒，一面談起綿羊飼養場和從自衛隊退伍下來的管理員。她因爲沒看見羊而覺得遺憾。

「不過這麼一來好像終於已經來到終點之前了啊。」

「但願如此。」我說。

☜

我們看了電視上的希區考克電影之後，就鑽進棉被裡把燈熄了。走廊的鐘敲了十一下。

「明天要早起。」我說。

沒有回答。她已經發出規律的鼻息。我把旅行鬧鐘的時間設定好，在月光下抽了一根煙。除了河水的聲音之外什麼都聽不到。整個町似乎都睡著了。

因爲一整天都在移動，所以身體已經疲倦極了，但意識卻很亢奮，怎麼也睡不著。煩人的雜音一直黏在腦子裡。

在安靜的黑暗中一直屏息著，我的周圍町上的風景正在溶解。房屋一一腐朽，鐵路失去原來的形跡生了鏽，耕地雜草茂盛地蔓生。就這樣城鎮結束了百年短暫的歷史，沈沒到大地之中。簡直像影片逆轉一樣，時間倒退著。大地出現了蝦夷鹿和熊和狼，大羣的蝗蟲黑壓壓地覆蓋了天空，箭竹像海浪般被秋風吹動翻滾著，蒼鬱的針葉樹林遮蔽了太陽。

於是在人們喪失了一切營生之後，只剩下羊羣。在黑暗中牠們的瞳孔閃閃發光，一直注視著我。牠們什麼也沒說，什麼也沒想，只是注視著我。數以萬計的羊。咔噠咔噠咔噠的平板齒音覆蓋了大地。

時鐘敲兩下時，羊羣才消失。

於是我睡著了。

4 繞過不祥的彎路

一個昏暗陰雲而有點冷的早晨。我想到在這樣的日子裡羊羣要被趕進冷冷的消毒液裡游泳，就覺得很同情。或許羊羣對於寒冷並不怎麼覺得苦，應該是不覺得苦吧。

北海道短暫的秋天即將結束了。厚厚的灰色的雲，正孕育著雪的預感。由於從東京的九月一下跳進北海道的十月，因此我的一九七八年的秋季好像幾乎完全喪失了。只有秋天的開始和秋天的結束，而沒有秋天的中心。

六點鐘醒過來，洗好臉，在等候早餐做好之前，我一個人坐在走廊望著河裡的流水。河水比昨天少了一些，混濁也完全消失了。河的對岸是寬闊的水田，眼睛所及一望無際都是結實累累的稻穗，被不規則的曉風描繪出奇妙的波浪線條。水泥橋上推土機正朝山上開。推土機拖啦拖啦拖啦的引擎聲隨風吹來，很久以後還小聲地響著。三隻烏鴉從已成紅葉的白樺林間出現，在河上轉了一圈之後停在欄杆上。停在欄杆上的烏鴉們看起來好像是出來看前衛劇的旁觀者一樣。不過當牠們對於這樣的角色覺得膩了之後，便依次離開了欄杆，朝河的上游飛去。

八點整綿羊管理員的舊吉普車就停在旅館前。吉普車是附有屋頂的箱型車，看來像是美軍處理掉的東西，引擎蓋旁邊還淡淡地留有自衛隊所屬的部隊名稱。

「很奇怪耶。」管理員一看見我就說。「昨天我爲了愼重起見，試著先打一通電話到山上，可是完全不通。」

我和她在後座坐下。車裡有一點輕微的汽油味。「你最後一次打電話是什麼時候？」我試著問他。

「這個嘛，是上個月。上個月的二十號左右。然後就一直沒聯絡。通常有事的話都是對方打來的。比方說採購單之類的。」

「電話鈴響不響？」

「噢，一點聲音都沒有。大概電話線在什麼地方被切斷了吧。下大雪的時候，有時候也會這樣。」

「可是沒下雪呀。」

管理員臉朝向車頂脖子咔啦咔啦地轉動著。「總之上去看看。去了就知道。」

我默默點頭。由於石油的氣味使我的頭昏昏的。

車子開過水泥橋，走和昨天一樣的路上山。通過綿羊飼養場前面時，我們三個人都望著那兩根柱子和看板。飼養場安安靜靜的。綿羊們是不是正瞪著那藍眼睛凝視著各自沈默的空間呢？

「下午開始要消毒嗎？」

「嗯，應該是。不過也並不那麼急。只要在下雪前做就可以了。」

「什麼時候會開始下雪呢？」

「就是下星期下也不奇怪喲。」管理員說。然後一隻手還放在方向盤上，臉朝下咳了一會兒。「積雪是進入十一月初以後。你清楚這一帶的冬天嗎？」

「不清楚。」我說。

「一旦開始積雪之後，就像水庫決堤一樣無邊無際地開始積雪。這麼一來一點辦法都沒有。只能躲在家裡，縮著脖子，這裡本來就不是人住的地方。」

「不過你不是一直住著嗎？」

「因爲我喜歡羊。羊是一種個性很好的動物。還會記得人的臉。唉！照顧羊的工作一年轉眼就過去了，就這樣一直團團轉著而已。秋天交尾、冬天平安過冬、春天生小羊、夏天放牧。小羊長大，同一年的秋天已經又可以交尾了。就這樣反覆重複著。羊每年更替，只有我年紀越來越大。年紀大了就更沒有勇氣離開町上了。」

「冬天羊做什麼呢？」她問。

管理員好像第一次發現她的存在似的。手放在方向盤上卻轉頭朝向這邊，把她的臉像要呑進去一般瞧著。柏油路是一直線的，對面也沒有車子的影子，因此應該沒事，雖然如此仍然令人冷汗直流。

「冬天裡羊就安靜地待在牧舍裡呀。」管理員終於面向前方之後這樣說。

「不會無聊嗎？」

「妳覺得自己的人生很無聊嗎？」

「不知道。」

「羊也差不多是這樣啊。」管理員說。「這種事想都沒想，想了也想不通。就吃吃乾草、小小便、彼此輕微地打打架，一面想著小孩一面過冬。」

山的坡度稍微變陡，而且路面也開始畫著巨大的S字形彎曲。田園式的風景逐漸消失，道路兩邊開始被懸崖絕壁似的高聳的陰暗原生林所支配。偶爾從樹林的間隙才看得見平原。

「一積雪這一帶就完全不能通車了。」管理員說：「不過也沒有必要就是了。」

「沒有滑雪場或登山活動嗎？」我試著問。

「沒有。什麼也沒有。因爲什麼也沒有觀光客也不來，所以町上就快要沒落了。昭和三十年代中期爲止，雖然還以寒冷地帶農業的模範城鎭而相當活躍過，可是在稻米生產過剩之後，誰都沒有興趣再在冰箱裡繼續搞什麼農業。本來就是這樣嘛。」

「那麼木材工廠呢？」

「因爲人手不足，所以都往比較方便的地方移了。町上雖然還有幾家小工廠，不過都不怎麼樣。在山上鋸好的木頭只路過町上就直接運往名寄或旭川。所以只有路修得很氣派，町卻逐漸衰退了。附有粗壯釘子防滑輪胎的大型卡車多半不怕雪。」

我無意識地把香煙叼在嘴上，又因石油氣味有點難受而把煙放回盒裡。於是決定從口袋拿出剩下的檸檬糖來含在嘴裡。檸檬的香味和汽油味在嘴裡混合在一起。

「羊也會打架噢？」她問。

「羊常常會打架噢。」管理員說。「雖然羣體行動的動物都這樣，不過在羊的社會裡每一頭都有牠們嚴格的順位。如果一個羊欄裡有五十頭羊，那麼就有第1號到第50號的羊。而且每一頭都對自己的位置認識得很清楚。」

「眞不得了。」她說。

「這樣我們也比較容易管理。只要拉住帶頭的羊，其他的都會默默的跟著來。」

「可是如果順位都決定了的話，那爲什麼還會打架呢?」

「如果有一頭羊受傷力氣減弱的話，順位就變不安定。底下的羊會想往上爬而挑戰。於是就有三天左右打打鬧鬧的。」

「眞可憐。」

「嗯，這不過是輪迴而已。被踢下來的羊，年輕時候也曾經把別人踢下去過。而且一旦被屠殺之後，就不再分什麼1號還是50號了。大家一起變烤肉。」

「哦。」她說。

「不過最可憐的，說什麼還是種羊，你們知道羊的回教閨房 harem 嗎?」

不知道，我們說。

「養羊最重要的事情是交尾的管理。因此公羊歸公羊，母羊歸母羊，分別隔離，在母羊圈裡只放進一頭公羊，通常都是最強的一號公羊。也就是爲了得到最優良的品種。然後大概一個月左右那件事完成之後，種羊再放回原來的公羊圈子裡。可是在那之間圈子裡已經有了新的順位。種羊因爲交尾的關係體重都已經減少了一半，因此打架自然也打不贏。然而其他的羊卻全體發動總競賽向牠挑戰。眞可憐。」

「羊是怎麼打架的？」

「頭跟頭互相衝撞，羊的額頭像鐵一樣硬，中間是空洞的噢。」

她沈默著好像在想什麼。或許正在想像羊以額頭互相打鬥的光景吧。

大約開了三十分鐘左右，柏油路突然消失，路寬也減成一半。兩側的陰暗原生林像巨大的波浪一般向車子猛然壓下來。空氣的溫度又下降了幾度。

路況非常糟糕，車子像地震計的針一樣上下搖動。放在腳下塑膠桶子裏的汽油開始發出不祥的聲音。簡直像頭蓋骨中的腦漿四處飛濺似的聲音。耳朵聽著頭就開始痛。

這樣的路繼續開了大約二十分到三十分左右。連手錶的指針都晃動得無法正確看清。這當中誰也沒說一句話。我緊緊抓住座位背後附的帶子，而她則緊緊抓住我的手臂，管理員專心集中精神在方向盤上。

「左邊。」過了一會兒管理員簡短地說。我摸不著頭緒地眼睛向道路左邊看。黑暗而陰森森的原生林之壁像從地面拔除似的消失，大地陷落到虛無之中。一個巨大的谷。視野壯闊極了。其中一點暖和的感覺都沒有。垂直切割的岩壁把所有生命的影子都從這裡除去，這還不夠，並朝周圍的風景吐出它不祥的氣息。

沿著谷走的道路前方，看得見一座有點奇怪的圓錐形滑溜溜的山。山的尖端簡直像被巨大的力量折彎了似的歪斜著。

管理員手握著咕啦咕啦搖晃的方向盤，用下顎指著那山的方向。

「我們要繞到那座山的背後。」

從谷底吹上來的沈重的風，將右手邊斜坡上茂密的草從下面往上撫動著。車窗玻璃被細沙吹打得發出啪吱啪吱的聲音。

穿過幾個危險彎道，車子越接近圓錐形的上方，右邊的緩坡就逐漸變成危險岩山的模樣，最後終於變成垂直的岩壁。而我們就像在巨大的平平的壁上刻出來的狹窄的一點凸出的地方，好不容易勉強貼著一樣。

天氣急速轉壞，淡淡的灰色之中僅僅混有一點藍色，好像對這不安定的微妙已經感到倦怠了似的，逐漸變成暗淡的灰色，並流入一些煤炭般不均勻的黑色。周圍的羣山也隨著被染上一層陰鬱的暗影。

風從研磨缽型的底部渦漩而起，像捲著舌尖吐氣似地發出令人厭惡的聲音。我用手背擦擦額頭的汗。毛衣裡也流著冷汗。

管理員緊閉著嘴唇，繼續往右再往右地大幅度切著方向盤。而且好像要聽取什麼似地，臉朝前方伸出，並逐漸降低車子的速度，在道路稍微變寬的地方踩煞車。引擎停下之後，我們才從凝凍了似的沈默中解放出來。只有風的聲音徘徊於大地之上。

管理員的雙手還放在方向盤上沈默了很久。然後走下吉普車，用作業鞋底敲一敲地面。我也下車站在他旁邊，看著路面。

「還是不行。」管理員說，「下得比我想像中大得多。」

我並不覺得路有那麼濕。看起來還不如說有變乾硬的樣子。

「裡面是濕的。」他說明。「所以大家都會上當。這地方啊，是有點奇怪。」

「奇怪？」

他並不回答，只從上衣口袋拿出香煙用火柴點著。「我們稍微走一下看看吧。」

我們在下一個彎道走了大約兩百公尺。一股討厭的寒氣纏著身體，我把風衣拉鍊一直拉到脖子上把衣領立起來。雖然如此寒氣還是沒有消失。

走到彎路開始彎曲的地方管理員停了下來。嘴邊還含著煙，一直凝神注視右手邊的斷崖。斷崖正中央一帶湧出水來，水流到下面形成小溪流，緩緩地橫切過道路。水因含著黏土而混濁成淺茶色。用手指觸摸一下斷崖潮濕的部份，岩土比想像中脆弱多了，表面鬆鬆地崩垮下來。

「這是個令人討厭的彎道。」管理員說。

「地面很脆弱，而且不光是這樣，好像有一點不吉祥。連羊來到這裡都會害怕。」

管理員咳嗽了一下之後把香煙丟在地上。「抱歉，我不想冒險勉強開。」

我默默點點頭。

「可以走路嗎？」

「走路的話應該沒問題。主要是怕震動。」

管理員再一次用鞋底猛力敲著路面。時間稍微錯開一點聽見一聲鈍重的聲音。令人背脊一涼的聲音。「嗯，走路的話沒問題。」

我們往回朝吉普車走。

「從這裡大概再走四公里的地方。」管理員一面和我們並排走一面說。「帶著女孩子一個半鐘頭也走得到。路只有一條，而且也沒什麼太陡的上坡路，抱歉不能送你們到最後。」

「沒關係。非常謝謝你。」

「會一直在上面嗎?」

「不知道。也許明天就回來,也許要一星期,總之看情形再說。」

他又再叼起一根煙,不過這次是在點火之前就開始咳嗽。「你要小心才好,看樣子今年的雪可能來得早。一開始積雪之後就會被困在這裡喲。」

「我會小心。」我說。

「玄關前面有信箱。鑰匙就藏在那底下,如果沒人在的話,你就用那個好了。」

在陰沈沈的烏雲天空下,從吉普車上把行李拿下來。我脫下薄風衣,從頭上套下厚登山外套。雖然如此還是無法抵擋透進身體來的寒冷。

管理員一面讓車體在狹窄的道路上懸崖的各處碰碰撞撞,一面很辛苦地調轉方向,每碰撞一次,懸崖的土就紛紛落下。方向好不容易調轉好之後,管理員按按喇叭揮揮手。我們也揮揮手。吉普車順著大轉彎的弧度消失了,只剩下我們兩人孤零零地被留下來。感覺好像被遺棄在世界的盡頭一樣。

我們把背包放在地上,也沒什麼特別要說的話題,兩個人就那樣看了看周遭的風景。眼底下的深谷底,銀色的河川正描繪出一條和緩的纖細曲線,兩側則被厚厚的綠林所覆蓋。隔著谷的對面,被紅葉上了彩的低矮山羣波濤起伏地連綿出去,而那遙遠的盡頭則可以看見平原朦朧地隱約在雲霞間。稻子收割之後昇起幾條燒稻草的煙。以視野本身來說是很壯觀,可是怎麼看,心情都不會覺得愉快。一切都那麼陌生,而且不知道什麼地方竟然有點異教的感覺。

天空被潮濕的灰色的雲密密覆蓋著。那看起來與其說是雲，不如說更像均匀的布料一樣。在那下面黑色的雲塊正低低地流動著。低得如果把手伸出去好像指尖就會碰到似的。他們正以令人難以相信的速度朝東方飛去。從中國大陸越過日本海橫切過北海道，正朝鄂霍次克海飛去的沈重的雲，一直望著這些飛過來又飛遠去的雲羣時，我們所站立的落腳點之不確實，逐漸令人難以忍受。他們只要隨便一吹，就可以把貼在岩壁上的這個脆弱的彎路和我們一起拉進虛無的深谷底下。

「快走吧。」說著我背起沈重的背包。我希望能夠在雨點或雪霰降下之前，早一步接近有屋頂的地方。不希望在這樣寒冷的地方被淋得濕濕的。

我以急速的腳步通過〈討厭的彎路〉。正如管理員所說的，那彎路確實有不祥的地方。首先是身體感到一股模糊的不祥感，那模糊的不祥感敲著頭腦的某個部位發出警告。渡過河流時，覺得好像忽然有一股急速溫度差異的沈澱衝激著兩腳。

在通過那五百公尺左右的時間內，踏在地面的腳步聲變化了好幾次。有幾道像蛇行一般彎彎曲曲的湧泉橫切過地面。

我們在通過那段彎路之後，爲了儘量遠離那裡而絲毫沒有減速地繼續走著。走了三十分左右之後，山崖的傾斜轉成比較和緩，而且也看得見少數樹木生長的姿勢時，我們才鬆了一口氣，肩膀的力氣放鬆下來。只要來到這裡，往後的路就沒什麼問題了。路變得很平坦，周圍尖銳刺激的感覺也減淡了，逐漸變成一副和平穩重的高原風景。甚至也看得見鳥出現了。

大約又過了三十分左右，我們已經完全離開那圓錐形的山，來到一個平得像桌面一樣的寬闊台地。台地被切割聳立似的山所圍繞。好像一個巨大的火山的上半部完完整整地陷落下來似的感覺。已經轉爲紅葉的白樺樹海無止盡地延伸著。白樺之間茂密地生長著一些色彩鮮艷的灌木和柔軟的野草，有些地方可以看見被風吹倒的白樺變成茶色腐朽的枯幹零星散佈著。

「這地方好像不錯哦。」她說。

通過那個彎道之後，看來確實是個很不錯的地方。

一條筆直的路穿過白樺樹海。是一條吉普車可以勉強通過的路，筆直得幾乎讓人頭痛。既沒有彎曲，也沒有斜坡。往前看時，一切的一切都被吸進一點裡去。而黑雲就在那一點的上空流著。

可怕的安靜。連風的聲音都被這廣大的樹林呑沒了。黑黑胖胖的鳥偶爾伸出紅色舌頭銳利地切開周遭的空氣，鳥消失無蹤之後，沈默就像柔軟的果凍一樣把那縫隙填滿。把路埋沒的落葉吸滿了兩天前的雨水而依舊溼答答的。除了鳥之外沒有任何東西劃破沈默。白樺木無止盡地延伸，道路無止盡地延伸。剛才還那樣地壓迫著我們的低雲，從樹林之間看起來，也多少有點非現實的感覺。

走了十五分鐘之後，碰到一條澄清的小河，小河上架著一座由白樺樹幹捆紮成排並附有扶手的堅固的橋，而周圍則有一片像是休憩用的空地。我們在那裡放下行李，走下河邊去喝水。從來沒有喝過這麼美味的水。手凍得紅紅的，而且甜甜的。有一股柔軟的泥土氣味。

雲行依然不變，只是天候似乎挺住了。她重新調整了登山鞋的帶子，我坐在橋的扶手上抽煙。下游的方向可以聽見瀑布的聲音。從聲音判斷並不是怎麼大的瀑布。從道路左手邊吹來一陣零散不定的風，把落葉紛紛捲起一陣波浪，並向右手邊遠去。

抽完煙用鞋底踏熄時，我發現旁邊另外有一根煙蒂。我把它撿起來試著仔細檢查。是一根踏熄的Seven Stars。從沒有濕氣來看，是在雨後抽的。也就是昨天或今天。

我試著回想老鼠是抽什麼煙的。想不起來。連有沒有抽煙都想不起來了。我放棄地把煙蒂丟到河裡。河水轉瞬間就把它運到下游去了。

「怎麼了？」她問。

「發現一根新的煙蒂。」我說。「好像就在最近有人坐在這裡，和我一樣地抽過一根煙。」

「你的朋友？」

「不知道，不知道是不是。」

她在我旁邊坐下，用兩手把頭髮往上撩，露出好久沒看見的耳朵。瀑布的聲音在我的意識中忽然變淡，然後又回來。

「還喜歡我的耳朵嗎？」她問。

我微笑著輕輕伸出手，用指尖觸摸她的耳朵。

「喜歡。」我說。

然後再走十五分鐘之後路突然終止。白樺樹海也像被切斷了似的終止了。於是我們前面展開一片湖一般寬闊的草原。

草原周圍每隔五公尺釘著一根木樁。木樁之間綁著鐵絲網。生了鏽的舊鐵絲網。我們好像已經來到羊的牧場了。我推開兩扇對開的磨損木門走進裡面。草是柔軟的，大地黑黑濕濕的。

草原上流著黑色的雲。雲流去的方向看得見一座高聳的山。雖然眺望的角度不同，不過確實是和老鼠拍的照片上一樣的山。不用拿出照片對照就可以確定。

然而透過照片看過幾百次的風景，實際親眼看到時，感覺眞是奇妙。深度覺得極端的人工化。與其說我已經跋涉到達這裡，不如說有人根據照片匆匆忙忙把那風景拼拼湊湊做出來放在那裡來得更恰當。

「到了噢。」她抓住我的手腕說。

「到了。」我說。除此之外不需要任何語言。

隔著草原，正面看得見一幢美國鄉村風格的古老木造兩層樓房。四十年前羊博士蓋好，然後老鼠的父親買下的建築物。因為沒有可以比較的東西，因此從遠處看來無法正確掌握房子的大小，不過是一幢渾厚而無表情的房子。油漆的白色在烏雲天空下顯得不祥地陰沈。從接近鐵鏽的芥子色複式斜屋頂的正中央，朝天空凸出一根紅磚造的四角形煙囪。房子周圍沒有圍牆，代替的是經過歲月滋長的一羣常綠灌木的枝葉擴展開來，在風雨和冰雪中守護著建築物。房子不可思議地令人感覺不到一點人的氣息。看起來就有點奇怪的房子。並不是感覺不好或冷冷的，也不是蓋得有什麼特別，也不是舊得無法救藥的程度。只是——奇怪。那看起來就像一個無法適當表現感情便老去的巨大生物一樣。不是如何表現的問題，是不知道要表現什麼才好。

周圍飄散著雨的氣味。動作要快才好。我們朝著建築物的方向一直線橫切過草原。雲從西方向這邊接近，不像剛才那樣細碎零星，而是孕含著雨的厚重雲塊。

草原寬闊得令人倦怠。不管多麼努力地快走，卻似乎一點也沒有前進的感覺。簡直無法掌握距離感。仔細想想，這輩子還是第一次走在這樣寬闊平坦的土地上。遙遠的地方風的動向都好像伸手可以摸到似的看得一清二楚。鳥成羣的和雲的流向交叉似地，朝北方橫飛過頭上。

我們花了長久的時間跋涉到那幢建築物時，雨已經開始大滴大滴地降下來。建築物比從遠方看時大得多，也舊得多。白色油漆到處結塊斑斑剝剝的，剝落的部分被雨打之後經過漫長時日已經變黑。斑剝到這樣的地步如果要重新塗油漆的話，大概必須把舊的油漆全部剝掉才行吧。一想到這麼費事雖然是別人的事也覺得累。沒人住的房子確實是會逐漸腐朽的。這幢別墅毫無疑問的已經超越可以修復的地步了。

和房子的老舊恰成對比，樹木卻無休止地繼續生長著。簡直像出現在 The Swiss Family Robinson 裡的樹上房屋一樣，樹完全把房子包起來。由於長久之間沒有修剪的關係，使得樹木的枝幹恣意地向四面八方伸展著。

試著想想那山道的險惡，我不知道羊博士是如何在四十年前運送興建這樣一幢房屋的建材到這裡的。恐怕是把所有的勞力和財產都耗盡在這裡了吧。我一想起窩在札幌旅館二樓陰暗房間的羊博士心就痛。如果說有所謂未得報償的人生典型存在的話，那就是羊博士的人生吧。我站在冷雨中，抬頭望著建築物。

和從遠遠看的時候一樣完全感覺不到人的氣息。附在細長的雙層高窗外側的木板百葉窗上粘著一層細沙灰塵。雨將沙塵以奇怪的形狀固定下來，而那上面又再堆積上新的沙塵，新的雨又把它固定下來。

玄關門上附著一面十公分四方的玻璃窗，從窗的內側以窗簾遮住視線。黃銅把手的縫隙裡塡滿了灰塵，我的手一碰上，灰塵就紛紛落下。把手則像年老的大臼齒一樣動搖著。然而門卻打不開。三片厚樫木拼成的舊板門實際比外觀的樣子更堅實牢固。我試著用拳頭敲了幾次，果然不出所料沒有回答。只有手痛而已。頭上巨大的椎樹枝幹被風吹動著，發出像砂山崩潰時的聲音一樣。

我依照管理員告訴我的方法在郵件信箱底下試探了一下。鑰匙掛在裡面的金屬掛勾上。樣子古老的黃銅鑰匙，手摸的部份變得潔白。

「鑰匙一直放在這樣的地方不是太粗心大意了嗎？」她說。

「沒有人會特地跑到這裡來偷東西，再費力搬回去吧。」我說。

鑰匙和鑰匙孔密合得有點不自然。鑰匙在我手中轉了一圈，發出咔吱一聲爽快的聲音鎖就開了。

☞

由於百葉窗長久關閉的關係，屋子裡陰暗得有點不自然，過了好一會兒之後眼睛才習慣過來。陰暗滲透進房屋的每一個角落。

房子很寬大。寬大、安靜、有一股倉庫般的氣味。好像小時候聞過的氣味。古老家具和被遺棄的褥子所醞釀而成的古老時間的氣味。我反手把門關上時，風聲便悄然停止。

「喂！」我試著大聲叫。「有人在嗎？」

當然叫也沒用。誰都不在。只有暖爐旁的掛鐘還滴答滴答地響著。在數秒鐘之間，我的頭腦一片混亂。在黑暗中時間忽前忽後，有幾個地方互相重疊。沈重的感情記憶像沙一樣紛紛崩潰。然而那只是一瞬間的事。張開眼睛時一切又都恢復原樣。眼前只是一片奇妙而平板的灰色空間寬闊地延伸著而已。

「你沒事吧？」她擔心地問。

「沒什麼。」我說。「先進去再說吧。」

她在尋找電源開關時，我在陰暗中試著檢查了一下掛鐘。時鐘是附有鏈子以三條分銅往上拉著上發條的式樣。三條分銅都已經降到下面了，但時鐘還在擠出最後的力量繼續動著。從鏈子的長短看，分銅要降到下面所需的時間是一星期。也就是在一星期前有人在這裡上過時鐘的發條。

我把三根分銅捲到最上面，然後坐在沙發上把腳伸出去。好像是從戰前用到現在的老沙發，但坐起來依然很舒服。不軟也不硬，和身體很服貼。有一股人的手掌般的氣味。

過了一會兒之後隨著啪吱小聲的一響之後，電燈亮了。她從廚房走出來。她身手矯捷地在起居室到處巡視一周，然後在長椅子上坐下來抽著薄荷煙。我也抽了一根薄荷煙。自從和她交往以來，我也逐漸喜歡上薄荷煙了。

「你的朋友好像打算在這裡過冬的樣子。」她說。「我大概看了廚房一下，儲存有可以過一個冬天的燃料和食品，喏，好像超級市場一樣。」

「可是他本人卻不在。」

「去看看二樓吧。」

我們從廚房旁的樓梯上去。樓梯在中途以不可思議的角度突然轉一個彎。上了二樓空氣的層次似乎有點不同。

「頭有點痛。」她說。

「很痛嗎?」

「不,沒關係。不用擔心。我很習慣這樣。」

二樓有三個房間。走廊夾在中間,左邊是一個大房間,右邊是兩個小房間。我們依次順序打開三個房間的門看了看。每間都只有最小限度的家具,空蕩而陰暗。比較寬大的那間有兩張單人床和化妝台,床只有赤裸的床架。有一股死去的時間的氣味。

只有靠裡面的小房間,還留有人的氣味。床鋪得很整齊,枕頭還稍微留下凹痕,藍色素色的睡衣摺放在枕頭旁。床頭櫃上放著老式的檯燈,旁邊蓋著一本書,是Conrad的小說。

床的旁邊有一個橡木料的堅固衣櫃,抽屜裡整齊地放著男人的毛衣、襯衫、長褲、襪子和內衣。毛衣和襯衫是舊的,有些地方磨損了或有點脫線起毛,但東西是好的。記得其中有幾件我看過。是老鼠的東西。37號的襯衫,73號的長褲。沒錯。

靠窗邊有一組設計式樣簡單,最近已經很不容易看到的老式桌椅。書桌抽屜裡放著便宜的鋼筆和三盒備用墨水,成套的信封信紙,信紙都是白紙。第二格裡放著吃剩一半的止咳喉糖罐和零碎的雜物。第三格是空的。

既沒有日記、筆記，也沒有手冊，什麼都沒有。看起來好像是把多餘的東西都清出來全部處理掉了似的。一切的一切都太過於整齊了，令人難以接受。手指在桌上一抹，指尖附上了灰塵，並不怎麼嚴重的灰塵，到底還是一星期左右。

我把面向草原的雙層窗推上去，打開外側的百葉窗。吹越草原的風更加強了，黑色的雲流動得更低了一些。草原像是一個正在四處滾動的生物般在風中扭曲著，遠方看得見白樺樹，看得見山，和照片上完全一樣的風景。只是沒有羊。

☞

我們下了樓，又在沙發上坐下。掛鐘響了一陣子之後，敲到第十二下。在最後一響被吸進空氣裡之前，我們沈默著。

「現在怎麼辦？」她問。

「大概只有等吧。」我說。「一星期以前老鼠還在這裡，行李也還留在這裡，他一定會回來的。」

「可是在那之前如果開始積雪，我們只能在這裡過冬，而且你一個月的期限也會到期呀。」

正如她所說的。

「妳的耳朵沒什麼感覺嗎？」

「不行。一露出耳朵頭就開始痛。」

「那我們就在這裡慢慢等老鼠回來吧。」我說。

總之除了這樣沒有其他辦法。

她在廚房泡咖啡的時候，我在寬大的客廳裡轉了一圈，試著檢查每個角落。客廳中央有一個眞正的壁爐。雖然沒有最近用過的痕跡，但整理得只要想用隨時都可以用的狀態。有幾片樫木葉子從煙囪上掉了下來。在沒有冷得需要燒柴的日子，另外也準備有一個大型的石油暖爐可以用。燃料計的指針顯示石油已經裝滿了。

壁爐旁邊有一個定做的有玻璃門的書櫃。滿滿排列著多的不得了的舊書。我拿起幾本啪啦啪啦試翻了翻，都是些戰前的書，其中大多沒什麼價值。多半是些關於地理、科學、歷史、思想、政治等的書，那些除了要研究四十年前一般知識人的基礎教養之外沒有任何用處。雖然也有一些戰後發行的文物，但以價值來說也是相同程度的東西。只有《布魯達奇英雄傳》、《希臘戲曲選》和其他幾本小說免於風化地殘存下來。像這樣的東西，對於度過漫長的冬季或許還滿有用的。不過不管怎麼說，看見這麼多冊數無價值的書齊聚一堂，還是我初次的經驗。

書櫃旁放著一個同樣是定做的裝飾櫃，裡面設有六〇年代中期流行過的書架型喇叭和音響、唱機組合。兩百張左右的唱片都是老舊得盤面刮傷累累的，不過至少並非沒價值的。音樂不像思想那麼容易風化。我把眞空管式音響主機開關打開，隨便選了一張唱片，試著把唱針放下。Nat King Cole's South of the Border 開始唱起來。房間的空氣似乎回到一九五〇年代了似的。

牆壁對面等間隔地並排著四扇上下雙層的高一百八十公分左右的窗戶。從窗裡可以看到草原上正在下著灰色的雨。雨勢增強，羣山在遠處朦朧地隱約在雲雨中。

房間的地鋪了木板，中央鋪有大約六疊榻榻米寬的地毯，上面擺設著沙發組和地板立燈。堅固厚重的餐桌組則被推到房間的角落，覆蓋著一層白色的灰塵。

眞是一個空曠的客廳。

客廳牆上有一扇不起眼的門，打開門裡面是一間大約六疊榻榻米大的倉庫。倉庫裡擁擠地堆放著多餘的家具、地毯、餐具、高爾夫球具、擺飾品、吉他、床墊子、大衣、登山鞋、舊雜誌之類的東西。連中學考試的參考書和遙控飛機都有。這些多半是五〇年代中期到六〇年代中期之間的產物。

在這建築物裡，時間以很奇特的方式流動著。和掛在客廳牆上的老式掛鐘一樣。人們意亂情迷地來到這裡把分銅捲上去。分銅只要在上面，時間便發出滴答滴答的聲音流動著。然而人們離去之後，分銅降下來了，時間便停在那裡。然後靜止的時間的塊狀，便將褪色的生活一層一層堆積在地上。

我拿了幾本舊電影雜誌回到客廳，在那裡翻開來看，封面介紹的電影是 The Alamo，寫說是約翰韋恩第一次導演的電影，約翰福特也全力支援。約翰韋恩說要製作一部永遠留在美國人心中的偉大電影。然而海狸帽子卻一點也不配約翰韋恩。

她端著咖啡出來，我們面對面地喝著。雨點斷續地敲著窗子。偶爾加重一些，和冷冷的陰影混合在一起浸透了這房子。電燈的黃色光線像花粉般飄在空中。

「累了嗎？」她問。

「大概吧。」我一面恍惚地望著窗外的風景一面說。「一直團團轉著尋找，現在忽然停了下來的關係。一定是不太習慣。而且好不容易跋涉到照片上的風景裡來，老鼠和羊卻都不在。」

「睡一下吧。我去準備一點吃的東西。」

她從二樓拿了毛毯來，幫我蓋上。然後點著石油暖爐，把香煙放進我嘴裡，幫我點火。

「打起精神來，事情一定會順利的。」

「謝謝。」我說。

於是她消失到廚房去了。

剩下一個人之後，身體好像變得好沈重。我吸了兩口就把煙熄了，毛毯拉到脖子上眼睛閉起。只花了短短幾秒鐘就睡著了。

5 她離開山上走掉。飢餓感接著來襲

時鐘敲了六下時，我在沙發上醒過來。電燈關掉了，屋子覆蓋在濃重的黑暗中。身體渾身上下到手指尖都是痲木的。覺得藍墨水色黃昏的黑暗好像透過皮膚滲透進全身似的。

雨似乎停了，透過玻璃可以聽見夜鳥的叫聲。只有石油暖爐的火焰在屋裏的白色牆壁上製造出奇異拉長的淡淡的影子。我從沙發站起來，打開地板立燈的開關，走到厨房喝了兩玻璃杯冷水。瓦斯爐上放著奶油燉肉的鍋子。鍋子還留有微微的溫度。煙灰缸裏有女朋友吸過的薄荷煙的煙蒂，好像是被揉熄的樣子立在那裏。

我本能地感覺到她已經離開這幢屋子了。她已經不在這裏了。

我兩手支在調理台上，試著整理頭腦裏的東西。

「她已經不在這裏了」這點是確定的。既不是理論上也不是推理上，而是實際上不在了。空空的屋子的空氣，告訴我這件事。自從妻子離開家之後，到和她相遇爲止的兩個多月之間，我所體驗過的令人討厭的那種空氣。

我爲了愼重起見還走到二樓，一一檢查了三個房間，連衣橱的門都打開來看過。就是沒有她的影子。她的肩袋和厚厚的短外套也不見了。玄關的登山鞋也不見了。她確實走掉了沒錯。她可能留下字條的地方我都一一試著找過，但並沒有留下字條。從時間來看她已經下山去了。

她已經消失的事實令我不太能夠接受。因爲剛剛睡醒頭腦還不太靈活，就算頭腦夠靈活，可是要對陸續發生在我身邊的每一件事，一一賦與意義，已經早就超越我的能力範圍。總之只有順其自然了。

我坐在客廳的沙發出神時，突然發現肚子很餓。一種有些異樣的空腹感。

我從厨房走下樓梯走進當作食品儲藏室的地下室，隨手拿起紅葡萄酒把瓶栓拔開試喝看看。雖然有點涼得過頭，不過味道很醇。回到厨房我用刀子切幾片調理台上的麵包，順便削了蘋果。在等燉肉熱的時間裏喝了三杯葡萄酒。

燉肉熱了之後，我把葡萄酒和菜一起排在客廳桌上，一面聽著 Percy Faith Orchestra 的「Perfidia」一面吃晚餐。吃完之後又喝了長柄鍋裏剩下的咖啡，一個人玩了一下在壁爐上找到的撲克牌。十九世紀英國發明之後流行了一段時期，由於太過複雜而逐漸衰微的遊戲。根據某位數學家的計算，好像二十五萬次只有一次會成功的機率。我只玩了三次，不用說自然不順利。把撲克牌和餐具收拾好之後，繼續喝著瓶裏還剩三分之一的葡萄酒。

窗外已經夜幕低垂。我把百葉窗關上，躺在長椅上繼續聽了幾張發出啪吱啪吱雜音的老唱片。

老鼠會回來嗎？

大概會回來吧。這裏儲藏有準備讓他過一個冬季的食物和燃料。

然而那都只不過是「大概」而已。說不定老鼠已經覺得太麻煩而回到「町上」去了，或者已經決定和什麼地方的女孩子在人世間一起過日子了也說不定。那並不是完全不可能的事。

如果眞是那樣的話，那麼我的處境將會很慘。在找不到老鼠和羊之下一個月的期限過去了，那麼那個黑衣男人大概眞的要把我拉下所謂「衆神的黃昏」去吧。雖然明知把我拉進去毫無意義，但他們一定會這樣做。他們就是這種人。

約定的一個月正好快過一半了。十月的第二週，都會看起來最像都會的季節。如果沒有這些事，我現在一定正在某個酒吧裏一面吃著煎蛋捲一面喝著威士忌。美好季節的美好時刻，而且雨後的黃昏，咬起來會喀啦響的碎冰塊和厚厚的一整塊木板做成的櫃檯，像和緩的河一般慢慢流動的時間。

恍惚地想著這些事的時候，開始感覺到好像這個世界還有另外一個我存在著，現在這個時分正在某個酒吧裏心情愉快地喝著威士忌似的。而且越想越覺得那邊那個我是現實的我。在某個地方某一點沒對準，眞正的我變成不是現實的我了。

我搖搖頭，把這幻想抖掉。

外面夜鳥正繼續低低地叫著。

我走上二樓，到老鼠沒用的另一個小房間，把床鋪好。床墊、床單和毛毯都整齊地摺放在樓梯旁的儲藏櫃裏。

房間裏的家具和老鼠房間的完全一樣。床頭櫃、書桌、櫃子和枱燈。形式是老舊的不過是只考慮機能把東西製造得極牢固的時代產物。沒有任何多餘的東西。

從枕頭邊的窗戶同樣也可以眺望草原。雨完全停了，厚厚的雲也有好幾處地方出現一些切口。從那縫隙偶爾會露出美麗的半月，把草原的風景清晰地浮凸出來。那看起來就像用探照燈照出深海的海底似的。

我衣服還穿著就鑽進床裏，一直眺望著消失又重現的那種風景，繞著那不祥的彎路，一個人下山而去的女朋友的形象一時在那裏重疊，那形象消失後，這回出現了羊羣和正在拍著照片的老鼠的身影。不過當月亮隱藏到雲中再度出現時，那些都消失了。

我就著枱燈的光線讀《福爾摩斯探案》。

6 車庫裏發現的東西。在草原正中央想到的事

從來沒看過的那種鳥，像聖誕樹上的裝飾品一樣成羣停在玄關前的椎樹上啼叫著。在清晨的光線裏，所有

的東西都濕濕的閃著光。

我用令人懷念的手動式烤麵包機烤了麵包，用平底鍋塗上奶油煎了一個荷包蛋，喝了兩杯冰箱裏放著的葡萄果汁。雖然她不在很寂寞，可是覺得好像光是能夠感到寂寞就稍微有救了似的。所謂寂寞這東西倒也是不壞的感情。就像小鳥飛走了之後靜悄悄的椎樹一樣。

洗完盤子之後，我在洗臉台把嘴邊沾上的蛋黃洗掉，花了足足五分鐘刷牙。然後相當猶豫之後還是刮了鬍子。洗臉台上有和全新的一樣新的刮鬍膏和吉利刮鬍刀。連牙刷、牙膏、洗臉肥皂、保養乳液、古龍水等全都有。架子上整齊地疊放著十條左右的各色毛巾。完全像老鼠那一絲不苟的作風。鏡子和洗臉台都沒有一點灰塵。

厠所和浴室也大致和這一樣。磁磚接縫的地方都用舊牙刷沾清潔劑刷得雪白。眞是不得了。一進厠所就從某個香料盒裏飄出在高級酒吧喝琴蘭酒似的香氣。

走出洗手間坐在客廳的沙發上，抽一根早晨的香煙。背包裏還有三盒Lark煙，其他就沒了。如果抽完這些，以後就只好禁煙了。一面這樣想著一面又抽了一根。早晨的光線好舒服。沙發完全和身體親合爲一體。就這樣一小時轉眼就過了。時鐘悠閒地敲了九下。

我似乎有點明白老鼠爲什麼把家中的家具、用具一一整理、厠所磁磚接縫刷得雪白、明明不可能和誰見面卻把襯衫燙平，還費心刮鬍子的理由了。在這裏如果不繼續不斷地讓身體動著，就會失去對時間的正常感覺了。

我從沙發站起來，抱著雙臂繞了屋裏一週，可是簡直想不到接下來該做什麼才好。需要打掃的地方老鼠都已經打掃過了，連高高的天花板的汚垢都掃得乾乾淨淨。

算了！不久總會想到吧。

暫且到房子附近散散步吧。天氣好極了。天空好像用刷毛刷過似的流著幾絲白雲。到處都聽得到鳥啼聲。

屋子後面有個大車庫。老舊的雙扇門前掉了一個煙蒂。Seven Star。這次這根煙蒂比較久了，捲紙已經破裂，濾嘴露了出來。我想起家裏只有一個煙灰缸。而且是一個很久以來一直沒被使用過的舊煙灰缸。老鼠是不抽煙的。我把煙蒂在手掌撥弄著然後丟回原來的地方。

拉開沈重的門栓打開門，裏面寬寬大大的，從木板縫隙射進來的日光，在黑色的土上清晰地描出幾條平行線。一股汽油和泥土的氣味。

車子是TOYOTA的老式Land Cruiser。車體和輪胎都沒沾一點灰塵，汽油是將近滿的。我伸手試探一下老鼠每次藏車鑰匙的地方。果然有鑰匙在那裏。把鑰匙插進去試著轉動看看，引擎立刻發出爽快的聲音。平常老鼠整理汽車的工夫就是一流的。我把引擎關掉，鑰匙放回原位。仍然坐在駕駛座上回頭看看四周。車子裏沒有任何重要的東西。只有地圖、毛巾和吃剩一半的巧克力。後座上有一卷鐵絲和一個大型的老虎鉗子。後座以老鼠的車子來說是難得這麼髒的。我打開後車門，把掉在座位上的雜物用手掌收集起來，移到牆壁的木板節孔漏出的陽光下照著看看。好像是從座墊裏漏出來的塡充物，也好像是羊的毛似的。我從口袋裏拿出衛生紙，把它包起來放進胸前的口袋裏。

爲什麼老鼠沒開車出去呢？我無法理解。車庫裏有車子，表示他是走下山去的，或者沒下山，只有這兩種可能，可是兩種都說不通。三天前崖下的路應該還十分暢通，而且我也不覺得老鼠會讓屋子空著不住而到這台地的某個地方去繼續露宿。

我放棄思考關上車庫門，走出草原看看。不管怎麼想，要從沒道理的狀況中抽出有道理的結論是不可能的。

隨著太陽逐漸昇高，水蒸氣也開始從草原上冒出來。透過水蒸氣，正面的山看起來朦朦朧朧的。到處都是草的氣味。

一面踏著濕濕的草一面走到草原中央，就在正中央那裏放著一個舊輪胎。橡皮已經完全變白而破裂了。我坐在那上面，轉頭向四周圍看看。我走出來的那幢房子，看起來好像是凸出在海岸上的白色岩石一樣。

在草原正中央的輪胎上一個人坐著，忽然想起小時候常參加的遠泳大會。在從一個島游到另一個島之間的正中央一帶，我常常站起來眺望四周的風景。而且每次心情都會變得很奇怪。從兩個地點過來都是等距離是多麼奇妙的事情，而且在遠離的大地之上人們現在依然繼續過著日常的營生也很奇怪。最奇怪的是社會沒有了我，還照常運轉著這回事。

坐在那裏呆呆想了十五分之後，又走回家，坐在沙發繼續讀《福爾摩斯探案》。

兩點鐘羊男來了。

7 羊男來了

時鐘剛敲過兩點之後，門上就有敲門的聲音。起初是兩下，然後隔了兩次呼吸的時間又敲了三下。

稍微花了一點時間才意識到那是敲門的聲音。我想都沒想過會有人來敲這房子的門。如果是老鼠大概會不敲門就進來吧——因爲這裏畢竟是老鼠的家啊。如果是管理員的話敲過一次應該不等答應就立刻開門了吧。如果是她——不，不可能是她。她會從厨房的門悄悄進來，一個人喝著咖啡。她不是會敲玄關門的那種人。

打開門，羊男就站在那裏。羊男似乎對打開的門和開門的我都沒什麼興趣的樣子，只是望著離門兩公尺左右的信箱，好像在看一件珍貴的東西似的一直注視著。羊男身高只比信箱稍微高一點而已。大概一百五十公分左右吧。而且還像貓一樣弓著背，彎著膝蓋。

加上我站的地方離地面還有十五公分的差距，因此我簡直就像從巴士的窗口往下看人一樣。羊男似乎要忽視這決定性的落差似的，臉朝旁邊熱心地繼續凝視著信箱。信箱裏不用說是什麼也沒有的。

「可以進去裏面嗎？」羊男還是臉向著旁邊很快地問我。好像在生什麼氣似的那種說法。

「請進。」我說。

他彎著身子以一板一眼的動作解開登山鞋的鞋帶。登山鞋上好像菠蘿麵包的皮一樣黏著硬化的泥土。羊男兩手拿起脫下的鞋子，以熟練的手法啪啪互相敲打著。厚厚的泥土便像放棄了似的紛紛掉落地上。然後羊男一副差一點要說這屋裏我很熟的樣子，穿上拖鞋便啪答啪答地快速走進裏面，一個人在沙發上坐下，臉上一副好不容易終於鬆一口氣的樣子。

羊男從頭上套著一件羊皮。他那胖嘟嘟的身材和那衣裳完全合身。手和腳的部分是做凸出來的。頭部蓋的帽子也是做出來的，而那頂上兩根圓圓地捲起來的角則是眞的。帽子兩側好像用鐵絲撐出形狀來似的水平地凸出平平的兩個耳朵。遮住臉的上半部的皮面具和手套、襪子全都是黑色的。衣服從頭上到屁股附有拉鍊好像可以很簡單地穿脫的樣子。

胸部有個口袋也是附有拉鍊的，裏面放著香煙和火柴。羊男嘴上叼起 Seven Star 用火柴點著。呼地嘆了一口氣。我走到厨房去把洗過的煙灰缸拿過來。

出來。

「好想喝酒。」羊男說。我又走到廚房，找出剩下一半左右的 Four Roses 酒瓶，拿著兩個玻璃杯和冰塊

我們各自調好自己的 On the Rock，也沒舉杯相敬就各自喝起來。羊男在喝乾一杯之前，還繼續一個人嘀嘀咕咕地自言自語。羊男的鼻子比身體的比例大，每次呼吸鼻腔就像翅膀般左右擴張。從面具的洞看進去兩隻眼睛正不安在從我周圍的空間骨碌碌地徘徊掃射。

一杯乾了之後，羊男好像鎮定了些。他把香煙熄掉，兩隻手指伸進面罩下揉著眼睛。

「毛跑進眼睛裏了。」羊男說。

我不知道該說什麼，於是沒開口。

「昨天上午來到這裏的吧？」羊男一面揉眼睛一面說。「我一直在看著你們。」

羊男在溶化一半的冰上咕嘟咕嘟地注入威士忌，也不攪拌就喝了一口。

「然後，下午女的一個人走了。」

「這你也看到了嗎？」

「不是看到，是我把她趕回去的。」

「趕回去？」

「嗯，我到厨房門口露個臉，說妳還是回去比較好。」

「爲什麼？」

羊男好像有點彆扭地沈默下來。爲什麼？這種質問法，或許並不適合他吧。可是當我放棄了正想思考其他

問法時，他的眼睛卻逐漸露出不同的光彩。
「女人回到海豚飯店去了。」羊男說。
「女人這樣說的嗎？」

「她什麼也沒說噢。只是回去『海豚』飯店了。」
「那你怎麼知道這件事？」
羊男沈默下來。兩手放在膝蓋上，默默凝視著桌上的玻璃杯。
「不過眞的是回到『海豚』飯店嗎？」我說。
「嗯，『海豚』飯店是一家好飯店喏。有羊的味道。」羊男說。
我們再度沈默。仔細看看羊男身上穿的羊的毛皮非常髒，毛被油沾得硬梆梆的。
「她走的時候有沒有留下什麼留言？」
「沒有。」羊男搖搖頭。「女人什麼也沒說，我什麼也沒問。」
「你說妳最好走，她就一聲不響地走了嗎？」
「是啊。因爲女人本來就想走，所以我才說妳走好了。」

「她是自己願意來這裏的。」

「不是！」羊男大聲吼。「女人想要走。可是自己又非常混亂。所以我才把她趕回去。是你讓她混亂的。」

羊男站起來，用右手掌啪一聲拍在桌上。威士忌酒杯往旁邊滑了五公分。

羊男暫時保持那樣的姿勢站著，終於眼睛的光輝減弱，好像力氣消失了似的坐回沙發。

「是你讓女人混亂的噢。」羊男這次安靜地說。「這樣是很不對的。你什麼也不知道。你只想著你自己的事。」

「她不應該來這裏是嗎？」

「是啊。那個女人是不該來這裏的。你只想著你自己的事啊。」

我沈進沙發裏舔著威士忌。

「不過，算了。不管怎麼樣，一切都已經完了。」羊男說。

「完了？」

「你再也不會再看到那個女人了。」

「因爲我只想著自己的事的關係嗎？」

「是啊。因爲你只想到自己的事啊。這是報應。」

羊男站起來走到窗邊。一隻手把沈重的窗子往上一推，呼吸著外面的空氣。力氣眞了得。

「這麼晴朗的天氣窗戶應該打開。」羊男說。然後羊男在屋裏轉了半圈，在書櫃前停下。交叉抱著雙臂望著書背的封面。衣服的尾巴部分還附有小小的尾巴。從後面看來只會覺得是眞的羊用兩隻腳站著。

「我在找朋友。」我說。

「哦。」羊男依然背向著這邊，似乎沒興趣似的說。

「他應該是在這裏住了一陣子的，一直到一星期以前。」

「我不知道。」

羊男站在壁爐前面，把架子上的撲克牌拿起來啪啦啪啦地翻著。

「我也在找背上有星星記號的羊。」我說。

「沒看過啊。」羊男說。

可是羊男顯然知道老鼠和羊的事。因爲他太刻意做出不關心的樣子，回答的速度太快了，而且語調也不自然。

我改變戰術，裝成已經對對方失去興趣的樣子，故意打了個呵欠，拿起桌上的書翻著看。羊男感覺有點坐立不安地回到沙發。並且暫時沈默地望著我在讀書。

「讀書很有意思嗎？」羊男問。

「嗯。」我簡單回答。

然後羊男還是磨磨蹭蹭地。我不理他繼續讀書。

「抱歉剛才我那麼大聲吼。」羊男小聲說。「有時候啊，那種羊性的東西和人性的東西會互相抵觸，就會變成那個樣子。我並沒有什麼惡意。而且你也說了責備我的話啊。」

「沒關係。」我說。

「你已經不能再見那個女人的事，我也覺得滿可憐的，可是那不能怪我。」

「嗯。」

我從背包的口袋裏掏出三包Lark煙來給羊男。羊男有點吃驚的樣子。

「謝謝。這種煙我沒抽過。可是你不用嗎？」

「我戒煙了。」我說。

「喔，那很好。」羊男認眞地點著頭。「因爲眞的對身體不好。」

羊男很珍惜地把煙收進手臂上附的口袋裏。那個部分隆起了四角形。

「我必須要見朋友一面，我就是特地爲這個從很遠很遠的地方跑來的。」

羊男點點頭。

「還有關於羊也一樣。」

羊男點點頭。

「可是這些你都不知道嗎？」

羊男悲哀地往左右搖著頭。作出來的耳朵搖啊搖的，然而這次的否定比先前的否定弱得多了。

「這裏是個好地方噢。」羊男改變話題。「景色優美，空氣清新，我想你也一定會喜歡。」

「是個好地方啊。」我說。

「到冬天還要更好。四周全都是雪，喀吱喀吱地結凍起來。動物們都睡著了，人也不會來喲。」

「你一直都在這裏嗎？」

「嗯。」

我除此之外決定什麼也不多問了。羊男和動物一樣。你越接近牠，牠就越向後退，你往後退，牠反而會走近來。既然一直都住在這裏就不用着急了。只要花時間慢慢探問出來就行了。

羊男用左手把右手上的黑色手套尖端，從拇指一一拉著，拉了幾次之後，手套終於拉開，露出乾巴巴的淺黑色的手。雖然小但手很厚，從拇指根部到手背的正中央有一個燙傷的舊痕。

羊男一直凝視著手背，然後手翻過來又凝視著手掌。這倒和老鼠平常經常做的動作一模一樣。不過老鼠不可能是羊男。身高差了二十公分以上。

「你會一直住在這裏嗎？」羊男問。

「不，只要找到朋友或羊的任何一方就離開。因爲我就是爲這個而來的啊。」

「這裏的冬天很好噢。」羊男重複地說。「白茫茫的一片，一切都冰凍了。」

羊男獨自吃吃地笑著，巨大的鼻腔鼓了起來。每次一開口就露出骯髒的牙齒。前齒掉了兩顆。羊男的思考韻律有點不太平均，那就好像屋裏的空氣忽而伸長忽而縮短一樣的感覺。

「差不多該走了。」羊男突然說。「謝謝你的香煙。」

我默默點點頭。

「希望你早一點找到朋友和那頭羊。」

「嗯。」我說。「如果你在這方面有什麼消息，請告訴我。」

羊男坐立不安蠢蠢欲動的樣子。「嗯，好啊，我會告訴你。」

我覺得有點好笑，卻忍住了。羊男實在很不會說謊。

羊男把手套戴上站了起來。「我會再來。雖然不確定是幾天後，不過還會來。」然後眼睛暗淡下來。「不知道會不會打擾你？」

「怎麼會呢？」我急忙搖搖頭。「你一定要來喲。」

「好，那我就來。」羊男說。然後反手把門啪噠一聲關上。尾巴差一點夾到，不過沒事。

我從百葉窗的縫隙看出去，羊男正和來的時候一樣，站在信箱前面，一直凝神注視著那油漆已經斑剝的白色箱子。然後悄悄扭扭身子讓身體和衣裳吻合之後，便快步穿過草原朝東邊的森林衝過去。水平地凸出的耳朵像游泳池的跳台一樣搖晃著。羊男走遠之後變成一團暗淡的白點，終於被吸進同樣顏色的白樺樹幹之間去了。

羊男消失之後，我還一直凝視著草原和白樺樹林。越凝視越無法確定羊男是否剛才還在這屋子裏。

不過桌上還留有威士忌酒瓶和七星香煙的煙蒂，對面的沙發上附着幾根羊的毛。我把在 Land Cruiser 的後座發現的羊毛拿出來比對。果然一樣。

☜

羊男回去之後，我為了整理頭腦而到厨房做漢堡牛排。洋葱切碎放進平底鍋裏炒，在那時間裏從冰箱拿出牛肉解凍，再用絞肉機的粗細中等刻度絞過。

雖然厨房算是乾淨清爽的，不過裏面倒也一應俱全，從調理器具到調味料都有。只要道路能夠修好，這房子照現況就可以開得起一家山中別墅風格的餐廳。把窗戶打開，可以一面眺望羊羣和藍天一面用餐應該也不錯。

帶了家小的可以到草原和羊玩耍，情人們可以到白樺樹林裏散步，一定會很成功。

老鼠負責經營、我在做菜。羊男應該也能派上什麼用場。如果是山中別墅餐廳的話，他那標新立異的服裝可能也就很自然地被接受了。然後也可以把現實的綿羊管理員加進來負責養羊。現實的人有一個左右也很好。狗也必要。相信羊博士也一定會來玩的。

我用木杓子一面攪拌著洋葱，一面恍惚地想著這些事情。

想著想著，跟著想到我可能會永遠失去擁有美麗耳朶的女朋友，心情忽然沈重起來。或許正如羊男所說的，我是應該自己一個人來這裏的。我大概……我搖搖頭。然後我決定繼續想開餐廳的事。

傑，如果他能夠來這裏的話，很多事情一定可以順利解決。一切都應該以他爲中心去運轉。以容許、憐惜和接受爲中心。

在等洋葱涼之前，我坐在窗邊，又再眺望著草原。

8 風的特殊通道

接下來的三天在無爲中度過。沒有發生任何一件事。羊男也沒出現。我做了吃的，把東西吃掉，讀讀書，天黑之後就喝威士忌然後睡覺。早晨六點起床，到草原跑半月形半圈，然後冲澡，刮鬍子。

清晨草原的空氣急速地增添寒冷的程度。鮮艷地轉紅的白樺樹葉，一天一天變稀疏，紛紛脫離枯枝，被冬天最早的風從這台地往東南方吹去。慢跑途中，只要在草原中央站定，就可以清晰聽到這樣的風聲。他們好像在宣告著「已經不能回到從前了」似的。短暫的秋季已經遠去。

由於運動不足和禁煙的關係，我在前三天胖了兩公斤，因爲慢跑又削減了一公斤。不能抽煙是有點痛苦，可是在三十公里方圓之內沒有賣香煙的，所以除了忍耐沒有別的辦法。我每次想抽煙，就想起她和她的耳朵。比起我過去所失去的東西，失去香煙似乎顯得非常微不足道。而且實際上也是這樣。

我利用空閒時間試著做了各式的餐點。甚至用烤箱做烤牛排。把冷凍鮭魚解凍軟化切片，做成醃漬魚。因爲生鮮蔬菜不夠還到草原上尋找可以吃的野草，削鰹魚乾煮湯。用高麗菜試做簡單的泡菜。也爲羊男來時預備了幾種下酒的小菜。可是羊男並沒有出現。

我下午大多在眺望草原中度過。長久眺望著草原時，會被一種好像白樺樹林之間，有人馬上要突然出現，就那樣穿過草原往這邊走來似的錯覺所襲擊。那多半是羊男，有時則是老鼠，或女朋友。也有過是那頭附有星星記號的羊。

然而終究誰也沒有出現。只有風吹過草原而已。看來簡直好像這個草原就是風的特殊通道似的。就像是說風正帶著很重要的使命急著趕路似的，頭也不回地跑過草原。

我來到這個台地之後的第七天開始降下第一次的雪。那天非常稀奇，從早上開始就沒有風，天空陰陰的鉛色的雲沈重低垂。我慢跑回來冲過澡，一面喝咖啡一面聽唱片時，開始下雪。是那種形狀歪扭的硬雪。每次碰到玻璃窗就會發出一聲咔吱的聲音。有一點風開始吹，雪片一面畫著三十度左右的斜線，一面以很快的速度落到地上。當雪還很稀疏的時候，那斜線看起來像百貨公司包裝紙的圖紋一樣，但是不久雪下大了之後，外面一片白茫茫的，山和樹林都看不見了。那可不是像東京偶爾會下的那種小巧精緻的雪，而是眞正北國的雪。將要覆蓋掉一切，冰凍到地心去的雪。

一直注視著雪眼睛立刻痛起來。我把窗簾放下，在石油暖爐旁看書。唱片唱完了，自動回轉的唱針轉回來之後，四周安靜得可怕。簡直像所有的生物都死絕了之後的那種沈默。我把書放下，也沒有什麼特別的理由，只是試著把整個房子依照順序走了一圈。從客廳走到廚房，檢查一下儲藏室、浴室、洗手間和地下室，打開二樓房間的門看一看。沒有任何人在。只有沈默像油一樣滲透了房間的每一個角落。因房間的大小，沈默的響度稍許有一點不同而已。

我是孤零零的一個人，這輩子從生下來到現在，從來沒有像現在覺得這樣孤獨過。只有這兩天開始強烈地想抽煙，但不用說沒有香煙。

於是我以喝威士忌不加冰塊來代替。如果就這樣過一個冬天的話，我很可能會變成酒精中毒。幸虧屋子裏並沒有能夠變成酒精中毒的那麼大量的酒。只有威士忌三瓶、白蘭地一瓶、還有罐裝啤酒十二盒而已。大概老鼠也和我一樣想到這些了吧。

我的搭檔是不是還繼續喝著酒呢？有沒有把公司整頓好，依照希望的那樣重新恢復爲小翻譯事務所了呢？他應該會這樣做，而且即使沒有我也還能過得去吧。不管怎麼說我們也正好面臨這樣的時期了。我們竟然花了六年時間卻又回到出發點。

中午過後雪停了。和開始下時一樣唐突的停法。厚厚的雲像黏土一樣到處出現斷裂，從那些地方射進來的陽光化爲壯大的光柱在草原的各處移動著，相當壯觀。

走到外面一看，地上稀稀落落堅硬的雪像小小的砂糖甜點一樣散落了一地。他們每一片都好像在緊緊地守著自己，拒絕被溶化似的。然而時鐘敲過三點時，大部分的雪已經溶化。地面濕濕的，接近黃昏的太陽以溫柔的光線包住了草原。小鳥簡直像獲得解放了一般開始啼叫。

☜

吃過晚飯後，我從老鼠房間借了一本《烤麵包的方法》和Conrad的小說，到客廳沙發坐下來讀。讀了三分之一左右的地方，碰到老鼠代替書籤夾在裏面的十公分平方的剪報。雖然不知道日期，但從顏色看就知道是比較新的報紙。剪下來的報導內容是地方情報。札幌某個飯店正召開一個有關高齡化社會的專題討論會，旭川附近舉辦長距離馬拉松接力賽。還有關於中東危機的演講會，裏面沒有一件是會引起老鼠或我的興趣的東西。背面是新聞廣告。我打個呵欠把書合上，到厨房把剩的咖啡燒開了喝掉。

好久沒看報紙了，我這才第一次發現自己已經整整一星期被世界的流動排除在外。既沒有收音機也沒有電視機，沒有報紙也沒有雜誌。現在，這一瞬間東京說不定已被核子彈頭火箭所摧毀，或許疫病正覆蓋了下界。或許火星人已經占領了澳洲。就算是這樣，我也無從知道。雖然只要到車庫去打開Land Cruiser的收音機就可以聽到，但也不怎麼特別想聽。如果不知道也過得去的話，也就沒什麼必要知道，何況我已經抱著一個必要擔心的種子了。

不過我內部還是有一個東西卡住了。就像眼前明明有什麼東西通過，卻因爲正在想著事情而沒注意到時的那種感覺。因爲這樣網膜上正燃燒著有什麼通過的無意識的記憶……。我把咖啡杯放進流理台，回到客廳，重新拿起剪報來看。我所找的東西果然在那背面。

老鼠、請聯絡
火速!!
海豚飯店406

我把紙片放回書裏，讓身體埋進沙發。

老鼠知道我在找他。疑問——他是怎麼找到那篇啓事的？是不是從山上下去時偶然發現的？還是正在找什麼而一次閱讀好幾週的報紙？

雖然如此，他竟然沒和我聯絡。（或許他看到那篇啓事時，我已經離開海豚飯店了。或者想聯絡可是電話已經「死了」。）

不，不對。不是老鼠沒辦法和我聯絡，而是他不想聯絡。他應該能夠從我在「海豚飯店」推測到我總有一天會找到這裏來，如果想見我的話，應該會在這裏等候，至少也該留下留言便條的。

也就是說老鼠由於某種理由而不想跟我見面。可是，他並沒有拒絕我。如果他不想把我留在這裏的話，應該有很多方法可以把我關在門外的。因爲，這是他的家啊。

我一直抱著這兩種命題，望著時鐘的長針慢慢繞了文字盤一周。針繞完一周之後，我還是沒辦法走近那兩個命題的核心。

羊男一定知道一些什麼。這點可以確定。能夠敏銳地發現我來到這裏的同一個人，沒有理由不知道住在這裏將近半年的老鼠。

越想越覺得羊男的行爲正是反映著老鼠的意志。羊男把我的女朋友趕下山去，留下我一個人。他的出現一定是什麼的前兆。我周圍確實在進行著什麼。旁邊先清掃乾淨，有事情要發生了。

我把燈熄掉走上二樓，躺在床上眺望月亮、雪和草原。從雲的縫隙看得見冷冷的星光。我把窗戶打開，嗅嗅夜的氣息。夾雜著樹葉摩擦的聲音，聽得見遠處有什麼在叫著。分不清是鳥的聲音還是獸的聲音的奇怪叫聲。

就這樣山上的第七天過去了。

☞

醒來之後到草原跑步，冲過澡吃早餐。和平常一樣的早晨。天空是和昨天一樣的陰雲迷濛，不過氣溫稍微上昇了一些。似乎不會下雪的樣子。

我在牛仔褲、毛衣之上套了一件薄登山裝，穿上輕運動鞋橫越過草原。然後從羊男消失的那一帶進入東邊的樹林，試著在森林裏走一走。沒有像路的路，也沒有人的痕跡，偶爾有白樺樹倒在地面。地面雖然是平坦的，但有好些地方像枯乾的河一樣，或者是塹壕的遺跡一樣，有一公尺寬左右的壕溝。壕溝彎彎曲曲地在樹林裏連續了幾公里。有時候深，有時候淺，底下積了有一個拳頭深的枯葉。沿著壕溝走終於來到像馬背一樣聳立的道路。道路兩旁是有和緩斜坡的乾枯谷地。枯葉色圓嘟嘟的鳥發出咔沙咔沙的聲音橫切過路面，消失在斜坡的密草叢裏。滿天星紅得簡直像燃燒的烈火一樣在樹林裏到處紛雜著。

我走了大約一小時左右時，竟然失去了方向感。照這樣是很難找到羊男的。我沿著乾枯的谷走，直到聽到水聲為止，找到河之後再順著水流往下游走。如果我的記憶正確的話應該可以碰到瀑布，而瀑布附近應該可以通到我們來的時候走過的路。

走了十分鐘左右就聽到瀑布的聲音了。溪流像被岩石彈出去一般，隨處改變方向，到處形成一些像冰一樣冷的淤塞水窪。沒有魚的踪影，水窪的水面有幾片枯葉正慢慢畫著圓圈。我從一塊岩石跳到另一塊岩石，走下瀑布，再攀爬上滑溜溜的斜坡，走出記憶中看過的路。

羊男正坐在橋邊看我。羊男肩膀上掛著一個塞滿薪柴的帆布袋。

「你到處亂跑會遇到熊噢。」他說。「這一帶好像有一頭走失的熊。昨天下雪後我發現有腳印。如果你一定要走的話，就要像我一樣在腰上綁一個鈴子。」

羊男把衣裳的腰上用安全別針別著的一個鈴子弄得叮鈴響。

「我在找你呀。」我喘過一口氣以後說。

「我知道。」羊男說。「我看得見你在找。」

「那麼，你怎麼不叫我呢？」

「我想你是想自己找嘛，所以我就沒出聲。」

羊男從手臂上的口袋裏掏出香煙，抽得很美味的樣子。我在羊男旁邊坐下。

「你住在這裏嗎？」

「嗯。」羊男說。「不過我希望你不要告訴任何人。因爲沒有人知道。」

「不過我的朋友知道你吧?」

沈默。

「我有非常重要的事。」

沈默。

「如果你跟我的朋友是朋友的話，那麼我和你也就是朋友了對嗎?」

「對呀。」羊男很小心地說。「一定是這樣吧。」

「如是你是我的朋友的話，就不會對我說謊。對嗎?」

「嗯。」羊男似乎很爲難地說。

「能不能以一個朋友的立場，告訴我。」

羊男用舌頭舔舔乾燥的嘴唇。「不能講啊。眞抱歉，不能講。說出來就糟了。」

「是誰要你閉嘴的?」

羊男像貝殼一樣沈默不語。風在枯樹之間響著。

「沒有人在聽啊。」我悄悄說。

羊男凝視著我的眼睛。「你對這片土地的事情什麼也不知道噢?」

「不知道啊。」

「你聽著啊，這可不是普通的地方噢。這一點你最好能夠記住。」

「可是上次你不是說過這是一塊很好的土地嗎？」
「對我來說是。」羊男說。「因爲對我來說，只有這裏可以住。如果被趕出這裏，我就沒地方可去了。」
羊男沈默。我覺得已經沒有可能從他再引出什麼話來了。我看看塞滿薪柴的帆布袋。
「你就用這些在冬天裏取暖嗎？」
羊男默默點頭。
「可是沒看見冒煙哪。」
「還沒點火啊。在積雪之前不會點。不過即使積雪後我點了火，你也看不見煙的。就是有那種點火法。」
羊男這樣說完就很得意似的調皮地笑笑。
「什麼時候會開始積雪呢？」
羊男看看天空，然後看看我的臉。「今年的雪比平常早噢。大概再十天左右吧。」
「再十天路就會冰凍起來嗎？」
「大概吧。誰也上不來，誰也下不去。是個好季節喲。」
「你一直都住在這裏嗎？」
「對。」羊男說。「一直住了很久。」
「那你都吃什麼？」
「蕗、野蕨、樹子、小鳥，還有也捉得到小魚和小螃蟹。」
「不冷嗎？」

「冬天很冷噢。」

「如果有什麼不夠的東西，我想我可以分一些給你。」

「謝謝。不過現在還不缺什麼。」

羊男突然站起來，往草原方向的路開始走去。我也站起來跟在他後面。

「你為什麼會隱居在這裏呢？」

「你一定會笑。」羊男說。

「我想大概不會笑吧。」我說。我想不到到底有什麼好笑的。

「不能告訴別人喏？」

「不會告訴別人啦。」

「因為不想去打仗。」

我們就那樣默默走了一會兒。並排走著，羊男的頭就在我的肩膀邊搖晃。

「跟哪一國打仗？」

「不知道。」羊男咯咯地咳嗽著。「可是我不想去打仗，所以就當羊。當羊就不能離開這裏。」

「你是生在十二瀧町的嗎？」

「嗯。不過你不能告訴別人喏。」

「我不說。」我說。「你不喜歡町上嗎？」

「下面的町上嗎？」

「嗯。」

「不喜歡。因爲有好多士兵。」羊男又再咳了一次。「你是從那裏來的?」

「從東京。」

「聽到過戰爭的事情嗎?」

「沒有。」

羊男似乎因此而對我失去興趣了。我們一直走到草原入口爲止都沒再說什麼。

「要不要到屋子裏去?」我試著問羊男。

「我還要準備過冬的事。」他說。「今天很忙,下次吧。」

「我想見我的朋友。」我說。「我有一個理由無論如何必須在接下來的一星期之內見到他。」

羊男悲哀地搖搖頭。耳朵啪啦啪啦地搖著。「很抱歉,剛才我也說過了,我什麼也幫不上忙。」

「你只要幫我傳話就行了。」

「嗯。」羊男說。

「非常謝謝。」我說。

於是我們就分開了。

「出去走動的時候,千萬別忘記掛個鈴子啊。」臨走之前羊男說。

然後我就直接回家,羊男和上次一樣消失到東邊的樹林裏。沈在冬色中無言的綠色草原隔在我們之間。

☜

那天下午，我烤了麵包。在老鼠房間裏發現的那本《烤麵包的方法》說得很詳細，封面上寫著「只要會讀文字你也很簡單地能夠烤麵包」，不過確實也是這樣。我照著書上寫的做，眞的很簡單就烤出麵包來了。屋子裏飄散著香噴噴的麵包香，從這裏營造出一股溫暖的氣氛。味道方面以初學者來說還不壞。廚房裏有足夠的麵粉和酵母菌，如果不得不要在這裏過一冬的話，至少不必擔心麵包問題就過得去的樣子。米和通心粉也多得不得了。

我傍晚吃麵包、沙拉和火腿蛋，飯後吃罐頭桃子。

第二天早晨我煮了米飯，用鮭魚罐頭、海帶芽和洋菇做了義大利炒飯。

中午吃冷凍過的起司蛋糕，喝濃濃的牛奶茶。

三點吃榛果冰淇淋上面澆一點 Cointreau 調味甜酒。

傍晚用烤箱烤帶骨頭的鷄，喝康寶濃湯。

☜

我又再繼續胖起來。

第九天下午。我正查看著書櫃，發現一本我最近好像看過的一本舊書。從書上的灰塵看只有這本變清潔了，書背也比其他的書稍微凸出書列。

我把它抽出來，坐在長椅上試著翻一翻。是一本名叫《亞細亞主義之系譜》是戰爭中發行的書。紙質非常差，每翻一頁就有霉味。也因爲是戰時出版的，內容都偏向一方非常幼稚，無聊得每翻三頁就要打一次呵欠的程度，就算這樣還有很多地方用符號代替的避諱缺字。關於二・二六事件則一行也沒有記述。

隨便翻翻並沒有眞的仔細讀，發現最後夾了一張白色便條紙。一直看著發黃的紙之後，那白色紙條就像某種奇蹟般地出現。該頁的右端是卷末資料。上面刊載著所謂亞細亞主義者們不管有名無名的姓名、生平、本籍。從頭依照順序看到中間一帶時出現了「先生」的姓名。把我帶到這裏來的「被羊附身」的先生。本籍是北海道——郡十二瀧町。

我把書放在膝蓋上，茫然地呆了一會兒。頭腦裏面語言花了很長時間才固定下來。好像頭腦後面被什麼東西猛然捶了一下似的。

我應該注意到的啊。一開始就應該注意的啊。剛開始聽說「先生」是北海道的貧農出身時，就應該先查清楚才對呀。不管「先生」如何巧妙地抹煞他的過去，應該也一定有辦法調查出來的。那位穿黑衣服的祕書一定能夠立刻幫忙調查得出的。

不，不對。

我搖搖頭。

他不可能沒調查過。他不是那麼粗心大意的人。不管那是多麼細微的事情，他都應該查出所有的可能性的。就像他已經查過有關我的反應和行動的所有可能性一樣。

「他已經完全瞭解一切了。」

除此之外無法想像。雖然如此，他又爲什麼費盡心血去說服我、或者威脅我，把我送到這裏來呢？不管做什麼他都應該可以做得比我更俐落才對呀。還有就算有一定要利用我的理由存在，也可以一開始就把場所告訴我啊。

混亂逐漸平息之後，我開始生起氣來。我覺得一切都很畸形而錯誤。老鼠一定知道什麼。而且那個黑衣男人也一定知道什麼。只有我卻什麼也不知道地被擺在事情的中心。我所想的一切都偏差了，我所有的行動都是錯誤的。當然我的人生也許始終就是這樣。在這意義上，或許我也不能責備誰。不過至少他們不應該這樣利用我。因爲他們所利用、所壓榨、所敲打的東西，正是我所剩下的最後的，眞正最後的一滴呀。

我眞想丟下一切，現在就馬上下山去，但這樣也不行。要想丟下一切，卻已經陷下太深了。最簡單的事就是放聲大哭，可是也不能哭。我覺得好像更早更早以前早已經有眞正値得我哭的什麼理由存在了。

我走到厨房拿了威士忌酒瓶和玻璃杯出來，喝了五公分左右，除了喝威士忌之外，其他什麼也不想。

9 鏡子映出來的東西。鏡子沒映出來的東西

第十天的早晨，我決定忘掉一切。該失去的東西已經失去了。

那天早晨正在慢跑時，開始降下第二次的雪。濕答答的雨雪變成確實的冰片，再變成不透明的雪。和第一次那種乾爽的雪不同，這次的是會纏上身體的討厭的雪。我跑到中途放棄再跑而轉回家，燒熱水洗澡。在等洗澡水熱之前一直坐在壁爐前面，但身體就是不暖。濕濕的冷氣完全滲透到身體的骨髓裏去。手套脫掉之後，手指頭還彎不起來，耳朵到現在還覺得好像會脫落似的刺痛。全身像劣質的紙張一樣粗粗糙糙的。

我泡了三十分鐘熱水澡，喝過放了白蘭地的紅茶之後，身體才好不容易恢復原狀，但偶爾來襲的斷斷續續的惡寒仍然持續了兩小時。這就是山上的冬天。

雪就那樣一直繼續下到黃昏，草原被全面的白色所覆蓋。夜的黑暗正包圍了四周時，雪停了，再度的深沈的沈默像霧一樣地來臨。這是我無法防備的沈默。我把平克勞斯貝的「銀色聖誕」用自動回轉唱針聽了二十六次。

當然積雪並不是恆久的。就像羊男所預言的一樣，大地要眞正凍結之前還稍微有點時間。第二天忽然放晴，久久的太陽光慢慢花時間把雪溶化。草原的雪變成花白斑斑，殘餘的雪把陽光反射得十分眩眼。複式斜屋頂上的積雪化成大塊滑下斜面，發出聲音落地破碎。雪溶化成的水，化成一滴滴落在窗外。一切都那麼淸晰而閃亮。櫸木的一片片葉子尖端，小水滴緊緊抱著葉子閃著晶光。

我雙手插在口袋裏，站在客廳的窗邊，一直凝神眺望著這樣的風景。一切都和我無關地運轉著。和我的存在沒有關係——和誰的存在都沒有關係——一切都兀自在流動著。雪下，雪溶解。

一面聽著雪溶化崩潰的聲音，我一面打掃房子。由於下雪的關係，身體整個變遲鈍了，因爲形式上我是自己任意闖進別人家裏來的，所以至少打掃打掃也是應該的。而且我本來也不討厭做菜和打掃。

只是這麼大的房子要好好掃乾淨倒是比想像中辛苦多了。還是跑十公里的慢跑比較輕鬆。我把每個角落先用鷄毛撢子撢過，再用大型吸塵器吸灰塵，木頭地板先輕輕用水擦過，再趴在地板上打蠟。只打了一半就喘不過氣來了。可是因爲戒了煙的關係，氣喘得還不算嚴重，並沒有喉頭卡住似的那種討厭的感覺。我到厨房喝了冰葡萄汁，喘過一口氣之後，中午以前就一口氣把剩下的地方打蠟完畢。百葉窗全部拉開，由於打過蠟的關係，整個屋子閃閃發光。懷念的潮濕大地的氣息和地板蠟的氣味舒服地溶在一起。

我把打蠟用過的六片抹布洗好拿到外面晾之後，便在鍋裏燒點開水煮義大利麵。放了一大堆鱈魚子、奶油還有白葡萄酒和醬油。好久沒有這麼舒服地慢慢吃一頓午餐了。聽得見附近樹林裏有紅啄木鳥叫的聲音。

義大利麵吃光，餐具洗好，再繼續掃除。洗了浴缸和洗臉台，洗了馬桶，擦了家具。因爲老鼠的用心保持所以並不怎麼髒，用擦家具的噴霧劑一噴立刻亮麗起來。然後我把長塑膠水管拉到屋子外面，把玻璃窗和百葉窗的灰塵冲掉。就這樣建築物整個煥然一新。回到屋裏再把玻璃窗內側擦一擦，掃除就此結束。到黃昏之前聽了兩小時左右的唱片打發時間。

傍晚我想上老鼠房間找一本新書看看，卻發現樓梯口有一面大鏡子非常髒，我用抹布和玻璃清潔劑噴了又擦。可是不管怎麼擦都擦不乾淨。老鼠爲什麼只遺漏這面鏡子讓它髒著不管呢？我眞不懂。我用水桶提了溫水，用尼龍刷子刷鏡子，把粘在上面的油脂刷掉之後，再用乾抹布擦。鏡子髒得一桶水都變黑了。

從精心製作的木框可以看出這鏡子是很久以前的東西，而且似乎是高價的東西，擦過之後一點模糊的地方都沒有。既不歪斜，也沒有傷痕，從頭到腳把人像映出來。我暫時站在鏡子前試著看看自己的全身。沒有什麼特別奇怪的地方。我就是我，就像我每次出現的那種不怎麼起眼的表情一樣，只是鏡子裏的像比必要的還要清楚。那裏面缺少了映在鏡子裏的像所特有的平板。那與其說是我在看著映在鏡子裏的我，不如說我是鏡子裏映出的像，而身爲像的平板的我正在看著眞正的我似的。我舉起右手在臉前面用手背試著擦擦嘴角。鏡子那頭的我也做了完全相同的動作。但那或許是鏡子那頭的我所做的事我重複一遍也說不定。我現在無法確信我是不是眞的出於自由意志用手背擦嘴角的了？

我把「自由意志」這語言儲存在頭腦裏，然後用左手的拇指和食指抓一下耳朶。鏡子裏的我也做了完全相同的動作。看起來他也好像把「自由意志」這語言儲存在頭腦裏了。

我放棄地離開鏡子前面。他也離開了鏡子前面。

☞

第十二天下了第三次的雪。我醒來時，雪就已經在下了。靜得可怕的雪。既不硬，也沒有黏黏的濕氣。雪從空中慢慢飄舞下來，在積起來之前又溶了。像悄悄閉上眼睛那樣靜悄悄的雪。

我從倉庫拉出吉他來，辛苦地調好弦，試著彈彈舊曲子。一面聽著 Benny Goodman 的 Air Mail Special，一面練習之間，不覺已經到了中午，於是在自己做的已經變硬的麵包裏夾了切得很厚的火腿吃，並喝了罐頭啤酒。

大約練習了三十分鐘吉他時羊男來了。雪還繼續安靜地下著。

「如果打擾的話，我就出去噢。」玄關的門還開著，羊男說。

「不，沒關係，我正無聊呢。」我把吉他放在地上這麼說。

羊男和以前一樣，先把脫下的鞋在門外把泥巴敲落了再進屋裏來。在雪中他那厚厚的羊的衣裳非常合身，簡直合為一體。他在我對面的沙發坐下，兩手放在扶手上，身體擺動了幾次。

「還不會積雪嗎？」我試著問他。

「還不會。」羊男回答。「雪分為會積的跟不會積的，這是屬於不會積的。」

「哦。」

「會積的雪要下星期才來。」

「要不要喝點啤酒？」

「謝謝。不過如果有白蘭地更好。」

我到廚房去預備了他的白蘭地和我的啤酒，和起司三明治一起拿到客廳。

「你在彈吉他啊。」羊男似乎很佩服地說。「我也喜歡音樂喲。雖然樂器我一樣也不會。」

「我也不會。已經將近十年沒彈了。」

「不過沒關係你彈一點給我聽好嗎？」

我爲了不讓他失望，於是彈了一遍「Air Mail Special」的旋律，然後開始彈類似一組合弦和即興曲之類的東西，由於後來弄不淸小節數就停下來。

「彈得很好啊。」羊男認眞地讚美著。「會彈樂器一定很快樂吧？」

「如果能彈得好的話。不過要彈得好，耳朵就不能不好，而耳朵好的話自己彈得不夠好，聽了又膩。」

「是這樣子啊。」羊男說。

「傳話沒傳到呢。」羊男說。

羊男把白蘭地倒進玻璃杯小口小口地啜著喝，我把罐裝啤酒拉環拉開就那樣喝起來。

我默默點頭。

「我只是來告訴你這個。」

我看看牆上掛的月曆。離用紅色簽字筆做了記號的期限只剩三天。然而事到如今已經都無所謂了。

「情況已經改變了。」我說。「我非常生氣。生下來到現在從來沒有這樣生氣過。」

羊男手上還拿著白蘭地酒杯沈默著。

我拿起吉他，把背板使勁敲在壁爐的紅磚上。隨著一聲巨大的不協和音背板也敲得粉碎。羊男從沙發跳起來，耳朵震動著。

「我也有權利生氣。」我說。好像是說給自己聽的一樣。我也有權利生氣。

「我覺得沒幫上忙很抱歉。不過我希望你了解。我很喜歡你。」

我們兩人暫時一起眺望著雪。簡直就像從天上撕一些雲下來落在地上一樣柔軟的雪。

我到厨房去拿新的啤酒罐頭。走過樓梯前面時看見鏡子。另外一個我也正好要去拿新的啤酒。我們互相碰面嘆了一口氣。我們住在不同的世界裏，卻想著相同的事情。簡直就像「Duck Soup」裏面的 Groucho 和 Harpo 一樣。

我身後映著客廳。或者說他的對面是客廳。我後面的客廳和他對面的客廳是同一間客廳。沙發、地毯、時鐘、畫、書櫃、一切的一切都一樣。雖然品味不是那麼好但卻是相當舒服的客廳。只是有什麼不對。或者說覺得好像有什麼不對勁。

我從冰箱拿出新的 Löwenbrau 藍色罐頭，拿在手上走回來時再看了一次鏡子裏的客廳，然後又看眞正的客廳。羊男坐在沙發上仍舊呆呆地望著雪。

我想確認一下鏡子裏羊男的身影。然而羊男的身影並沒有在鏡子裏。在沒有任何人的客廳裏，只有一套沙發排在那裏。鏡子裏的世界只有我一個人孤零零的。我背脊發出嘎吱的聲音。

☜

「你臉色不太好。」羊男說。

我在沙發上坐下，什麼也沒說，打開罐頭啤酒的蓋子喝了一口。

「一定是感冒了。不習慣的人這裏的冬天是很冷的。空氣又濕。今天還是早點睡好了。」

「不。」我說。「今天我不睡覺。我會在這裏一直等我朋友。」

「你知道他今天會來嗎?」

「知道啊。」我說。「他今天晚上十點會來這裏。」

羊男什麼也沒說地看著我。從面具裏看出來的眼睛簡直沒有所謂表情這東西。

「今天晚上整理行李，明天就離開這裏。如果你碰到他請這樣告訴他。不過我想大概沒有必要吧。」

羊男表示知道了似的點點頭。「你走掉以後會很寂寞噢。雖然我也知道這是沒辦法的事。對了這起司三明治可以給我嗎?」

「好啊。」

羊男用紙巾包了三明治，放進口袋，然後把手套戴上。

「希望見得到面。」臨走時羊男說。

「見得到的。」我說。

羊男往草原的東方離去。雪的迷霧最後終於完全把他包起來。留下的只有沈默而已。

我在羊男的玻璃杯裏倒進二公分左右的白蘭地，一口氣喝下去。喉嚨熱了起來，接著胃也熱了起來。然後過了三十秒左右之後身體才停止顫抖。只有掛鐘刻畫時間的聲音誇張地在腦子裏響著。

也許應該睡一覺。

我從二樓拿了毛毯下來，在沙發躺下。我像一個在森林裏徘徊遊走的孩子一樣累得精疲力盡。眼睛閉上的下一個瞬間已經睡著了。

我做了一個討厭的夢。非常討厭，討厭得令人想不起來的夢。

10 然後時間過去

黑暗像油一樣從我的耳朵潛進來。有人正用一個巨大的鐵鎚敲打著冰凍的地球。鐵鎚正確地敲了地球八次。地球沒有破。只是有一點裂痕而已。

八點，夜晚的八點。

我搖搖頭醒過來。身體麻痺。頭好痛。好像有人把我和冰塊一起放進攪拌器裏，七上八下地亂搖亂晃一番似的。沒有比在黑暗中醒來更討厭的事。好像一切的一切都非要從頭做起不可似的。剛醒來的時候，簡直好像活在別人的人生裏一樣。要等那和自己的人生重疊在一起還需花一段時間。把自己的人生看成別人的人生也是一件很奇怪的事。甚至居然有這樣的人物活著本身都令人覺得不可理解。

我用廚房的自來水洗臉，順便喝了兩杯水，水像冰一樣冷，然而依然無法把我臉上的熱潮洗掉。我重新坐回沙發，在黑暗和沈默之中一點一點地把自己人生的碎片搜刮起來。雖然也搜刮不到什麼了不起的東西，不過至少那是我的人生。然後慢慢的我又回到我自己。我就是我自己這回事，是很難向別人說明清楚的。而且大概也引不起任何人的興趣吧。

我試著想想細胞。正如妻所說的，結果什麼都會失去。連自己都會失去。我試著用手掌壓住我的臉。在黑暗中的手中所感覺到的自己的臉，不覺得是自己的臉，好像是採用我的臉形的別人的臉。連記憶都不明確。一切東西的名字都溶解了，被吸進黑暗中去了。

黑暗中八點半的鐘聲響起。雪已經停了，天空依然覆蓋著厚厚的雲。一片完全的黑暗。很久一段時間我沈在沙發裏，咬著大拇指的指甲。連自己的手都看不清楚。由於壁爐火熄了，屋子裏冷冷的。我把毛毯捲在身上，恍惚地望著黑暗的深處。好像蹲在深井底下一樣的感覺。

時間流過去了。黑暗的粒子在我的網膜上畫著不可思議的圖形。被畫出來的圖形過一會兒又無聲地消失。別的圖形被畫出來。像水銀一般靜止的空間裏，只有黑暗在動著。

我停止思考，任時間流過。時間繼續流過我。新的黑暗描繪出新的圖形。

時鐘敲了九點。第九聲的鐘響慢慢被吸進黑暗中之後，沈默便從那縫隙鑽進來。

「可以談一談嗎？」老鼠說。

「好啊。」我說。

11 住在黑暗中的人們

「好啊。」我說。

「比預定的時間早來了一個鐘頭。」老鼠似乎很抱歉地說。

「沒關係。你看也知道我一直閒著。」

老鼠安靜地笑了。他在我背後。感覺簡直就像背對背坐著一樣。

「覺得好像以前一樣啊。」老鼠說。

「我想我們大概一定得在閒得無聊的時間，才能彼此坦白的談話吧。」我說。

「似乎是這樣啊。」

老鼠微笑著。即使在黑漆漆的黑暗中背對著背，我還是知道他在微笑。只要一點點空氣的流動和氛圍，就可以知道很多事情。因爲我們曾經是朋友。那已經是想不起來有多久的從前了。

「不過有人說過打發無聊時間的朋友是眞心的朋友。」老鼠說。

「大概是你說的吧？」

「你的感覺還是那麼靈，沒錯是我說的。」

我嘆了一口氣。「可是關於這次的盲目瞎闖，我的靈感卻壞透了。眞想死掉算了。你們給了我那麼多的暗示我還這樣。」

「沒辦法。你還算做得不錯呢。」

我們沈默下來。老鼠大概又在盯著自己的手看吧。

「我給你帶來很多麻煩。」老鼠說。「我覺得眞的很抱歉。可是我沒別的辦法。除了你，我沒有別人可以拜託。就像信上也寫過的一樣。」

「我正想問你這件事。因爲我實在搞不清楚。」

「那當然。」老鼠說。「我當然會說。不過在那之前喝點啤酒吧。」

我正要站起來，老鼠阻止我。

「我去拿。」老鼠說。「畢竟這是我家啊。」

老鼠在黑暗中以習慣的腳步走到廚房。我一面聽著他從冰箱裡抱出一抱啤酒的聲音，一面把眼睛閉起、張開。房間的黑暗和閉上眼睛時的黑暗，顏色有點不同。

老鼠回來在桌上放了幾罐啤酒。我伸手摸索著拿了一罐，拉開拉環喝了一半。

「眼睛看不見，啤酒好像不是啤酒似的。」我說。

「很抱歉，不過不這樣暗不方便。」

我們暫時沈默地喝啤酒。

「好吧。」老鼠說著乾咳一聲。我把變空的啤酒放回桌上，身體還蜷在毛毯裡安靜等著他開始說話。然而接下來的話卻沒有繼續。只聽到黑暗中老鼠爲了確定啤酒剩下的量而左右搖著罐頭的聲音。這是他平常的老習慣。

「好吧。」老鼠又再說一次。然後一口氣把剩下的啤酒喝乾，並發出咔噹一聲乾乾的聲音把罐子放回桌上。

「首先從我爲什麼會來這裡說起。可以嗎？」

我沒回答。老鼠確定我沒有回答的意思之後，繼續說下去。

「我父親是在一九五三年買下這塊地的。那是我五歲的時候。爲什麼會特地到這樣的地方來買土地呢？我也不太清楚。我想一定是從美軍關係的路子便宜買下來的吧。正如你所看見的一樣，事實上這裡交通非常不方便，夏天還好，一旦積雪以後，簡直就不能用了。占領軍好像本來想把路整修好做爲雷達基地之類的用，結果考慮到太費周章和費用也就作罷了。當然町上也窮，所以不能考慮修路的問題。何況就算把路整修好了，這地方也沒什麼太大的用處。所以這塊土地就這樣變成被遺棄的土地了。」

「羊博士難道不想回這裡來嗎？」

「羊博士一直住在記憶裡。那個人並不想回到任何地方去。」

「也許是這樣。」我說。

「再多喝點啤酒嘛。」老鼠說。

不用。我說。因爲暖爐關掉的關係，身體好像要凍進骨髓似的。老鼠拉開瓶蓋，一個人喝著啤酒。

「我父親非常中意這塊土地，自己把路修了一修，房子也整理了一番。我想是花了不少錢喏。不過也因爲這樣，只要有車子，至少夏天已經可以過一般正常的生活了。從暖氣設備、抽水馬桶、淋浴蓮蓬、電話到緊急自動發電設備等。我實在完全無法想像羊博士當年在這裡是怎麼過日子的。」

老鼠發出不知是打嗝還是嘆息的聲音。

「一九五五年到一九六三年左右，我們每到夏天就來這裡住噢。父母親、姊姊和我，而且還有幫忙打雜的女孩子呢。現在想起來，那是我的人生中最正常的時代。雖然現在也一樣，因爲出租當牧草地的關係，一到夏天這裡就會有好多町上的羊。到處都是羊噢。所以一說到我對夏天的記憶，總是和羊扯在一起。」

擁有別墅到底是怎麼回事我不太清楚。大概一輩子也不會知道吧。

「可是到了六〇年代中期之後，我家裡人就不再來這裡了。一方面因爲我們在離家更近的地方有了另一幢別墅，一方面因爲姊姊結婚了，而我向來和家裡人不怎麼親近也有關係，我父親的公司有一陣子不太穩定也有關係，總之因爲種種關係。反正，就這樣這塊土地又再度被遺棄了。我最後一次到這裡大概是一九六七年吧。

那時候我是一個人來的噢。一個人在這裡住了一個月。」

老鼠說到這裡好像想起什麼似的暫時閉上嘴。

「不寂寞嗎？」我試著問。

「一點也不寂寞啊。如果可能的話，我還想一直住在這裡呢。可是不行。因爲這是我父親的房子。我不想讓我父親照顧。」

「現在還是這樣嗎？」

「是啊。」老鼠說。「所以我原來並不打算來這裡的。可是在札幌的海豚飯店門廳偶然看見這張照片時，卻無論如何想來看一眼。說起來還是爲了有點感傷的理由呢。我相信你也會有這種情形吧。」

「嗯。」我說。後來想起了被埋掉的海。

「而且在那裡聽到羊博士的事。有關背上有星星記號的夢中之羊的事。這件事你知道吧？」

「知道啊。」

「後來的事情我就簡單說吧。」老鼠說。「我聽了那番話，就忽然想在這裡過冬。只有這種心情無論如何也丟不掉。不管父親怎麼樣，都已經沒關係了。於是我備齊了各種裝備來到這裡。簡直就像被什麼引誘了似的。」

「然後遇到那頭羊對嗎？」

「對。」老鼠說。

☜

「要說接下來發生的事，實在很痛苦。」老鼠說。

「那種痛苦不管怎麼說，我想你都沒辦法瞭解。」

老鼠把變空的第二罐啤酒罐用手捏扁。

「能不能由你來發問？大概的情況我想你也多少知道一些了吧？」

我默默點點頭。「問題的順序也許會很亂，沒關係吧？」

「沒關係呀。」

「你已經死了對嗎？」

老鼠在能夠回答之前，花了長得可怕的時間。雖然或許只有幾秒鐘也不一定，但那對我來說，卻是長得可怕的沈默。嘴巴乾乾渴渴的。

「是啊。」老鼠安靜地說。「我已經死了。」

12 爲時鐘上發條的老鼠

「我在廚房的橫樑上吊。」老鼠說。「羊男把我埋在車庫旁。死這回事並不怎麼痛苦噢。如果你在爲我擔心這個的話。不過其實這並不重要。」

「什麼時候？」

「你到這裡來的一星期前。」

「你那時給時鐘上了發條對嗎？」

老鼠笑笑。「眞是不可思議。在長達三十年的人生最後的最後所做的事，竟然是幫時鐘上發條啊。都要死的人了，爲什麼還爲時鐘上什麼發條嘛？眞奇怪啊。」

老鼠不說話時四周便靜悄悄的，只聽見時鐘的聲音。雪把除此之外的一切聲音都吸掉了。簡直就像宇宙之中只剩下我們兩個人似的。

「如果……」

「少來了。」老鼠把我的話堵住。「已經沒有什麼如果了。你應該也知道的，對嗎？」

我搖搖頭。我眞的不知道。

「如果你早一星期到這裡來，我還是會死的。那麼，或許我們可以在更明朗而溫暖的地方見面也說不定。可是，也一樣。我不能不死的事實還是沒有改變。那只有更痛苦而已。而且那樣的痛苦我是一定受不了的。」

「爲什麼不能不死呢？」

黑暗中聽得見搓手的聲音。

「關於這個我不太想說。因爲那樣會變成在自我辯護。你不覺得沒有比死人在做自我辯護更難堪的事嗎？」

「可是你不說我就不懂啊。」

「再多喝一點啤酒吧。」

「好冷啊。」我說。

「已經沒那麼冷了。」

我用顫抖的手拉開拉環喝了一口啤酒。喝起來確實已經沒那麼冷了。

「我簡單說吧。如果你能答應我不告訴任何人的話。」

「就算我說了，到底有誰會相信呢？」

「這倒是眞的。」老鼠說完笑起來。

「一定沒人會相信的。實在太笨了。」

時鐘敲了九點半。

「能不能把時鐘停下來？」老鼠問我。「好吵啊。」

「當然可以呀。這是你的鐘嘛。」

老鼠站起來打開掛鐘的門，把鐘擺停下。所有的聲音和所有的時間便從地表消失。

「簡單說，我是把羊呑進去然後就那樣死掉的。」老鼠說。「我等羊睡熟之後就在廚房的樑上用繩子上吊。那傢伙來不及逃出來。」

「你眞的不得不這樣做嗎？」

「眞的不得不這樣做。如果再遲一些的話，羊可能就完全支配住我了。那是最後的機會呀。」

老鼠又再搓了一次手掌。「我本來希望以我自己正常的樣子和你見面的。以擁有我自己的回憶和我自己的弱點的我自己。寄給你像暗號似的照片也是為了這個。我想如果偶然能夠把你引導到這塊土地上來，那麼最後我就可以得救了吧。」

「後來你得救了嗎？」

「得救了啊。」老鼠安靜地說。

☜

「關鍵就在軟弱。」老鼠說。「一切都是從這裡開始的，你一定沒辦法瞭解那種軟弱。」

「人都很軟弱。」

「這是一般論哪。」說著老鼠扳響了幾次手指。「不管搬出幾種一般論，人都去不了什麼地方。我現在說的是非常私人性的事。」

我沈默。

「所謂軟弱是身體裡面逐漸腐敗的東西。簡直就像爛瘡一樣。我從十五歲前後開始一直繼續有那種感覺。所以我總是很焦躁。自己體內確實有什麼在腐敗中，或者說自己可以持續地這樣感覺，你知道這到底是怎麼回事嗎？」

我仍然蜷在毛毯裡沈默著。

「我想你大概不會瞭解吧。」老鼠繼續說。「因為你沒有這樣的一面哪。可是，總而言之，那就是軟弱。所謂軟弱就和遺傳的病一樣噢。不管你有多麼瞭解，卻無法靠自己治好。也不會因爲某種契機而消失。只會越來越惡化而已。」

「是對什麼的軟弱呢？」

「對一切呀。道德上的軟弱，還有存在本身的軟弱啊。」

我笑了。這次笑得出來了。「可是如果照你這樣說的話，豈不是沒有一個人不軟弱了？」

「我們不談一般論好嗎。我剛才也已經說過了啊。當然人都有弱點。可是所謂眞正的軟弱是和眞正的堅強一樣稀有的東西喲。一種對於不斷被黑暗拉進去的軟弱你是不會瞭解的。而且這種東西實際上就存在於這個世界上。並不能把一切事情都用一般論來解決。」

我沈默著。

「所以我才會離開以前那個地方。因爲我不想把如此墮落的自己曝露在別人面前。包括你在內。只要自己一個人到陌生的土地去的話，至少可以不必增加別人的麻煩。結果。」說著，老鼠一度沈進黑暗的沈默中。「結果，我沒有能夠從羊的陰影之下逃出來也是因爲這軟弱。我自己一點辦法也沒有啊。那時候就算你立刻趕來，我想我大概也沒什麼辦法吧。就算假定我決心下山也一樣噢。因爲我一定還會再回來。所謂軟弱是這樣一種東西喲。」

「羊對你要求什麼呢？」

「一切呀。一切的一切呀。我的身體、我的記憶、我的軟弱、我的矛盾……羊最喜歡這些東西了。這傢伙有好多觸手，這些觸手伸進我的耳洞啦鼻孔啦，像用吸管吸一樣地把我榨乾。一想到這裡就噁心吧？」

「那代價是什麼？」

「是對我來說好得太奢侈的東西喲，雖然羊並沒有以很清楚的形式向我顯示，我只不過看到其中的很少一部分而已。雖然如此……」

老鼠沈默。

「雖然如此，我還是被折磨得半死噢。我一點辦法也沒有。這我無法用語言來說明。那就好比把一切都吞進去的坩堝一樣。美得讓人發暈，而且邪惡得令人討厭。如果身體被埋進裡面，一切就消失了。意識也好、價值觀也好、感情也好、痛苦也好，一切都消失了。很接近所有生命的根源出現於宇宙中的一點時的動力一樣的東西喲。」

「可是你拒絕這個對嗎？」

「對。一切都隨著我的身體一起被埋葬。接下來只要再做一件事，就永遠被埋葬了。」

「再做一件事？」

「再做一件事。那是以後要你幫我做的事。不過現在不談這個。」

我們同時喝啤酒。身體稍微暖和了一些。

「血瘤是不是像鞭子一樣的東西？」我問。「羊爲了要控制宿主的工具。」

「沒錯。如果得了那個就沒辦法逃離羊了。」

「先生所追求的目標到底是什麼？」

「他瘋掉了。一定是對那坩堝的風景無法忍受吧。羊利用他組成一個強大的權力機構。羊就是爲了這個而進到他體內的。換句話說就是用完就丟掉。思想上那個男人是零。」

「然後先生死了以後，想利用你繼續支配那個權力機構對嗎？」

「是啊。」

「那以後會發生什麼？」

「一個完全無政府主義的觀念性王國啊。在那裡所有的對立都一體化了。而我和羊則在那中心。」

「你爲什麼拒絕呢？」

時間死絕了，在死絕了的時間之上，雪無聲地堆積著。

「我喜歡我的軟弱。也喜歡痛苦和難過噢。我喜歡夏天的光、風的氣息和蟬的聲音，我喜歡這些東西。毫無辦法的喜歡。和你一起喝的啤酒啦……」老鼠說到這裡把話吞回去。「我不知道。」

我試著找話說，可是找不到話說，我還是蜷在毛毯裡注視著黑暗的深處。

「我們好像是用相同材料做出完全不同的東西似的啊。」老鼠說。

「你相信世界會變好嗎？」

「誰知道什麼是好的，什麼是壞的呢？」

老鼠笑了。「眞的，如果有所謂一般論的國家的話，你可以當那裡的國王噢。」

「不包括羊的話。」

「是不包括羊啊。」老鼠把第三罐啤酒一口氣喝乾，空罐子咔噹一聲放在地板上。

「你還是早點下山好。在還沒被雪困住之前。你不會想在這種地方過一個冬天吧？恐怕在四、五天就要開始積雪了。要穿過冰凍的山路簡直要人的命。」

老鼠在黑暗的深處似乎很樂地笑著。「我已經沒有『以後』這回事了啊。只有花一個冬天消失掉而已。至於這一個冬天到底有多長我也不知道。反正一個冬天就是一個冬天哪。能夠見到你我很高興。雖然本來是希望能在更溫暖更明亮的地方見面的。」

「傑要我問候你。」

「你能不能也幫我問候他。」

「我也見到她了。」

「她怎麼樣了？」

「很好啊。還在同一家公司上班。」

「那麼還沒結婚囉？」

「嗯。」我回答。「她想問你，到底是結束了還是沒結束？」

「結束了啊。」老鼠說。「就算以我一個人的力量沒辦法結束，總之還是結束了。我的人生是沒有任何意義的人生。可是當然如果借用一下你所喜歡的一般論的話，任何人的人生也都沒有什麼意義。對嗎？」

「是啊。」我說。「最後還有兩個問題。」

「好啊。」

「首先第一個是關於羊男。」

「羊男是個好傢伙。」

「到這裡來的時候，羊男就是你對嗎？」

老鼠迴轉著脖子弄出啪吱啪吱的聲音。「是啊。我借了他的身體。你都知道得很清楚啊？」

「從一半開始。」我說。「起先還不知道呢。」

「說眞的你把吉他敲破時我嚇了一跳。我從來沒看過你生這麼大的氣，而且那是我第一次買的吉他啊。雖然是個便宜貨。」

「對不起。」我道歉。「我只是想把你嚇出來而已。」

「沒關係呀，一到明天反正一切都要消失的。」老鼠很乾脆地這樣說。「然後，另外一個問題，是關於你的女朋友對嗎？」

「對呀。」

老鼠沈默了很久。聽得見他搓著手，然後嘆一口氣，「關於她的事，如果能夠的話我想盡量少說。因爲她是我估計之外的因素。」

「估計之外？」

「對。對我來說我本來打算這是一個只有自己人的 party。可是她卻夾進來了。我們不應該把她捲進來。你也知道那女孩子擁有過人的能力。能夠把各種東西拉到一起的能力。可是她不該來這裡。這是一個遠超過她能力的地方。」

「她怎麼樣了？」

「她沒問題，她很好啊。」老鼠說。「只是她大概已經沒有吸引你的地方了。雖然我覺得很悲哀。」

「爲什麼？」

「消失了啊。她體內有些什麼已經消失了。」

我沈默不語。

「我瞭解你的心情。」老鼠繼續說。「不過那是遲早都會消失的東西呀。不管我也好、你也好、還有各種女孩子也好，身體裡似乎都有什麼會消失掉噢。」

我點點頭。

「我差不多要走了。」老鼠說。「不能待太久，一定還會在什麼地方見面吧。」

「對呀。」我說。

「可能的話最好能在比較亮的地方，季節是在夏天噢。」老鼠說。「最後只有一件事要麻煩你。明天早晨九點把掛鐘時間調好，然後把鐘後面凸出來的電線接上。綠色的線接綠色的線，紅色的線接紅色的線。然後我希望你九點半離開這裡下山去。十二點我有一個普通朋友會到家裡來喝茶。可以嗎？」

「我會這樣做。」

「見到你眞的很高興。」

沈默暫時包圍了我們兩人。

「再見。」老鼠說。

「下次再見。」我說。

我依然蜷在毛毯裡，安靜閉著眼睛側耳傾聽。老鼠的鞋子發出乾乾的聲音慢慢橫越過屋子，打開門。好像快要凍結的冷氣進入屋裡來。沒有風，而是慢慢滲透進來似的沈重的冷氣。

老鼠讓門開著，在門口佇立了一會兒。他好像並沒有看外面的風景，沒有看屋子的內部，沒有看我，而一直注視著完全不同的其他什麼東西似的。那種感覺就好像在看門的把手或自己的鞋尖似的。然後好像把時間的門扉關上似的，發出一聲咔吱的小小聲音把門關上了。

後面只留下沈默。除了沈默什麼也沒留下。

13 綠色電線和紅色電線。凍僵的海鷗

老鼠消失之後過一會兒，來了一陣難以忍受的惡寒。我在洗臉台好幾次想吐，但除了沙啞的聲音之外，什麼也吐不出來。

我走上二樓，脫掉毛衣鑽進床上。惡寒和高燒交替地出現。每次這樣房間都跟著一下擴大一下縮小。毛毯和內衣被汗滲得濕濕的，汗濕涼了之後，就變成絞緊般的寒冷。

「九點把鐘上發條。」有人在我耳邊低語。「綠色的電線接綠色的電線……紅色的電線接紅色的電線……九點半離開這裡……」

「沒問題。」羊男說。「你會很好的。」

「細胞會新陳代謝喲。」妻說。她右手抱著白色的蕾絲襯裙。

頭無意識地往左右搖動十公分。

紅色的電線接紅色的電線……綠色的電線接綠色的電線。……

「你簡直什麼都不知道嘛。」女朋友說。對呀。我什麼都不知道。

聽得見浪的聲音。冬天的沈重的浪。鉛色的海和襯衫領一般的白浪。凍僵的海鷗。

我在密閉的水族館展示室裡。鯨魚的陰莖排列了好幾根，非常熱，空氣非常悶。應該有人把窗戶打開的。

「不行。」司機說。「一旦打開就再也關不上了。這樣一來，我們大家都會死掉。」

有人打開窗戶。非常冷。聽得見海鷗的聲音。牠們尖銳的聲音割裂了我的肌膚。

「你記得貓的名字嗎？」

「沙丁魚。」我回答。

「不對，不是沙丁魚。」司機說。「名字已經改了。名字很快就變了。你不也忘記自己的名字了嗎？」

「非常冷。而且海鷗的數目也太多了。」

「凡庸要走很長的道路。」黑衣服的男人說。「綠色的電線接紅色的電線，紅色的電線接綠色的電線。」

「你聽到戰爭的事嗎？」羊男問。

Benny Goodman Orchestra 開始演奏「Airmail Special」。Charlie Christian 唱很長的獨唱。他戴著奶油色的軟帽子。那是我所記得的最後印象。

14 再度走過不祥的彎路

鳥在叫著。

太陽光從百葉窗的縫隙變成橫條狀照在床上。掉在地板的手錶指著七點三十五分。毛毯和襯衫好像倒翻一桶水一般濕答答的。

頭腦還迷迷糊糊鈍鈍重重的，熱度卻退了。窗外是一大片白色雪景。在新鮮的早晨的光線下，草原閃耀著銀色光輝。冷氣令皮膚覺得很舒服。

我走下樓沖了個熱水澡。臉色白得可怕。一個晚上下來，臉頰肉都削落了。我在整個臉上塗了比平常多三倍的刮鬍膏，仔細地刮鬍子。而且解了連自己都難以相信的小便量。

小便完力氣都沒了。身上還包著浴巾，就在長椅上躺了十五分鐘之久。

鳥繼續叫著。雪開始溶化，從屋頂啪吱啪吱滴落下來，偶爾遠遠的有一聲尖銳的嗶哩聲。

八點半之後我喝了兩杯葡萄汁，啃了一整個蘋果。然後整理行李。從地下室拿了一瓶白葡萄酒，一大片Hershey 巧克力糖，還有兩個蘋果。

行李整理好之後屋子裡飄散著一股哀傷的空氣。一切的一切都要結束了。

我確認手錶已經九點之後，把掛鐘的三條分銅捲上去，時針對好九時。然後把沈重的鐘挪開一些，把後面伸出的四根電線接上。綠色的電線……接綠色的電線，然後紅色的電線接紅色的電線。

電線從背板上用鑽子鑽成的四個洞伸出外面。從上方伸出一組，從下方伸出一組。電線用和吉普車上一樣的鐵絲牢牢地固定在時鐘上。我把時鐘移回原位，然後站在鏡子前面向自己打最後一次招呼。

「希望一切都順利噢。」我說。

「希望一切都順利噢。」對方說。

☞

我和來的時候一樣，橫切過草原的正中央。腳底下發出雪嘎吱嘎吱的聲音。沒有一個腳印的草原看起來就像銀色的火山口湖一樣。回頭看看，我的腳印連成一排一直連到房子那邊。腳印出乎意料之外的彎曲。要走得筆直還不是一件簡單的事。

從遠遠看起來，房子簡直就像一個生物一樣。房子好像不自在似的扭動了一下，複式斜屋頂上的雪就被抖落下來。雪塊發出聲音滑過屋頂的斜面，落在地上粉碎掉了。

我繼續走，橫切過草原。然後穿過長長的長長的白樺林，跨過橋，沿著圓錐形的山繞了一圈，走出討厭的彎路。

彎路上積的雪，並沒有凍得很牢。可是不管怎麼小心地把雪牢牢地踩上去，都好像要被地獄的無底洞往下拉似的，無法掙脫那種可怕的感覺。我好像緊緊抓住紛紛崩塌的懸崖邊緣一般地走完那段彎路。腋下冷汗濕淋淋的，好像小時候做的惡夢一樣。

右手邊看得見平原。平原也還覆蓋在雪中。在那正中央十二瀧河正一面眩眼地閃著光輝一面流著。感覺遠方好像聽得見汽笛聲。天氣非常晴朗。

我喘過一口氣之後，背起背袋，走下和緩的下坡路。轉過下一個彎角的地方，停著從來沒見過的新吉普車。吉普車前面站著那個黑衣服的祕書。

15 十二點的茶會

「我在等你。」黑衣男人說。「不過只等了二十分鐘左右。」

「你怎麼知道的？」

「你是指地點，還是時間？」

「我指時間哪。」我說著把背包放下來。

「你以爲我是怎麼當上先生的祕書的？靠努力？ＩＱ？要領？沒這回事。理由在於我有能力呀。靈感啊。如果依你們的說法來說的話。」

男人穿著米黃色的羽毛夾克和滑雪褲，戴著綠色 Ray-Ban 太陽眼鏡。

「我和先生之間曾經有很多地方是共通的。例如對於超越理性或理論或倫理的東西之類的方面。」

「曾經？」

「先生在一星期之前去世了。舉行了非常盛大的葬禮。現在東京正爲了選出他的後繼者而手忙腳亂。凡庸的傢伙們正忙得雞飛狗跳團團轉。實在辛苦啊。」

我嘆了一口氣，男人從上衣口袋拿出銀色煙盒，從裡面取出無濾嘴香煙點上火。

「抽不抽？」

「不抽。」我說。

「你做得實在很好。比我想像的還好噢。說眞的，我實在嚇了一跳。本來，如果你遇到困難的話，我還打算一路給你一些暗示的。而且和羊博士的相遇實在是絕妙。如果你肯的話我還想請你在我下面工作呢。」

「從一開始你就知道這地方了對嗎？」

「那當然。你到底以為我是什麼？」

「可以問你問題嗎？」

「可以呀。」男人好像心情很好地說。「不過要長話短說噢。」

「為什麼不一開始就把地方告訴我？」

「因為你希望自動自發地憑自由意志來到這裡。而且希望把他從洞穴裡拉出來。」

「洞穴？」

「精神上的洞穴啊。人變成羊的附身之後，會有暫時性的自失狀態。就像 shell shock 一樣的情形。把他從那裡拉出來就是你的任務啊。可是要讓他信任你，必須你是一張白紙才行。就是這麼回事。怎麼樣，很簡單吧？」

「是啊。」

「謎只要一解開都是很簡單的。只是要設計程式比較難。因為電腦無法連人的感情的動搖都計算進去，所以要靠手來做。可是當費盡心血所設計的程式，能夠按照計畫去執行時，實在沒有比這個更令人快樂的了。」

我聳聳肩。

「好吧。」男人繼續說。「尋羊冒險記已經接近尾聲。由於我的計畫和你的天眞，我終於得到他了。對嗎？」

「好像是吧。」我說。「他在那裡等著。聽說十二點整有個茶會。」

我和男人同時看看手錶。十點四十分。

「我差不多要走了。」男人說。「讓人家等不太好。你可以讓吉普車送你下去。還有這是你的酬勞。」

男人從口袋拿出支票交給我。我沒看金額就塞進口袋。

「你不確認一下嗎？」

「沒那必要吧。」

男人很樂似地笑著。「能跟你一起工作滿愉快的。還有，你的搭檔把公司解散了。眞可惜呀。本來前途很遠大的嘛。廣告產業今後會更發展哪。你只要一個人做就行了。」

「你瘋了啊。」我說。

「下次再見吧。」男人說。然後朝著台地的彎路走過去。

「沙丁魚過得很好噢。」司機一面開著吉普車一面說。「胖得圓嘟嘟的。」

我坐在司機旁邊。他和開那部怪物似的車子時好像變了一個人似的。他說了很多關於先生的葬禮還有照顧貓的事，可是我幾乎都沒在聽。

吉普車到車站時是十一點半。町上像死掉了一樣靜。一個老人正用鏟子把圓環的雪鏟開。瘦瘦的狗在他身邊搖著尾巴。

「謝謝你。」我向司機說。

「那裡。」他說。「還有，那個神的電話號碼你有沒有試試看？」

「沒有，沒時間哪。」

「先生去世以後，就不通了。不曉得怎麼回事？」

「一定很忙吧。」我說。

「也許吧。」司機說。「那麼，保重了。」

「再見。」我說。

☜

上行列車十二點整開車。月台上沒有人影，列車上的乘客也連我在內才四個。雖然如此，好久沒看見的人們的姿態還是讓我覺得鬆了一口氣。不管怎麼說，我總是回到有生氣的世界來了。就算這是一個充滿無聊的凡庸世界也好，那畢竟是我的世界啊。

我一面咬著巧克力一面聽著開車的鈴聲。鈴聲響完之後，列車發出咔噹一聲時，我聽見遠處有爆炸的聲音。我使勁把窗戶推上去，頭伸出外面。隔了十秒鐘左右再聽到第二聲爆炸聲。列車開始跑起來。三分鐘之後，看得見圓錐形的山一帶冒出一縷黑煙。

一直到列車轉過右邊的彎道之前，我凝視了那煙三十分鐘。

後記

「一切的一切都結束了啊。」羊博士說。「一切的一切都結束了。」

「結束了。」我說。

「我想這一定應該感謝你才行。」

「我失去了很多東西。」

「不。」羊博士搖搖頭。「你不是才剛剛開始活嗎?」

「說得也是。」我說。

我走出房間時，羊博士正伏在桌上失聲痛哭。因爲我把他失去的時間奪走了。那是正確的嗎?我到最後都不知道。

「不知道到什麼地方去了。」海豚飯店的老闆好像很傷心地說。「她沒說要去那裡。身體好像不太舒服。」

「沒關係。」我說。

我領了行李，住進和以前同一個房間。從窗戶可以看見和以前一樣不知道在做什麼的公司。沒看見大乳房的女孩子。年輕的男職員有兩個正在一面抽煙一面做著桌上的工作，一個在唸著數字，一個用尺在一張大紙上畫著折線的圖。由於大乳房的女孩不在，公司看起來好像和以前完全不同的公司似的。只有看不出是什麼樣的公司這一點是相同的。六點一到全體下班，大樓變成一片黑暗。

我打開電視看新聞報導。沒有關於山上的爆炸事件。對了，爆炸事件是昨天的事了。我到底這一天在什麼地方，做了什麼？想要回想頭卻痛起來。

總之過了一天。

就這樣我一天一天地從「記憶」遠離而去。一直到某一天在漆黑之中再度聽到遙遠的聲音為止。

我把電視關掉，沒脫鞋子就往床上一躺。然後一個人孤零零地望著滿是灰塵的天花板。天花板的灰塵痕跡令我想起遙遠的從前死掉的已經被每一個人遺忘的人們。

某種顏色的霓虹燈改變了房間的色調。耳朵邊聽得見手錶的聲音。我把錶帶放鬆丟到地板上。汽車的喇叭聲柔和地互相重疊在一起。想要睡卻睡不著。胸口抱著無法用言語表達的情緒是沒辦法睡著的。

我穿上毛衣走到街上，走進眼睛看見的第一家迪斯可舞廳，一面聽著不停止的靈魂樂曲，一面喝了三杯雙份的威士忌，這樣才恢復了正常。不恢復正常不行。因為大家都希望我能恢復正常。

回到海豚飯店時，三根手指的老闆坐在長椅上看著電視上最後一次的新聞報導。

「明天我九點出發。」我說。

「要回東京嗎？」

「不。」我說。「在那之前還要先到一個地方。請你八點叫我。」

「好啊。」他說。

「很多事情要謝謝你。」

「那裡的話。」然後老闆嘆了一口氣。

「我父親不吃東西。那樣下去會死掉的。」

「因爲發生了讓他難過的事情。」

「我知道。」老闆傷心地說。「不過我父親什麼也沒有告訴我。」

「以後一定都會變好的。」我說。「只要時間過去之後。」

☜

第二天中午在飛機上吃的午餐。飛機經過羽田機場，然後再飛起來，左手邊海一直閃著光。

傑還是在削著馬鈴薯。打工的年輕女孩在換換花瓶的水，擦擦桌子。從北海道回到這裡，秋天還殘留著。從傑氏酒吧的窗口看得見的山，紅葉正紅得漂亮。我坐在開店前的櫃檯喝著啤酒。用單手剝著花生殼，發出啪啦一聲舒服的聲音。

「要弄到能夠剝得這麼舒服的花生還很不容易呢。」傑說。

「哦。」我一面咬著花生一面說。

「怎麼這次又放假了啊？」

「辭職了。」

「辭職？」

「說來話長啊。」

傑削完全部的馬鈴薯之後用一個大網籃洗，再把水分瀝乾。「那麼以後有什麼打算哪？」

「不知道啊。我的退休金加上共同經營權出讓的部分還有一點錢進來。雖然不是什麼大錢。另外還有這個。」

我從口袋拿出支票，不看金額就交給傑。傑看了看搖搖頭。

「金額很嚇人，不過總覺得好像有點可疑啊。」

「正如你說的。」

「不過說來話長對嗎？」

我笑笑。「這個存在你這裡，放在店裡的金庫裡吧。」

「那裡來的金庫呢？」

「那麼就放在收銀機裡好了。」

「我到銀行幫你租個保管箱放吧。」傑很擔心地說。「可是這要幹什麼呢？」

「傑，你這家店搬過來的時候花了不少錢吧？」

「是啊。」
「貸款嗎？」
「有啊。」
「那張支票還得完貸款嗎？」
「還有得找呢。可是……」
「怎麼樣？能不能用這個讓我和老鼠加進來當這裡的共同經營者？不拿紅利也不用利息，只要掛名就行了。」
「可是這樣怎麼過意得去呢？」
「沒關係，只要我和老鼠有困難的時候，這裡能夠接納我們就行了。」
「過去不是一直都這樣嗎？」
我拿著玻璃杯不動，一直注視著傑的臉。「我知道，不過我想這樣做。」
傑笑著把支票放進圍裙的口袋裡。「我還記得你第一次喝醉的事。那是幾年前了？」
「十三年前。」
「已經這麼久了啊？」
傑很難得地談了三十分鐘從前的事情。客人稀稀落落開始進來時，我站了起來。
「你不是才剛來嗎！」傑說。
「有教養的孩子是不待太長的啊。」我說。

「你見到老鼠了吧?」

我兩隻手放在櫃檯上深呼吸一下。「見到了。」

「那也說來話長嗎?」

「是你從來沒聽過的那麼長的話噢。」

「不能長話短說簡單的說嗎?」

「簡單說就沒意思了。」

「他還好嗎?」

「還好。他很想見你。」

「什麼時候見得到?」

「見得到的。因爲是共同經營者嘛。那個錢是我跟老鼠一起賺來的。」

「我眞的很高興。」

我從櫃檯的椅子下來,吸一口令人懷念的店裡的空氣。

「不過以共同經營者來說,我希望有彈珠玩具和音樂選曲箱噢。」

「下次來以前我會準備好。」傑說。

☜

我沿著河走到河口，在最後留下的五十公尺的沙灘上坐下來。哭了兩個鐘頭。有生以來第一次這樣哭。哭了兩個鐘頭之後才終於站得起來。雖然不知道要去那裡，但總之我站了起來，把沾在褲子上的細沙拍掉。

天完全黑了，開始走之後，聽得見背後小小的海浪的聲音。

一九八二年八月《羣像》雜誌

藍小說808＝村上春樹作品集

尋羊冒險記

作　者─村上春樹
譯　者─賴明珠
主　編─鄭麗娥
編　輯─黃嬿羽
校　對─蒲麗月・賴明珠

總 編 輯─余宜芳
董 事 長─趙政岷
出 版 者─時報文化出版企業股份有限公司
108019台北市和平西路三段二四〇號三樓
發行專線─（〇二）二三〇六六八四二
讀者服務專線─〇八〇〇二三一七〇五
（〇二）二三〇四七一〇三
讀者服務傳真─（〇二）二三〇四六八五八
郵撥─一九三四四七二四時報文化出版公司
信箱─一〇八九九臺北華江橋郵局第九九信箱
時報悅讀網─ http://www.readingtimes.com.tw
電子郵件信箱─ liter@readingtimes.com.tw
印　刷─家佑印刷有限公司
初版一刷─一九九五年八月十五日
初版四十二刷─二〇二四年一月二十二日
定　價─新台幣二六〇元
（缺頁或破損的書，請寄回更換）

時報文化出版公司成立於一九七五年，
並於一九九九年股票上櫃公開發行，於二〇〇八年脫離中時集團非屬旺中，
以「尊重智慧與創意的文化事業」為信念。

ISBN 978-957-13-1785-3
Printed in Taiwan

尋羊冒險記 / 村上春樹著 ; 賴明珠譯. -- 初版
, -- 臺北市 : 時報文化, 1995[民84]
面 ; 公分, -- (藍小說 ; 906)(村上春樹
作品集)
ISBN 978-957-13-1785-3(平裝)

861.57 84008106

編號：AI 906	書名：尋羊冒險記
姓名：	性別：________ 1.男　2.女
出生日期：　年　月　日	身份證字號：

________ **學歷：** 1.小學　2.國中　3.高中　4.大專　5.研究所（含以上）

________ **職業：** 1.學生　2.公務（含軍警）　3.家管　4.服務　5.金融　6.製造　7.資訊　8.大眾傳播　9.自由業　10.農漁牧　11.退休　12.其他

地址：________ 縣（市）________ 鄉鎮區 ________ 村________ 里

________ 鄰 ________ 路（街）________ 段________ 巷________ 弄________ 號________ 樓

郵遞區號 ________________

（下列資料請以數字填在每題前之空格處）

________ **您從哪裡得知本書／**
1.書店　2.報紙廣告　3.報紙專欄　4.雜誌廣告　5.親友介紹
6.DM廣告傳單　7.其他 ________

________ **您希望我們爲您出版哪一類的作品／**
1.長篇小說　2.中、短篇小說　3.詩　4.戲劇　5.其他 ________

您對本書的意見／
________ 內　容／1.滿意　2.尚可　3.應改進
________ 編　輯／1.滿意　2.尚可　3.應改進
________ 封面設計／1.滿意　2.尚可　3.應改進
________ 校　對／1.滿意　2.尚可　3.應改進
________ 翻　譯／1.滿意　2.尚可　3.應改進
________ 定　價／1.偏低　2.適中　3.偏高

您的建議／

____

____

____

請沿虛線摺下裝訂，謝謝！

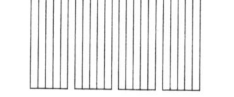

廣　告　回　信
台北郵局登記證
台北廣字第2218號

時報出版
CHINA TIMES PUBLISHING COMPANY
尊重智慧與創意的文化事業

地址：108019台北市和平西路三段240號3樓
讀者服務專線：0800-231-705・(02)2304-7103
讀者服務傳真：(02)2304-6858
郵撥：19344724 時報文化出版公司

請寄回這張服務卡（免貼郵票），您可以——
●隨時收到最新消息。
●參加專為您設計的各項回饋優惠活動。

寄回本卡，掌握藍小說系列的最新訊息。

揮發感性專欄：捕捉流行語調—淺藍的、海藍的、灰藍的……

藍小說

無限馳騁藍色想像空間——無國界的小說新地帶。